"푸흡……."

윤 *Yun*

[아트리엘]을 경영하는 생산직.
뮤우 일행이 쓰러뜨린 슬라임이 파열되는
상황에서 미처 도망치지 못한 결과…….

Only Sense
온리 센스 온라인 22
Online

"그럼 다른 색 잉크도 만들 수 있겠구나!"

마기 *Magi*
톱 생산직 중 한 명이자 무기 장인.
아이디어를 통해 타투 씰의 성능을 향상시켰다.

"역시 그랬군. 생각했던 대로 타투의 성능이 올라갔어."

"이런 구조라면 깃털 펜은 만들 수 있을 것 같은데."

클로드 *Cloude*
주로 가죽과 천을 다루는 재봉사.
검증과 개량을 통해 타투 씰의
성능을 향상시켰다.

리리 *Lyly*
일류 목공 기사. 즉석에서 깃털 펜을 만들어
타투 씰의 성능을 향상시켰다.

온리 센스 온라인
22

아로하자초 지음 | **mmu** 일러스트 | **천선필** 옮김

SNOVEL

커버 그림, 본문 일러스트 | mmu
캐릭터 원안 | 유키상

Only Sense Online
준바 기간과 배틀로얄

서장 » 장비 강화와 인플레 ////////////////////// p011

1장 » 자발적 이벤트와 마법 잉크 ////////////////// p028

2장 » 약속과 빙고 대회 ////////////////////// p063

3장 » 광산 던전과 도굴 챌린지 ////////////////// p102

4장 » 연금 설비와 기분 전환용 케이크 제작 // p142

5장 » 거대 슬라임과 토벌 관전 ////////////////// p176

6장 » 배틀로얄과 생존 전략 ////////////////// p215

종장 » 결투와 새로운 발명 ////////////////// p268

후기 ////////////////////////////// p288

Only Sense
온리 센스 온라인 22
Online

윤 Yun

최고로 인기 없는 무기 [활]을 택해버린 초심자 플레이어. 수습 생산직으로서 부가 마법이나 아이템 생산의 가능성을 깨닫기 시작하고————

뮤우 Myu

윤의 리얼 여동생. 한손검과 광 마법을 다루는 성기사로 완전 전위형. 베타판에서는 전설이 되었을 정도의 치트급 플레이어.

마기 Magi

톱 생산직 중 한 명으로 플레이어들 중에서도 유명한 무기 장인. 윤의 든든한 선배로 충고를 해준다.

세이 Sei

윤의 리얼 누나. 베타판부터 플레이한 최강 클래스의 마법사. 수속성을 주로 다루고 모든 등급의 마법을 구사한다.

타쿠 Taku

윤을 OSO로 끌어들인 장본인. 한 손 검을 다루고 경갑옷을 장비하는 검사. 공략에 애쓰는 정통파 플레이어.

클로드 Cloude

재봉사. 톱 생산직 중 한 명으로 의복류 장비품 가게의 주인. 윤이나 마기의 오리지널 장비 클로드 시리즈를 만들었다.

리리 Lyly

톱 생산직 중 한 명으로 일류 목공 기술자. 지팡이나 활 등의 수제 장비는 많은 플레이어에게 인기를 얻고 있다.

서장   장비 강화와 인플레

그날, OSO에 로그인한 우리는 마기 씨의 가게인 [오픈 세서미]에 모여 있었다.

가게 안쪽에 모여 있던 사람은 나를 포함해서 마기 씨, 클로드, 리리. 항상 보던 생산직들이었다.

기계장치 마도인형인 루프가 차를 내주고 클로드가 가져온 과자를 늘어놓는 다과회에서는 각자 생산한 성과를 발표한다.

하지만, 그날은 상황이 약간 달랐다.

"슬슬 시간이 되겠군."

"다음 달 이벤트 사전 공지라……, 벌써 그렇게 되었구나."

클로드가 메뉴로 시간을 확인하자 마기 씨도 감정이 담긴 목소리로 그렇게 중얼거렸다.

지금은 11월———, OSO 1주년 여름 이벤트로부터 시간이 지나서 12월 겨울 이벤트도 코앞으로 다가왔다.

"윤찌, 올해 겨울 이벤트도 기대되지!"

"그래, 이번에는 뭘 하려나."

OSO 운영 측에서 정보를 공개하기를 목이 빠지게 기다리고 있자니 알림에 [12월 겨울 이벤트 알림]이 추가되었다.

"오, 정보가 공개된 것 같아! 다음 이벤트에서는 여름 이벤트 때 했던 퀘스트 칩 이벤트가 복각되는구나."

다음 달 12월 초부터 시작되는 겨울 이벤트에서는 두 가지 이벤트가 동시에 진행된다.

그중 하나가 퀘스트 칩 이벤트 복각 개최인 것 같다.

퀘스트를 달성함으로써 부가 보수로 금, 은, 동, 세 종류의 퀘스트 칩을 손에 넣을 수 있고, 그것을 모아 레어 아이템으로 교환하는 이벤트다.

"흐음. 내용은 저번 퀘스트 칩을 그대로 쓸 수 있는 것하고 밸런스 조정인가."

클로드가 정보를 확인하고는 턱에 손을 대며 그렇게 중얼거렸다.

1주년 이벤트 때도 그런 내용을 알려주긴 했는데, 퀘스트 칩을 그대로 쓸 수 있다는 내용이 적혀 있었다.

신규 아이템이 추가되진 않지만, 교환 가능한 아이템 리스트의 교환 비율 조정과 퀘스트로 얻을 수 있는 퀘스트 칩의 수량 등이 조정된다는 내용이었다.

"밸런스 조정이라……, 앗! 이 아이템, 저번에는 은칩 50개였는데 75개로 올랐네?!"

마기 씨는 눈독 들이던 아이템의 교환 비율이 변경되자 저번에 무리해서라도 교환해둘 걸 그랬다며 낙담하고 있었다.

"마기찌, 너무 신경 쓰지 마! 그런데 퀘스트 칩이 조정된다는 걸 보니 저번에 효율이 좋았던 퀘스트의 보수도 줄어들지도 모르겠네."

"반대로 인기가 없었던 퀘스트의 보수를 늘릴지도 모르지."

리리는 마기 씨를 위로해주면서 복각되는 이벤트가 어떻게 바뀔지 상상하며 기대했고, 클로드도 조정될 만한 내용에 대해 말했다.

나는 각각 다른 세 사람의 반응을 보고 쓴웃음을 지으면서 개최 예정인 퀘스트 칩 이벤트 항목을 바라보고 중얼거렸다.

"이벤트가 다시 복각되는 건 기쁘긴 한데, 저번하고 비교하면 새로운 느낌은 없단 말이지."

퀘스트 칩 이벤트는 작년 겨울 이벤트, 1주년 여름 이벤트, 이렇게 두 번 개최되었고, 그 때마다 새로운 요소가 생겼다.

그때마다 아이템을 교환했던 내게 클로드가 다른 시점으로 말했다.

"OSO의 운영 측 시점으로 생각하자면 이번 이벤트는 신규 플레이어나 저번에 이어서 계속 즐기고 싶어하는 플레이어들을 위한 이벤트일 테니까."

듣고 보니 칩을 그대로 쓸 수 있는 걸 감안하면 이번 퀘스트 칩 이벤트는 앞으로도 정기적으로 개최될 예정이 있는 이벤트일 것 같다.

그런 이유로 후발 플레이어들도 따라잡을 수 있게끔 매번 변화를 주진 않을 모양이다.

만약 큰 변화가 생기는 경우가 있다면, 2주년 같은 타이밍에 교환 리스트에 새로운 아이템을 추가하는 것 등이 예상된다.

"까놓고 말하자면, 운영 쪽에서도 개발 리소스가 한정적일 테니까. 이벤트를 재탕해서 분위기를 띄울 수만 있으면 그게 제일이겠지."

"정말 까놓고 말하네……."

"클로찌, 그건 게임 외적인 발언이잖아."

나는 클로드를 째려보았고, 리리도 태클을 걸었다.

마기 씨는 그런 우리를 보며 쿡쿡 웃고 있었다.

"뭐, 저번에 원하던 아이템을 손에 넣었으니까 이번 퀘스트 이벤트는 적당히 해도 되려나……, 그 밖에는 5악마의 던전을 상시화하는 게 있구나. 그립네."

다음에 살펴본 것은 작년 겨울 이벤트의 긴급 퀘스트로 깜짝 업데이트된 5악마의 던전에 대한 내용이었다.

5악마의 던전은 작년 겨울 이벤트가 끝나기 1주 전에 악마들이 산타클로스로부터 빼앗은 소중한 물건으로 만들어진 던전으로, 컨셉이 다른 다섯 개가 등장했었다.

그 던전이 이번 겨울 이벤트와 동시에 미궁거리에 있는 스타 게이트에서 전이하는 곳으로 상시화 업데이트 되는 모양이다.

"정말 그립네. 그때는 전력이 약했으니까 우리는 도전하지 않았거든."

"윤찌만 뮤우찌네랑 같이 길의 던전을 폭주했던가?"

벌써 1년 전이라니, 그립네~. 마기 씨와 리리가 그렇게 말하는 걸 보니 나는 조금 창피해졌다.

"상시화에 맞춰서 난이도도 조정되는 모양이야. 저번 부유도 때랑 마찬가지구나!"

"기간 한정 이벤트나 퀘스트, 던전을 업데이트한 다음에 시간이 지나면 상시화하는 거구나."

캠프 이벤트의 무대였던 부유도와 요정 퀘스트는 원래 기간 한정 이벤트, 퀘스트였지만 시간이 지나자 조금씩 상시화되었다.

그렇게 생각하니 슬슬 뭔가 기간 한정 에어리어나 퀘스트가 또 상시화될지도 모르겠다는 생각이 들었고, 그 예상은 적중했다.

"음, 마지막은―――, 다양한 겨울 업데이트와 더불어 기간 한정 에어리어를 업데이트할 예정. 그 자세한 정보는 이벤트 당일에 다시 공지한다고."

복각 이벤트와 이벤트 던전의 상시화뿐만이 아니라 신규 콘텐츠도 겨울 이벤트 때 나올 모양이다.

신규 업데이트나 기간 한정 에어리어가 있다는 것뿐이고 자세한 내용은 적혀 있지 않았지만, 그건 이벤트 당일을 기대해도 될 것 같다.

"자, 다음 달 이벤트 공지도 확인했고, 너희 셋은 이벤트를 대비해서 준비하고 있나?"

공지 내용 확인을 마치자 클로드가 우리에게 물었다.

"나는 장비 준비 쪽은 끝냈어. 하지만 장비를 자잘하게 개량할 수는 있어도 장비의 한계치는 마찬가지란 말이지."

"아다만타이트 클래스보다 더 좋은 소재가 발견되지 않으니까."

현재 OSO 최고 레벨 장비는 아다만타이트 클래스의 소재 또는 그보다 무기 기초 스테이터스가 한 단계 낮긴 하지만 속성을 지닌 미스릴 합금 계열이 주류다.

생산 시에 사용하는 소재의 조합이나 추가 효과의 조합 등으로 자잘한 능력을 조정할 수는 있지만, 사용할 주요 소재로 인해 한계가 어느 정도 정해져 버린다.

"앗, 그래도 사막 에어리어에서 발견한 숫돌을 사용했더니 참격 계열과 찌르기 계열 무기의 공격력이 조금 올랐어."

"호오, 내 화살촉도 숫돌로 갈면 공격력이 오르려나?"

"그 부분도 확실하게 검증을 마쳤어! 소비 아이템 계열 무기라 해도 스테이터스는 올라."

마기 씨는 이벤트를 대비한 강화 이야기를 하다가 은근슬쩍 중요한 말을 했다.

내 화살이나 투척 나이프 같은 것도 숫돌을 사용하면 공격력이 약간 오르긴 하지만, 가는 수고를 고려하면 효율은 그리 좋지 않을 것 같다.

하지만 통째로 금속제인 운성강 화살을 몇 발 갈아서 성능을 올려볼까 생각 중이다.

"그런데 윤 군은 강화 진도가 나갔어?"

"음~, 저는 강화다운 강화는 아직 안 한 것 같은데요. 아,

그래도 궁후 사부와 싸워서 장비 용량을 하나 늘렸어요."

"오~, 윤찌 대단하네! 나도 아직 클리어하지 못할 정도로 어려운 솔로 퀘스트를 클리어했구나! 축하해!"

리리가 대놓고 축하해주니 약간 쑥스러워져서 웃었다.

그런 와중에 마기 씨와 마찬가지로 아이템을 썼던 게 생각났다.

"맞다. 궁후 사부와 싸우기 전에 공격 아이템을 만들었지."

나는 다과회 테이블 위에 [완전 소생약]과 [신비의 흑광유]를 가공한 아이템을 꺼내기 시작했다.

[신비의 흑광유]의 파생 아이템으로는 중간 소재인 [태양신의 낙루]와 [파괴신의 숨결].

가공했을 때 잔류물로 남은 [암흑신의 역청유].

그리고 공격용 아이템인 [니트로 포션]과 거기에 화살촉을 합성한 유탄 화살까지, 양이 많다.

"윤 군, [완전 소생약] 완성 축하해! 바로 [아트리엘]에서 팔았지?"

"네. 그런데 적정 가격을 잘 모르겠어서 50만G부터 조금씩 내리면서 팔아보고 있어요."

"내 가게에서도 위탁 판매를 할 테니까 오는 손님에게 설문조사를 받아서 적정 가격을 조사해볼까?"

마기 씨가 눈을 빛내며 [완전 소생약]을 들고는 적정 가격에 대해 말했다.

그 밖에도 [완전 소생약]과 관련된 이야기로 요정 NPC의 안내를 받아 부흥한 요정향에 갈 수 있게 된 것에 대해 말했다.

소생약의 제한 해제 소재인 [요정의 비늘가루]는 요정 NPC들이 자연스럽게 떨어뜨리는 것 이외에도 요정향의 가게에서 구입할 수 있다는 걸 설명했다.

"호오, 그랬구나. 다음에 우리 불요정 애랑 같이 가볼까?"

마기 씨와 그런 이야기를 나누는 한편, 클로드는 [니트로 포션]과 그것을 정제하던 도중에 생겨난 [태양신의 낙루], 그리고 [파괴신의 숨결]을 번갈아 보고는 효과에 대해 물었다.

"새로운 공격 아이템도 만들었나? 나중에 위력을 시험해 봐도 될까? 그리고 중간에 생성된 이 중간 소재는 어떤 효과나 차이가 있지?"

"이 [니트로 포션]은 아이템의 스테이터스상으로는 위력이 강하지만, 아이템의 대미지 제한에 걸리기 쉬워. 그리고 나머지 두 아이템은……, 음~, 타는 방식에 차이가 있다고 해야 하나? 미안, 잘 설명을 못 하겠어."

"뭐, 실제로 써보고 확인하도록 하지."

클로드는 들고 있던 니트로 포션 병 안에 든 액체를 흔들며 생각에 잠겼다.

포션 병이 깨지지 않는 한 폭발하지 않는다는 걸 알고 있긴 하지만, 클로드의 행동에 등골이 오싹해졌다.

"윤찌? 이 찐득찐득한 것도 공격 아이템이야?"

"아, 그쪽에 있는 [암흑신의 역청유]는 내수성이 있는 접

착제나 목재 도료로 써먹을 수 있을 것 같은 아이템이야. 그런데 기반은 가연성 소재니까 오히려 화속성 공격에는 약해질지도 몰라."

이번에는 리리도 질문을 던졌기에 알고 있는 범위 안에서 대답했다.

"샘플로 조금 가져가도 될까? 나중에 데이터를 줄 테니까."

"고마워. 나도 효과를 조사하고 싶긴 한데, 그쪽까지 신경 쓸 수가 없어서 마침 잘됐네."

그렇게 마기 씨 일행과 소생약, 니트로 포션 등의 생산 성과를 이야기하던 도중에 마기 씨가 물었다.

"있지, 윤 군. 나중에 [완전 소생약]하고 니트로 포션을 팔아줄래? 하나당 50만G라도 괜찮으니까."

"나는 [완전 소생약]과 니트로 포션을 포함한 중간 소재까지 20개씩 사도록 하지."

"앗, 윤찌, 나도, 나도!"

마기 씨를 비롯해서 클로드와 리리도 [완전 소생약]을 주문했다.

"상관없긴 한데, 너무 비싸지 않나? 그리고 니트로 포션도 가격은 아직 정하지 못했고."

[완전 소생약]은 50만G라 비싸고, 니트로 포션도 내가 쓸 용도로 만들었기에 아직 가격은 정하지 못했다.

내가 조심조심 묻자 마기 씨 일행은 씨익, 미소를 지었다.

"그 정도는 타격이 되지 않을 만큼 많이 벌고 있으니까 괜찮아!"

마기 씨가 그렇게 말하자 클로드와 리리도 그렇다며 고개를 끄덕였다.

"그럼———, 한 명씩 드릴게요."

궁후 사부와의 대결을 대비해서 잔뜩 만든 것들을 마기 씨 일행에게 팔고, 가격이 정해지지 않은 니트로 포션까지 포함해서 세 명에게 5000만G 정도를 받게 되었다.

●

"5000만G라. 왠지 엄청 부자가 된 듯한 기분이네."

실룩거릴 것 같은 얼굴에 힘을 주며 메뉴 화면에 뜬 금액을 바라보고 있자니 마기 씨 일행이 미지근한 눈빛으로 바라보았다.

"윤 군도 [아트리엘]에서 꽤 많이 벌잖아?"

"뭐, 그렇긴 한데요……, 몸에 필요 이상으로 가지고 다니지는 않는 주의라서……."

[아트리엘]에 있는 점원 NPC 쿄코 씨에게 맡겨두면 낭비를 하지 않는다.

게다가 필요한 소모품들 중 대부분은 [아트리엘] 안에 있는 밭에서 재배할 수 있는 것들이 많기에 돈이 모이기만 하고 있다.

"그러게. 돈이 있으니 [익스팬션 키트] 같은 걸 사서 장비를 강화해도 괜찮을지 모르겠어."

"그거라면 생산 길드의 옥션이나 입찰 경매에서 팔고 있다. 장비 슬롯 확장을 마쳐서 필요가 없어진 상위 플레이어들이 팔기 시작했으니까."

클로드의 말을 들어보니 추가 효과를 제1단계까지만 확장할 수 있는 [익스팬션 키트 I]은 남기 시작하는 것 같다.

"그럼 사버릴까. 돈이 꽤 모였으니까, 1억G 정도라면 여유롭게 살 수 있는데."

나는 [익스팬션 키트]로 어떤 추가 효과를 부여할지 기대했다.

하지만, 클로드가 다음에 꺼낸 말로 인해 그 기대는 박살났다.

"아마 요즘 평균 시세가―――, 15억G였을 거다."

"푸흡?! 1, 15억?! 비싸!"

무심코 뿜어버린 나와는 대조적으로 마기 씨와 리리는 그 정도가 맞다는 듯이 고개를 끄덕이고 있었다.

"어? 진짜로……?"

"이건 저번 주 시세고, 이벤트 공지가 나온 뒤야. 마찬가지로 이벤트를 대비해서 장비를 강화하려는 플레이어들이 몰려들면 더 올라가겠지."

그래도 살 거냐? 클로드가 눈빛으로 그렇게 물었기에 나는 고개를 저었다.

"못 살 정도는 아니지만, 너무 비싸! 두 개만 사도 내가 모

아둔 돈이 거의 다 날아가 버린다고…….”

나중에 시세가 올라갈 걸 생각하면 하나도 못 살지도 모른다.

편하게 장비를 강화하고 싶었는데, 편하지가 않구나. 그렇게 생각하며 어깨를 늘어뜨리자 마기 씨와 리리가 위로해 주었다.

“그런데 왜 그렇게 비싸져 버린 걸까? 되팔이 길드 같은 곳하고도 엮이지 않았는데 그 가격이니.”

“아이템의 공급이 적다고 해도 극단적이지.”

리리가 의아하다는 듯이 고개를 갸웃거렸고, 마기 씨도 어이없다는 듯이 중얼거리는 와중에 클로드가 그 이유를 설명해 주었다.

“이유를 따지자면 게임 내 화폐의 인플레 때문이겠지.”

“게임 내 화폐의 인플레?”

내가 되묻자 클로드가 고개를 크게 끄덕였다.

“그래. 플레이어들은 퀘스트를 받거나 입수한 아이템을 NPC에게 팔면 돈을 받을 수 있잖아. 그렇게 만들어진 돈은 게임 내부의 다양한 요소에서 사용할 수 있는데, 서서히 게임 안에 돈이 넘치고 있는 거다.”

“돈이, 넘친다고…….”

목욕탕처럼 솟구치는 금화를 상상하며 그렇게 중얼거리긴 했지만, 어떤 의미로 NPC에게 아이템을 파는 행동은 무에서 돈을 만들어내는 거나 마찬가지라는 사실을 떠올렸다.

"그렇게 만들어진 돈이 NPC의 가게 등에서 소비되면 돈이 소멸해서 게임 내 돈의 유통량이 일정하게 유지될 거다. 하지만, 소비와 공급의 균형이 맞지 않거든."

———[스타 게이트]에서 사용하는 중요 아이템인 심볼을 판매하는 심볼 가게.

———화산 에어리어의 [귀인의 별장]에서 물건을 사면 받을 수 있는 추첨권으로 제비뽑기를 할 수 있는 제비 뽑기 가게.

———지하 계곡 안쪽에 있는 드워프의 나라에서 다양한 아이템을 파내주는 발굴꾼.

———외딴섬 에어리어에서 무작위로 [보물 지도]를 팔아주는 지도 가게.

———1주년 업데이트로 추가되었고 돈을 카지노 메달로 교환해서 메달로 경품을 교환하는 카지노 등.

OSO에는 게임 내 화폐를 소비할 콘텐츠가 다양하게 마련되어 있고, 전부 불확실성 때문에 원하는 결과를 얻을 때까지 돈을 많이 소비해야 하는 구조이다.

하지만, 그러한 콘텐츠를 마련하더라도 플레이어들이 밤낮으로 계속 만들어내는 돈이 더 많아서 돈이 남는 상태가 된 것이다.

"그렇게 쓸 곳이 없어진 게임 내 화폐가 어디서 쓰이는가 하면, [익스펜션 키트]처럼 일부 레어 아이템의 매매에 집중되고 있다는 게 현실이야."

돈이 남는 플레이어들이 각자 레어 아이템을 얻기 위해 경쟁하며 가치를 높인 결과, 시가 15억G 같은 인플레가 발생한 것이다.

"그런데, 클로찌. 어떤 아이템 하나 가격만 너무 올라가 버리는 건 별로 바람직하지 않잖아."

"생산 길드로서 '적정 가격' 정책을 펼치고 있긴 하지만, 생산 아이템이 아니니까. 우리 힘으로는 어떻게 할 수 없어."

　운영 측에서 [익스팬션 키트]의 입수 방법을 늘리거나 입수 난이도를 낮추면 해결되겠지만, 게임 내 화폐의 양이 바뀌지 않는다면 다른 레어 아이템의 가격이 오를 것이다.

　플레이어 쪽에서는 어떻게 해볼 수가 없다.

"하지만, 안 좋은 현상이라고만 할 수는 없지. 돈으로 살 수 없는 플레이어가 아이템을 얻으려 직접 나서는 건 게임의 활성화로 이어질 테니까."

"그렇구나……, 나도 15억G를 선뜻 낼 순 없으니까 내 힘으로 손에 넣을 수밖에 없겠어."

　하지만 얼마 전까지 궁후 사부와 대결하느라 전투만 했기에 한동안은 느긋하게 지내고 싶은 기분이다.

"15억G는 어디까지나 초면인 플레이어에게 팔 때 시세다. 매매하는 플레이어끼리 납득한다면 얼마라도 상관이 없지."

　공짜라도 상관이 없다. 클로드가 그렇게 말하자 나와 마기 씨, 리리는 자연스럽게 이야기에 귀를 기울였다.

"저기, 클로드? 혹시 기존 입수 방법 외에 15억G를 지불

하지 않더라도 [익스팬션 키트]를 손에 넣을 방법이 있는 거야?"

마기 씨가 그렇게 묻자 클로드가 천천히 고개를 끄덕였다.

"그래, 이번 주말에 플레이어들이 기획한 행사가 열린다. 그 기획 중 하나에 호화 경품이 걸려 있는데, [익스팬션 키트] 같은 레어 아이템이 있지."

요즘은 신작 VR 게임의 발매나 다음 달에 있을 겨울 이벤트를 앞두고 쉬어가는 기간인 것 같다.

작년에도 [생산 길드]가 주최한 이벤트가 열렸는데, 이번에는 OSO에 늘어난 다양한 길드들이 분위기를 띄우기 위해 기획했다고 한다.

"돈이나 전투력과는 상관없이 운만 좋으면 아이템을 손에 넣을 수 있지. 숨도 돌릴 겸 참가해보지 않겠나? 물론, 당일에는 다양한 이벤트를 기획하고 있다더군."

"호오, 재미있을 것 같은데! 나도 참가하고 싶어."

"나도 윤찌나 마기찌네랑 같이 즐기고 싶어!"

마기 씨와 리리가 의욕을 보이고 있었고, 나도 숨도 돌릴 겸 거리 이벤트를 즐기는 것도 괜찮을 것 같았다.

"나도 참가할게! 다양한 길드의 행사에 흥미가 좀 있어서."

작년에는 [생산 길드] 쪽에서 기획을 돕곤 했지만, 이번에는 참가자로서 순수하게 즐기고 싶다는 생각이 들었다.

"그럼 결론이 나왔군. 만약에 그때 원하던 [익스팬션 키트]를 손에 넣지 못하더라도 입수 정도는 돕지. 나도 가지고 싶으니까."

"클로찌. 현실적인 말은 됐고, 꿈을 좀 꾸자고."

배려해주려고 그렇게 말한 클로드에게 리리가 태클을 걸
자 나와 마기 씨가 살짝 웃었다.

그렇게 나는 마기 씨 일행과 함께 플레이어들이 기획한
자발적 이벤트에 참가하기로 약속하고 로그아웃했다.

1장 자발적 이벤트와 마법 잉크

"오~, 사람들이 꽤 많이 모였네."

자발적 이벤트 당일———, 클로드의 가게인 [콤네스티 카페 양복점]에서 마기 씨 일행과 합류한 나는 이벤트 회장 입구로 이동해서 주위를 바라보고 있었다.

이번 자발적 이벤트는 여러 길드에서 진행하기에 길드 홈이 많이 모인 마을 북동 에어리어에서 진행한다.

"이봐, 클로드. 어디로 가면 [익스팬션 키트]를 손에 넣을 수 있는데?"

"우선 저기 있는 텐트로 스탬프 카드를 받으러 간다."

이벤트 회장을 둘러보던 내가 클로드에게 묻자, 클로드는 망설임 없이 회장 입구에 있는 텐트를 향해 걸어갔다.

"미안하다만, 스탬프 카드를 네 장 다오. 그리고 팸플릿도 부탁하지."

"알겠습니다~."

클로드를 따라 가보니 텐트에서 접수를 맡고 있던 NPC 에게서 클로드가 스탬프 카드와 팸플릿을 받았다.

이 자발적 이벤트를 위해서 NPC를 고용했구나. 그렇게 감탄하고 있자니 돌아선 클로드가 우리에게 스탬프 카드와 팸플릿을 나누어주었다.

스탬프 카드에는 네모난 칸이 세 개 늘어서 있었고, 팸플릿에는 제1마을 북동 에어리어 지도와 이벤트 기획의 개요, 장소가 나와 있었다.

"클로찌? 스탬프 카드라면 어딘가에 가서 스탬프를 모으는 거야?"

"그래. 이 자발적 이벤트 중에는 참가해서 이 카드에 스탬프를 찍는 기획이 있다."

"흐음~. 그럼 스탬프를 전부 모아야만 하는 거야?"

마기 씨가 스탬프 카드의 앞뒤를 확인하자 클로드가 보충 설명을 해주었다.

"아니, 스탬프는 세 개만 모으면 된다. 세 개만 모으면 곳곳에 마련되어 있는 텐트에서 빙고 카드로 교환할 수 있다. 그리고 우리가 노리는 [익스팬션 키트]는 이벤트 후반의 빙고 대회 경품으로 나온다."

"그렇구나……, 그래서 운만 좋다면 얻을 수 있다는 거였네."

빙고 게임 같은 건 그야말로 운에 좌우되며 모든 사람이 즐길 수 있는 게임이다.

자발적 이벤트를 적극적으로 참여하게 만드는 스탬프 카드와 모은 스탬프로 참가할 수 있는 빙고 대회라니, 정말 잘 생각한 것 같다.

"그리고 여기 이벤트 회장 지도가 있다. 스탬프를 받을 수 있는 기획 말고도 다양한 포장마차나 노점이 마련되어 있으니까. 구경해보자."

"그럼, 이벤트를 즐기자! 화이팅~!"

""화이팅————!""

마기 씨가 소리치자 나와 리리도 덩달아 주먹을 들어 올렸다.

"그렇게 뭉쳐 있으면 다른 사람에게 방해가 된다. 걸어가면서 가고 싶은 곳을 정할까."

그런 우리를 미지근한 표정으로 보던 클로드가 이동하자고 재촉했다.

"저기, 저기, 윤찌. 어디서 스탬프를 모을까?"

"스탬프를 받을 수 있는 곳 중에는 재미있을 것 같은 곳이 많아서."

리리가 내민 팸플릿을 같이 들여다보고 걸어가며 어디로 갈지 고민했다.

"윤찌는 어디 가고 싶어?"

"으음~. 그러게……."

리리가 묻자 고민하던 나는 멈춰 서서 주위를 둘러보다가 자연스럽게 거리에 늘어선 포장마차에 눈길이 갔다.

"윤 군, 먹고 싶은 거 있어?"

스탬프와는 전혀 상관이 없는 곳이긴 하지만, 내 시선을 따라간 마기 씨가 내게 물었다.

"네? 아, 아뇨……, 그냥 집을 보고 있는 뤼이네에게 선물을 줄까 생각했을 뿐이에요!"

예전에 라이나, 알과 함께 거리를 산책했을 때 플레이어들을 위한 시설만 돌아다녀서 뤼이네가 질리게 해버렸다.

그래서 이번에는 [아트리옐]에서 집을 보라고 한 것이다.

"자발적 이벤트는 플레이어들을 위한 기획이 많으니 쿠츠시타도 심심하긴 하겠지."

클로드와 다른 사람들도 이렇게 사람이 많은 곳에 파트너인 사역 MOB들을 데리고 오지는 않고, 집을 보게 했다.

"그럼 군것질거리랑 선물을 먼저 사버리자!"

클로드가 내 말을 듣고 납득했고, 리리의 제안에 모두가 찬성하고는 포장마차 코너 쪽으로 갔다.

"오! 톱 생산직 일행도 왔나! 어때? 뭐라도 사 갈래?"

"으음~. 어떻게 좋으려나. 마기찌랑 윤찌는 뭘로 할래?"

"나는 한입 도넛이려나. 잔뜩 사면 모두 함께 나눠 먹을 수 있겠지."

"괜찮네요, 한입 도넛. 먹기도 편하고, 맛도 다양한 것 같고."

우리가 고른 것은 모 도넛 체인점에 있을 법하고 다양한 맛을 즐길 수 있는 한입 도넛 세트였다.

맛은 심플한 것부터 시작해서 주위에 초콜릿과 딸기 초코, 벌꿀로 코팅된 거나 말차 반죽, 초코 반죽인 것, 플레인이나 설탕, 시나몬을 뿌린 것, 흑설탕 반죽 등———, 배리에이션이 다양했다.

그 한입 도넛 세트가 든 커다란 용기를 다섯 개 산 다음, 네 개는 각자 선물용으로, 나머지 하나는 다 같이 먹으면서 돌아다니기로 했다.

"클로찌는 또 뭔가 주문할 거야?"

"과자만 먹으면 목이 마르겠지? 내 인벤토리에 빈 피처가 있으니 거기에 음료를 담아다오!"

"네, 감사합니다!"

클로드 쪽은 우리에게 과자를 얻어먹을 거라며 음료만 여러 종류를 자신의 용기에 담아서 구입했다.

"피처를 준비해 오다니, 준비성이 좋네."

"그래, [콤네스티]에서 만든 음료를 넣어둘 때 쓰니까."

클로드는 그렇게 말하며 컵에 주스를 따라서 우리에게 나누어주었다.

마기 씨는 한입 도넛 용기를 두 손으로 끌어안고 있었기에 주스는 나중에 마신다고 했다.

"마기찌, 바로 도넛을 좀 먹을게."

"그래, 그래. 리리, 자."

"시아찌는 어떤 맛을 좋아하려나."

마기 씨가 한입 도넛을 꺼내기 편하게끔 용기를 기울였고, 리리는 그 안에서 뭘 먹을지 고민하다가 하나를 골라서 집었다.

"잘 먹겠습니다~."

기쁜 듯이 그렇게 말하며 한입 도넛을 먹는 리리. 나와 클로드도 그렇게까지 고민하지 않고 앞쪽에 있던 도넛을 슬쩍 집어 입에 넣었다.

"오, 내 거는 시나몬이다."

"나는 말차야."

나와 클로드, 리리가 도넛을 먹던 와중에 두 손으로 도넛 용기를 들고 있던 마기 씨는 뭔가 생각난 건지 싱글거리고 있었다.

"윤 군, 윤 군. 나, 손을 못 써서 그러는데 먹여줄래?"

"네? 아, 네. 무슨 맛을 드실 건데요?"

"음~. 딸기맛이려나."

나는 마기 씨가 재촉하는대로 도넛을 집에서 마기 씨 입가에 내밀었다.

"아앙, 냠……."

내가 내민 도넛을 한입에 먹고 입을 우물거리며 씹고 있던 마기 씨는 맛있다는 듯이 눈을 가늘게 떴다.

"음~, 예상했던 대로 저렴한 맛이긴 하지만, 맛있네."

"다행이네요. 그런데……, 마기 씨, 도넛 용기는 한 손으로도 드실 수 있죠?"

마기 씨가 부탁해서 어쩌다 보니 그렇게 해버렸는데, 새삼 생각해보니 꽤 부끄러운 행동을 한 것 같다.

"아, 들켰어?"

"마기 씨……."

마기 씨가 확신범이었기에 나는 따지려는 듯이 눈을 흘겼다.

"미안, 미안. 사과하는 의미로 나도 아앙 해줄 테니까, 응?"

하지만 마기 씨는 한 손으로 내가 그랬던 것처럼 도넛을 내밀었다.

"괜찮아요. 제가 집어먹을 테니까."

"아하하하, 미안하다니까. 응, 이 플레인맛, 쫄깃쫄깃해서 맛있네!"

내가 삐진 듯이 거절하며 고개를 돌리자 마기 씨는 쓴웃음을 지으며 내밀고 있던 도넛을 먹었다.

그렇게 넷이서 한입 도넛을 먹으면서 이런저런 이야기를 나누었다.

"자, 나는 다음에 어떤 맛을 먹을까."

"종류가 많아서 고민이 되네!"

내가 다음에 먹을 도넛을 고르고 있자니 리리도 마찬가지로 도넛 맛에 대해 고민하기 시작했다.

"그래도 다 함께 모였을 때 먹을 간식으로는 딱 좋네. 이런 용기가 아니라 접시에 잔뜩 쌓아놓기만 해도 화려하지 않을까?"

마기 씨가 말한 다양한 맛의 한입 도넛이 잔뜩 쌓인 모습을 상상하니 자그마한 슈크림을 쌓아서 만든 크로캉부슈처럼 될 것 같았다.

"스크린샷으로는 잘 나올 것 같군. 다음에 피오르에게 제안해서 한입 도넛 카페라고 이름을 지어도 재미있을 것 같아."

클로드도 한입 도넛을 집으며 [콤네스티 카페 양복점]의 새로운 메뉴에 대해 생각하는 모양이었다.

그렇게 군것질을 하면서 플레이어들의 행사들을 보다 보니 다양한 것들이 눈에 들어왔다.

"있지, 클로찌. 저기도 스탬프를 받을 수 있는 곳 아니야?"

"아무래도 그런 것 같군."

콰앙, 폭발음과 단단한 것을 벤 것처럼 날카로운 소리가 울리는 그곳에는 새까만 벽이 여러 개 늘어서 있었다.

그 옆에는―――, '모노리스 깨기'라고 적힌 간판과 랭킹으로 보이는 보드가 걸려 있었다.

"모노리스 깨기……, 그렇다면 일격의 공격력을 경쟁하는 곳인가."

ｍ우오오오오옷―――.ｍ

내가 중얼거린 목소리를 묻어버리려는 듯이 모노리스 중하나에서 거대한 폭발음이 울렸다. 주위에서 구경하던 사람들도 크게 웅성댔다.

방금 모노리스에게 마법을 날린 플레이어의 수치가 표시되었고, 그와 동시에 랭킹 보드의 순위가 갱신된 것 같았다.

우리도 거센 공격음이 울리는 모노리스 깨기 회장 앞에서 멈췄다. 하지만 이렇게 많은 사람이 지켜보는 가운데 랭킹에 도전하는 건 좀 아닌 것 같다는 생각이 들었다.

"우리도 해볼까? 눈에 띄는 건 싫긴 한데……."

"그래도 경쟁 같은 건 해보고 싶어! 누가 더 많은 대미지를 입힐지."

내가 화려한 소리를 울리며 모노리스의 파괴와 재생을 반복하고 있는 한구석을 보고 그렇게 말하자 리리는 경쟁하고 싶다고 했다.

"버프 없이 스킬 단발 승부는 어때?"

"그렇구나, 조건부 승부 말이지. 괜찮겠는데?"

클로드가 우리끼리 할 거라면 조건부 승부를 하자고 제안했고, 마기 씨가 받아들이자 나와 리리도 고개를 끄덕였다.

"오케이~. 그럼 내가 제일 먼저 할게."

가장 먼저 나선 마기 씨는 인벤토리에서 메인 웨폰인 전투 도끼를 꺼낸 다음, 비어 있던 모노리스 앞에 서서 자세를 취했다.

"간다. ──《금강파참》!"

위쪽으로 들어 올린 전투 도끼를 있는 힘껏 내려치자 참격과 함께 충격파가 발생했다.

──'4074'라는 대미지가 떴고, 마기 씨는 해냈다는 듯한 표정으로 돌아섰다.

"버프 없이도 꽤 나오는구나. 앗, 스탭분, 스탬프 줘요!"

"마기 씨, 대단하시네요!"

"역시 ATK가 높은 대장장이로군. 대미지가 꽤 나오는데."

"그럼 다음은 내가 할게!"

모노리스 깨기 스탭에게 스탬프를 받아서 돌아온 마기 씨와 교대한 리리가 인벤토리에서 쌍검을 꺼낸 다음, 재생된 모노리스 앞에 섰다.

"스읍, 하아……, 후웁──, 《소드 서큘러》!"

심호흡을 마친 리리의 몸이 가로로 빠르게 회전하며 모습이 흐려졌다.

마치 팽이처럼 빠르게 회전한 리리와 모노리스 사이에서 희미한 빛이 반짝이자 모노리스에 차례차례 미세한 흠집이 나기 시작했다.

자잘한 일격이었지만, 연속으로 쌓인 연쇄 보너스가 대미지를 가속시켰고, 모노리스 위에 '3423'이라는 수치가 떴다.

"어이쿠……, 아~, 역시 마기찌를 이길 수는 없네."

"리리도 대단해. 대미지가 꽤 많이 나왔잖아. 몇 번 공격한 거야?"

"단검 계열 아츠 《소드 서큘러》는 팽이처럼 빠르게 회전하면서 참격 32방을 때려 넣는 아츠다."

참고로 회전 중에는 상대방의 공격도 튕겨내기 때문에 공방일체의 성질을 지니고 있는 모양이지만, 회전을 제어하는 건 힘든 것 같다.

그래서 공격이 끝날 때 리리가 비틀거린 것이다.

"이봐~, 윤찌하고 클로찌도 힘내~."

리리도 스탭에게 스탬프를 받고는 우리를 향해 손을 흔들었다.

"자, 누가 먼저 할까?"

"내가 먼저 할게. 이런 건 마지막이 되면 쓸데없이 하기 힘들어지니까."

나는 클로드에게 그렇게 말한 다음, 세 번째로 도전하기로 했다.

모노리스 앞에 선 나는 인벤토리에서 검은 소녀의 장궁을 꺼내고 화살을 메겼다.

"저번에는 외딴섬 에어리어의 모래사장에서 시험했던가?"

니트로 포션을 검증할 때도 썼는데, 외딴섬 에어리어에서 뮤우 일행과 대미지를 측정했을 때가 생각났다.

그때는 인챈트와 아이템을 잔뜩 사용한 상태로 공격했으니 그때보다 성장이 느껴지면 좋겠다고 생각하며 활시위를 당겼다.

"———《강궁기·산 무너뜨리기》!"

《궁기·단발 꿰기》의 상위에 해당하는 활 계열 아츠를 모노리스에 날리자 명중과 동시에 모노리스에 커다란 구멍이 뚫렸다.

저번에 시험했을 때보다 더 확실한 손맛이 느껴졌고, 대미지는———, '3530'을 기록했다.

"뭐, 인챈트나 장비 보정이 없는 상태라면 이 정도겠지."

혼자서 쓴웃음을 지으며 마기 씨와 리리가 기다리고 있던 곳으로 가서 나도 마찬가지로 새 스탬프 카드에 스탬프를 찍어 달라고 했다.

"윤 군, 고생했어. 꽤 대미지가 많이 나오던데."

"클로찌는 아마 나보다 많이 나올 테니까 내가 꼴찌인가? 뭐, 애초에 공격 횟수로 대미지를 입히는 타입이니까 별로 신경 쓰진 않지만."

마기 씨에게 수고했다는 말을 듣고 보니 우리와 비교해서 대미지가 적게 나온 리리는 비관적으로 받아들이지 않고 흘려넘기는 것 같았다.

"자, 지금까지는 마기가 가장 높은 대미지를 입혔는데, 원거리 대미지 딜러의 화력을 보여주도록 할까. ―――《섀도우 니들》!"

어둠 마법 계열의 센스를 지닌 클로드가 지팡이를 들어 올리고 모노리스를 향해 스킬을 외치자 클로드의 그림자가 뻗은 다음, 모노리스 앞에서 멈췄다.

그리고 한 박자 늦게 뻗은 그림자에서 까만 가시가 튀어나와 모노리스의 중심을 꿰뚫었다. 꿰뚫린 모노리스 위쪽에 대미지가 떴다.

"클로찌, 대단하네⋯⋯."

"⋯⋯'5120'이라니, 마기 씨보다 대미지가 더 나왔잖아, 진짜야?"

마지막에 클로드가 우리 중에서 가장 높은 기록을 세우고는 느긋한 발걸음으로 우리와 합류했다.

"《섀도우 니들》은 내가 쓸 수 있는 어둠 마법 중에서 쓰기 편하고 단독 화력이 강한 스킬이다. 이 정도가 적당하겠지."

"클로드에게 졌다니, 왠지 분한데⋯⋯, 한 번 더! 이번에는 크리티컬을 날려서 대미지를 넘어서겠어!"

클로드의 결과를 보고 대항심을 불태우던 마기 씨는 다시 도전하려고 한 발짝 내디뎠지만―――.

"자, 자, 마기찌. 포기하는 것도 중요해~."

"앗, 잠깐만, 리리?!"

리리가 그런 마기 씨의 등을 밀며 출구 쪽으로 데리고 갔다.

아~, 마기 씨는 그렇게 아쉬워하는 목소리를 냈지만, 억지로 다시 도전할 생각은 없는 것 같았다.

나는 그런 마기 씨와 리리를 보고 살짝 웃었고, 클로드는 어깨를 으쓱였다. 우리는 다른 두 사람을 따라 출구로 향했다.

●

모노리스 깨기 회장에서 나온 우리는 팸플릿을 보며 다음 장소를 찾기 시작했다.

"있지, 윤찌하고 마기찌, 다음에는 어디로 스탬프를 받으러 갈까?"

"제일 가까운 곳은 무기 도장이라는 곳인데, 딱히 갈 필요는 없으려나……."

팸플릿에 나와 있는 '무기 도장'이란 어떤 길드 홈이 장소를 제공해주고 다양한 무기를 갖추어둔 곳이었다.

모든 무기로 공격 판정을 발생시켜주는 [다재무능의 팔찌]를 빌려주고 마음에 드는 무기를 쓰게 해주는 것뿐만이 아니라 액티브 스킬 계열 추가 효과를 지닌 무기도 있어서 다양한 무기와 마법 센스를 유사 체험할 수 있는 곳을 마련해둔 것 같다.

센스 선택이 망설여지거나 새로운 센스 취득의 계기가 되는 곳으로 만든 것 같은데, 센스 구성이 고정된 우리에게는 필요가 없는 곳이다.

"그럼 대여 의상실에 들를까? 그곳에서도 스탬프를 받을 수 있는 것 같다만."

"대여 의상실?"

내가 클로드에게 묻자 클로드가 팸플릿을 읽으며 설명해 주었다.

"무기 도장과 마찬가지로 마련해둔 다양한 장비를 무료로 시착해볼 수 있고, 스크린샷을 찍을 수 있는 곳이다."

"그럼 기각." "나도 패스할게." "클로찌, 다음에 가자."

"어째서지?! 다양한 옷을 입을 수 있는데!"

나, 마기 씨, 리리가 한목소리로 부정하자 클로드가 소리 쳤다.

"분명히 나한테 귀여운 옷을 입히려 할 테니까."

"그리고 옷을 여러 벌 갈아입으면 피곤할 것 같거든."

나는 어이없어하는 듯한 눈빛으로 바라보았고, 마기 씨도 곤란하다는 듯이 한숨을 쉬었다.

"평소에도 할 수 있는 거니까 포기하자."

마지막에는 리리에게 설득당한 클로드가 어쩔 수 없다는 듯이 납득했다.

"으음~. 스탬프를 받을 수 있고 우리가 즐길 수 있는 곳은 또 없나……."

"퀴즈 게임, 육상 경기 스테이지, 축제 코너, 사역 MOB과 어울릴 수 있는 광장도 있구나."

내가 팸플릿을 빤히 바라보자 마기 씨도 마찬가지로 팸플릿에 나와 있던 스탬프 획득 가능한 곳에 대해 말했다.

퀴즈 게임은 제1마을을 중심으로 한 OSO 관련 퀴즈 50개 중에서 무작위로 세 문제를 출제하고 그 문제에 대답하는 게임이다.

육상 경기 스테이지는 목공사들이 만든 육상 경기 열 종류를 클리어하는 것을 목표로 삼은 곳이다.

축제 코너는 OSO의 기술로 재현한 사격과 다트, 낚시 게임 등을 하면서 노는 곳이다.

사격은 총 계열 레시피로 만든 공기총으로 나무조각을 쏴서 표적을 맞히고, 낚시 게임은 [낚시] 센스가 없어도 낚시를 할 수 있는 아이템 [초보의 낚시대]를 쓰는 곳이다.

사역 MOB과 어울릴 수 있는 광장은 말 그대로 조교사 파트너가 있는 사역 MOB들과 놀 수 있는 곳이다.

"어디로 갈지 망설여지네……."

그렇게 다양한 행사 정보를 바라보고 있자니 문득 신경 쓰이는 것을 발견했다.

"이 타투 씰 강좌라는 건 뭐지?"

내가 주목한 것은 어떤 생산 길드에서 개최한 타투 씰 제작 강좌였다.

"1주년 업데이트로 레시피와 제작에 필요한 아이템이 추가되었지."

"호오, 그랬구나. 몰랐네."

타투 씰이란 장비 중량이 1이라 가장 가벼운 액세서리로 분류된다.

특징으로는 스테이터스 보정이 없지만 다양한 추가 효과가 있다는 점이다.

주로 퀘스트 보수 등으로 유니크 장비로 손에 얻을 수 있는데, 보아하니 1주년 업데이트를 통해 자작할 수 있게 된 것 같다.

단———.

"OSO의 생산직 톱이라는 위치에 있지만, 타투 씰 연구까지는 손대지 못했단 말이지."

장비 중량이 1인 액세서리 중에는 다양한 것들이 있다.

금속을 이용해서 만든 반지나 MOB이 드롭하는 발톱, 송곳니 등을 이용해서 만든 목걸이.

그러한 액세서리는 스테이터스 보정이 높거나 소재에 맞는 추가 효과 같은 것들이 붙는다.

그에 비해 타투 씰은 스테이터스 보정이 없고 약한 수준의 추가 효과뿐이다.

그렇기에 요즘은 남는 장비 용량을 메꿀 때 임시로 쓰거나 패션 아이템으로 이용하는 측면이 강하고, 플레이어들 사이에서 연구도 진행되지 않고 있다.

"그래도 아직 연구되지 않은 생산 아이템이라는 뜻이지? 그렇다면 흥미가 좀 생기네."

그런데 리리는 타투 씰에 대해 긍정적으로 생각하는 모양이었다.

"저기, 윤찌는 어떻게 생각해?"

"나? 나도 성능보다는 새로운 아이템을 만드는 법에 흥미가 있으니까 가보고 싶은데."

리리가 나에게 물어보자 망설임 없이 그렇게 딱 잘라 말했다.

나로서도 내가 만들 수 있는 아이템이 늘어나는 건 순수하게 기쁘다.

"나도 만들 수 있긴 하니까, 좋은 기회라고 생각하고 이것저것 시험해볼까."

"나도 옷의 디자인에 타투 씰을 조합할 수 있게끔 만드는 법을 익혀볼까."

마기 씨와 클로드도 타투 씰을 만드는 데 긍정적인 태도를 보였기에 우리 의견이 일치했다.

"그럼 바로 배울 수 있는 곳으로 가자!"

"타투 씰 제작에 필요한 [마법 잉크]는 가지고 가야 하는 모양이군. 이번에는 내가 가지고 있으니 제공하지."

리리가 힘차게 타투 씰 제작을 가르쳐주는 곳을 손가락으로 가리키자 클로드가 인벤토리에서 아이템을 꺼내 우리에게 보여주었다.

"[마법 잉크]……, 처음 보는 것 같네."

클로드가 꺼낸 것은 새까만 잉크로 가득 차 있고 금빛 육망성이 그려진 잉크병이었다.

"이건 미궁거리의 노멀 던전에 추가된 MOB이 드롭하는 모양이더군."

미궁 거리의 노멀 던전은 저절로 움직이는 검이나 밧줄 같은 도구에서 모티브를 따온 MOB으로 통일된 던전이다.

거기에 새롭게 추가된 책 형태의 MOB이 드롭하는 모양이었다.

클로드에게 그런 이야기를 들으며 [마법 잉크]를 조금 나눠 받은 우리는 개설되어 있는 생산 강좌를 들으러 갔다.

"앗, 여기인 것 같은데. 실례합니다~."

"실례합니다~."

생산 계열 길드 홈에서 개최하는지, 건물을 자유롭게 드나들 수 있었다.

망설임 없이 들어간 마리 씨와 리리를 따라 나와 클로드도 들어갔다.

강좌를 개최한 길드 홈의 방으로 들어가자 긴 책상과 긴 의자가 두 줄로 늘어서 있었고, 방 안쪽에는 타투 씰을 만드는 법이 적힌 칠판이 걸려 있었다.

하지만 플레이어들은 거의 드나들지 않았고, 가르쳐 주는 쪽 길드 멤버인 생산직들도 한가한지 자기들끼리 잡담을 나누고 있었다.

왠지 학교 축제 때 사람이 별로 안 오는 전시 행사 교실이 생각났다.

그런 곳에 우리가 들어오자 뒤늦게 눈치챈 사람들이 인사를 해주었는데―――.

"앗, 타투 씰 강좌에 오신 것을 환……영?! 어?! 마기 씨하고 리리 씨?! 그리고 클로드 씨랑 윤도?!"

"꽤 참신한 인사로군."

"아니, 그냥 우리가 와서 놀란 것뿐이라고."

톱 생산직인 마기 씨와 클로드, 리리가 등장하자 놀란 길드 멤버에게 클로드가 농담을 하길래 나도 모르게 태클을 걸어버렸다.

그런 내 태클에 클로드가 어깨를 으쓱이던 와중에 마기 씨가 쓴웃음을 지으며 놀란 사람들에게 말을 걸었다.

"우리 네 명, 타투 씰을 만드는 법을 배우러 왔는데, 가르쳐줄 수 있을까?"

"무, 물론이죠! 자! 이쪽으로 오세요!"

"긴장하지 않아도 괜찮아~."

리리가 긴장을 풀어주려는 듯이 그렇게 말을 걸었지만, 상대방은 오히려 더 긴장해버렸다.

그러면서도 빈 곳으로 안내해준 생산직 청년이 심호흡을 반복하며 차분한 마음을 되찾았다.

"저기……, 정말로 톱 생산직 분들께서 타투 씰 같은 걸 만드는 법을 배우러 오셨나요?"

"좋은 기회이기도 하고, 새로운 아이템의 레시피를 배우러 왔어."

약간 소심한 듯한 생산직 청년을 보고 마기 씨가 시원시원한 말투로 말했다.

그 모습을 보고 멍하니 있던 생산직 청년은 나와 리리, 클로드의 태도와 분위기를 보고 놀리러 온 게 아니라는 걸 느끼고는 진지한 표정을 지었다.

"알겠습니다. 그럼 타투 씰을 만드는 법을 가르쳐드릴게요."

그렇게 말한 다음, 우리 앞에서 타투 씰을 만드는 데 필요한 [마법 잉크]와 다른 도구를 꺼내보였다.

"타투 씰은 이 종이 위에 잉크를 떨어뜨려서 만듭니다."

실제로 시범을 보이기 위해 붓에 [마법 잉크]를 묻히고 익숙한 건지 원을 단번에 깔끔하게 그렸다.

우리가 보고 있는 와중에 타투 씰을 만드는 법을 가르쳐 주면서 원을 다 그린 다음, 이어서 설명해 주었다.

"이런 식으로 마법 잉크로 문양을 그린 다음, 시간을 들여서 말리기만 하면 되거든요."

생산 아이템치고는 금방 만들어진 것에 대해 생산직 청년도 자조하는 듯이 웃고는 미리 마련해두었던 완성품을 우리 앞에서 보여 주었다.

만월의 문양 [장식품] (중량 : 1)
추가 효과 : [MP 상승(극소)]

검의 문양 [장식품] (중량 : 1)
추가 효과 : [물리 공격 상승(극소)]

불의 문양 [장식품] (중량 : 1)
추가 효과 : [화속성 향상(극소)]

문양의 씰 [장식품] (중량 : 0)
평범한 문양 씰. 아무런 의미도, 힘도 없지만 장식으로서의 가치는 있을 것이다.

동그라미는 MP를 상승시켜주는 달을 나타내고, 삼각형은 물리 공격을 상승시켜주는 검을 나타내고, 불을 나타내는 문양은 직접적으로 화속성을 상승시켜 준다.

마크의 모양이나 이미지에 따라 얻을 수 있는 효과가 다른 것 같다.

"이런 식으로 문양을 그려서 뭔가 추가 효과가 발생하면 성공이고, 효과가 붙지 않으면 실패입니다."

그리고 마지막으로 보여준 타투 씰은 문양 자체는 복잡하고 멋지지만, 설명 문구에 적혀 있는 대로 아무런 효과도 없는 패션 아이템이다.

"호오……, 예를 들어서 문양이 삐뚤어지거나 잉크가 흐려질 경우에는 어떻게 돼?"

타투 씰의 설명을 듣다가 의문이 생긴 건지 마기 씨가 물었다.

일반적인 생산 계열 아이템일 경우에는 무기의 스테이터스가 떨어지곤 하지만, 스테이터스 보정이 없는 타투 씰은 어떤 식으로 영향이 생기는지 신경 쓰인 모양이었다.

"그럴 경우에는 OSO의 시스템이 문양을 인식하지 못하면 실패로 취급됩니다. 만약에 성공 판정이 나와도 장비의 내구도가 떨어지고요."

"앗, 그렇구나……, 유니크 장비가 아니네."

내가 지금까지 발견한 타투 씰은 전부 내구도가 없는 유니크 장비였다.

하지만 플레이어가 만드는 타투 씰에는 내구도가 설정되고, 품질에 따라 내구도가 바뀌는 것 같았다.

"일단 한번 해보시죠. 여기 문양의 견본과 효과가 적혀 있으니까 마음에 드는 타투를 그려주세요."

생산직 청년이 우리에게 붓과 종이를 나누어주었고, 넷이서 문양 견본을 들여다보았다.

"나는 뭘 만들지? 일단 만들기 쉬워 보이는 것부터 시험해볼까."

"그러게. 나는 화속성을 만들어볼까?"

우리가 받은 견본에는 모두 합쳐 스무 종류 정도의 문양이 있었다.

그것을 참고로 각자 배운 대로 타투 씰을 만들어 보았다.

"으, 이거 그리는 게 꽤 어려운데."

"붓을 쓰는 게 익숙하지 않으니까."

클로드와 리리도 마찬가지로 [마법 잉크]를 붓에 적셔서 첫 번째 타투 씰을 만들었다.

하지만 붓으로 문양을 그리는 게 익숙하지 않기 때문인지 선이 흔들리고 삐뚤어지거나 잉크가 흐려져서 견본 문양처럼 그릴 수가 없었다.

[타투 씰]은 생산 계열 센스가 있으면 레벨 1로도 만들 수 있을 만큼 난이도가 낮은 아이템인 모양이다.

그럼에도 불구하고 선을 깔끔하게 그리는 건 어려웠다.

타투 씰을 만드는 법을 가르쳐준 생산직 청년은 정말 많이 만들면서 실력을 키웠을 거라 생각하니 솔직히 존경하는 마음이 생겼다.

"휴우, 다 하긴 했는데, 의외로 어렵네……."

완성한 문양을 말리고 처음 만든 타투 씰을 보며 한숨을 쉬었다.

완성한 문양은 견본과 비교하니 꽤 삐뚤삐뚤했다.

아이템의 스테이터스로는 견본과 차이가 없었지만, 역시 이왕 만드는 거라면 깔끔한 문양을 그리고 싶다는 생각이 드는 건 완벽주의라서 그런 걸지도 모르겠다.

그렇게 나와 마기 씨, 리리, 클로드가 차례차례 타투 씰을 완성시키는 모습을 생산직 청년이 지켜보았다.

"자, 이제 강좌는 다 끝났습니다. 지금부터는 스탬프를 받고 돌아가셔도 되고, 여기서 타투 씰을 계속 만드셔도 됩니다."

생산직 청년이 그렇게 말해주자 우리는 아직 납득할 만한 결과물을 만들지 못했기에 조금 더 남아서 타투 씰을 만들겠다고 했다.

그리고 톱 생산직 네 명이 모인 이곳에서 아무런 일도 벌어지지 않을 리가 없었다.

●

"정말로 여기 남다니……."

생산직 길드가 개최한 타투 씰 강좌에 남아 계속 만들고 있는 우리를 보고, 생산직 청년은 어이가 없다는 듯이 중얼거렸다.

나와 마기 씨 같은 사람들은 그런 생산직 청년을 거들떠보지도 않고 진지하게 타투 씰을 만드는 중이었다.

"으, 또 선을 제대로 못 그렸네. 붓 말고 다른 도구로 그리는 게 나으려나?"

"도서관에서 살 수 있는 만년필 같은 도구가 있으면 좋겠군. 그러면 좀 더 세밀한 문양을 그릴 수 있을 텐데."

"그렇구나! 그런데 만년필에 [마법 잉크]가 들어가려나?"

내가 문양을 제대로 그리지 못한 채 뒤통수를 긁고 있자니 클로드가 그런 의견을 내놓았다.

곧바로 인벤토리에서 노트를 쓸 때 쓰는 만년필을 꺼냈다.

도서관에서 구입한 만년필은 잉크가 바닥나지 않는 펜이라 매우 잘 써먹고 있긴 하지만, 분해해서 [마법 잉크]를 채울 수는 없는 것 같았다.

"이 만년필은 못 쓰는 건가……."

"윤찌, 잠깐만 줘봐. ……이런 구조라면 깃털 펜은 만들 수 있을 것 같은데."

이번에는 리리가 자신의 인벤토리에서 목공용 생산 도구와 소재를 꺼낸 다음, 즉석에서 깃털 펜을 만들기 시작했다.

목재를 통 모양으로 파내서 펜의 손잡이 부분인 기둥을 만든 다음, 어떤 동물의 송곳니를 깎아 펜촉을 만들었다.

그리고 대형 새 계열 MOB이 드롭한 깃털 끄트머리를 깎아내서 펜 기둥에 넣은 다음, 펜촉에 고정시켰다.

"윤찌, 클로찌! 다 됐어!"

"어, 잠깐……."

눈앞에서 완성된 깃털 펜을 들어올린 리리를 보고 우리에게 가르쳐준 생산직 청년과 이곳에 있던 다른 플레이어들이 시선을 집중했다.

"잉크는 제대로 빨아들이는군. 그리고 세밀한 선을 그리기가 편해. 송곳니나 발톱 같은 생체 소재를 펜촉으로 이용해서 선도 부드럽고 그리기가 편하군."

클로드가 리리에게 받은 깃털 펜의 사용감에 대해 말하는 한편, 리리는 두 번째 깃털 펜을 만들기 시작했다.

"리리? 나도 깃털 펜을 만들 수 있을까?"

"마기찌라면 생산 설비가 있을 경우에 금속이나 유리로 만년필 정도는 만들 수 있을 거야. 하지만 여기에서는 발톱이나 송곳니를 깎아서 펜촉을 만드는 정도만 할 수 있을걸?"

"그럼 분담해서 만들까? 내가 펜촉을 만들 테니까 리리는 펜 기둥을 부탁할게."

"그래~. 금방 깃털 펜을 다 만들 수 있겠구나."

리리를 보고 있던 마기 씨가 리리에게 작업 분담을 제안했고, 자신의 생산 도구를 이용해서 펜촉을 만들기 시작했다.

마기 씨가 펜촉을 깎고, 리리가 펜 기둥을 만드는 식으로 작업을 분담하자 곧바로 두 번째 깃털 펜이 완성되었다.

깃털 펜을 만들며 리리와 이야기를 나누던 마기 씨는 지금까지 만든 타투 씰을 힐끔 바라보며 고개를 갸우거렸다.

"[마법 잉크]는 검은색뿐이야? 세밀한 문양을 만들 거라면 다른 색이 여러 개 있었으면 좋겠고, 잉크 자체에도 속성을 깃들게 할 순 없을까?"

"제가 본 적이 있는 유니크 장비 타투 씰은 금빛이나 은빛도 있었어요."

작년 겨울에 퀘스트 이벤트로 손에 넣은 [윤회의 문신]은 은빛, 요정향에서 해주 퀘스트로 손에 넣은 [요정의 문양]은 금빛이었다.

"그럼 다른 색 잉크도 만들 수 있겠구나!"

"그러게요. 그럼, 잉크에 뭔가 소재를 섞어서……, 아니,

지금 같은 경우에는 [합성]이 더 나으려나———, 《합성》!"

나는 마기 씨의 아이디어를 실현할 수 있을지 알아보기 위해 인벤토리에서 다른 아이템을 합성하는 합성진을 꺼냈다.

그리고 그 위에 화속성이 깃든 속성석을 올려두고 [마법 잉크]와 합성했다.

합성에 따라 다른 아이템이 하나가 되었고, 화속성이 깃든 붉은 잉크———, [마법 잉크(불)]이 탄생했다.

"오~, 윤 군, 대단해~! 금방 속성 잉크가 생겨버렸네."

"저도 단번에 성공할 줄은 몰랐어요. 우선 다른 속성석하고 합성해서 다양한 속성 잉크를 만들게요."

"자, 잠깐만, 정보가……, 정보가 너무 많아."

속성이 부여된 [마법 잉크]가 완성된 것을 보고 생산직 청년이 뭔가 말하고 있었지만, 우리는 아랑곳하지 않고 차례차례 속성이 부여된 [마법 잉크]를 합성해 나갔다.

그리고 그 화속성 붉은 잉크를 든 클로드는 견본 문양을 참고하며 마기 씨가 좀 전에 만들었던 문양과 똑같은 것을 그려나갔다.

불의 문양 [장식품] (중량 : 1)
추가 효과 : [화속성 향상(소)]

"역시 그랬군. 생각했던 대로 타투의 성능이 올라갔어."

"말도 안 돼……, 내가 계속 조사했던 건데……."

클로드가 담담하게 타투 씰의 개량이 성공했다고 말하는
한편, 지금까지 계속 연구를 해왔던 생산직 청년은 망연자
실한 상태였다.

"오~, 역시 예상대로인가?"

"그래, 하지만 견본 문양 중에도 속성 잉크를 썼을 때 오
히려 추가 효과가 발현되지 않은 것들이 있군."

깃털 펜을 쓰자 문양을 그리는 효율과 정확성이 올라간
클로드는 차례차례 속성 잉크로 견본 문양을 그리며 그 결
과를 말해주었다.

예를 들어 화속성 잉크로 화속성 문양을 그리면, 추가 효
과의 성능이 상승한다.

하지만 화속성 잉크로 다른 속성의 문양을 그리면, 효과
는 발생하지 않는다.

그 밖에 특정 속성이 없는 문양이라면, 어떤 잉크로 그리
더라도 효과는 바뀌지 않았다.

그렇게 지금 할 수 있는 검증을 마치고 우리에게 보여주
었다.

"그렇구나, 같은 문양이라도 잉크의 종류에 따라 결과가
바뀌는 거구나. 그럼 그 문양을 그려볼까?"

생산직 청년이 멍하니 있는 와중에 클로드는 종이에 술술
문양을 그렸고, 나와 마기 씨, 리리가 그 문양을 들여다보
았다.

"견본에는 안 나온 문양인데, 어디선가 본 적이 있는 것

같네…….”

"나는 이거 알아. 유니크 장비의 장식과 디자인이 똑같아."

"나도 이거 알아! 클로찌가 예전에 읽던 책 표지에 있었어!"

클로드가 그리기 시작한 새로운 문양을 보고 나는 고개를 갸웃거렸지만, 마기 씨와 리리가 그 문양의 정체를 말했다.

"내가 찍었던 스크린샷의 문양을 참고해서 그렸다. 마기와 리리가 말한 것처럼 유니크 장비의 디자인과 도서관에서 빌린 책의 표지, MOB의 몸에 새겨져 있던 무늬, 오브젝트의 장식 모양을 그렸지."

클로드는 이쪽을 보지도 않은 채 종이에 다른 문양을 그리며 대답해주었다.

"저기……, 그 문양하고 비슷한 걸 만든 적이 있었는데……, 실패했어요."

생산직 청년은 클로드가 그리기 시작한 문양을 보고 조심조심 말했다.

그도 지금까지 많은 시행착오를 거듭하며 추가 효과가 나타나는 문양을 찾아보았을 것이다.

"하지만 새롭게 발견한 속성 잉크로는 시험해보지 않았겠지?"

"그리고 속성 잉크가 실패하더라도 안 된다는 결과가 남으니까!"

리리가 그렇게 말하며 다 만든 깃털 펜을 생산직 청년에게 건넸다.

57

"저, 저도 돕겠습니다!"

리리에게 깃털 펜을 받은 생산직 청년은 진지한 표정으로 돕겠다고 제안했고, 클로드가 그리기 시작한 문양을 속성 잉크를 이용한 타투 씰로 그리기 시작했다.

그리고 종이에 그린 마법 잉크가 마르자 결과가 나타났다.

어둠 가호의 문양 [장식품] (중량 : 1)
추가 효과 : [암속성 내성(소)] [광속성 약화(소)]

그렇게 클로드가 지정한 속성 잉크로 그린 문양은 효과가 딸린 타투 씰로 인정을 받았다.

"가르쳐 준 지 얼마 되지도 않았는데 벌써 내가 생각해보지도 못한 방법으로 개량해서 추월하다니. 하하하……, 웃음밖에 안 나오네."

생산직 청년은 짧은 시간 만에 타투 씰 제작의 상식이 몇 번이나 부서지자 어색한 미소를 짓고 있었다.

하지만, 들고 있던 깃털 펜을 꽉 쥔 채 의욕이 가득 찬 눈빛을 보이고 있었다.

"아, 정말……, 이런 가능성이 있었다니……, 처음부터 조사해봐야겠어!"

생산직 청년은 그렇게 말한 다음 자신의 인벤토리에서 종이 다발 여러 개를 꺼낸 뒤에 속성 잉크를 이용해서 문양을 베끼기 시작했다.

"아, 이건 아니야. 이것도 아니고……."

나도 가지고 있던 [마법 잉크]의 합성을 마쳤고, 마기 씨와 리리도 깃털 펜을 다 만든 다음, 생산직 청년의 손 근처를 들여다보았다.

"대단하네. 이 종이 다발은 보물이야."

마기 씨도 생산직 청년이 만들어낸 종이 다발을 보며 감탄하고 있었다.

"이 문양은 유니크 장비에 새겨져 있던 문양하고 비슷해. 찾아보면 분명히 아까 그거 말고도 또 있겠지."

청년이 시행착오를 겪으며 적어둔 메모 중에는 견본으로 나왔던 스무 종류 말고도 다른 타투 씰이 존재할 것이다.

그 밖에도 클로드가 말한 것처럼 MOB의 몸에 새겨진 무늬나 장비의 디자인, 마을이나 필드에 있는 자잘한 장식 등……, 정말 많겠지만 조사하다 보면 상위 추가 효과를 지닌 문양을 발견할 수 있을지도 모른다.

그렇게 되면 스테이터스 보정은 없지만 다른 액세서리와 차별화할 수 있을 만큼 유용한 장비를 만들 수 있을 것이다.

그리고 그 이야기는 생산직 청년뿐만이 아니라 같은 길드에 소속된 다른 생산직 동료들도 듣고 있었다.

『진짜로? 속성 잉크와 디자인에 상관관계가 있단 말이지! 나도 실패한 디자인을 다시 확인해 봐야겠어!』

『그 전에 이런저런 오브젝트도 조사해 봐야지……, 윽, 생산직이라고 전투 계열 센스 레벨을 안 올려서 필드에 있는 오브젝트를 조사하러 갈 수가 없잖아!』

『그런 것보다, 속성 잉크 조달은 어떻게 하지? [합성] 센스를 얻어야만 하는 건가?!』

그런 이야기가 길드 안의 방에서 오가기 시작했다.

"음~, 윤찌. 우리가 속성 잉크를 필요로 할 때는 윤찌에게 부탁하면 될까?"

"나보다는 [소재상]인 에밀리 양이 더 낫지 않을까?"

에밀리 양에게 소재를 제공해주면 여기서 만든 것 말고도 다른 속성이 깃든 [마법 잉크]도 연구해줄지 모르겠다.

시간이 가는 줄 모르고 한참 타투 씰 제작에 열중하고 있던 우리가 시간을 확인하니 슬슬 다음 스탬프를 찾으러 가야만 할 시간이었다.

"이런. 여기 너무 오래 머무르면 스탬프를 모으지 못하겠어."

원래 목적은 빙고 대회의 경품으로 나올 [익스팬션 키트]를 노리는 거였다.

타투 씰 제작이 너무 재미있어서 원래 목적을 잊어버릴 뻔했지만, 클로드가 재촉하자 우리는 도구를 정리하는 것도 잊고 급하게 길드 홈을 나섰다.

"맞다, 스탬프를 받는 걸 깜빡할 뻔했네. 스탬프 주세요!"

하지만 그 직전에 마기 씨가 눈치채서 급하게 돌아온 우리는 타투 씰을 가르쳐준 생산직 청년에게 두 번째 스탬프를 찍어달라고 했다.

"감사합니다. 재미있었어요!"

"고마워! 신작 타투를 기대할게!"

"감사합니다!"

그리고 스탬프를 받아서 나오기 직전에 나와 마기 씨, 리리가 고맙다는 인사를 하고는 그들에게 손을 흔들며 헤어졌다.

"톱 생산직 사람들은 너무 대단해. 에휴……, 완패야. 그래도 기대를 해준다니까……."

인사를 받은 생산직 청년은 우리가 떠난 뒤에 조용히 중얼거렸다.

손에는 톱 생산직이 건네준 깃털 펜과 속성 잉크. 그리고 실패인 줄 알았던 디자인 다발.

타투 씰의 한계를 정해두고 있었던 한 생산직은 톱 생산직에게서 가능성을 보았다.

자신이 실패작 취급했던 종이 다발 속에 새로운 타투가 잠들어 있을 가능성이 있다는 것을.

그리고 OSO 안에 흩어져 있는 문양을 찾으러 가야만 한다는 사실을.

"좋아, 열심히 해볼까!"

한 생산직은 동료 길드 멤버들과 함께 다시 타투 씰 제작에 나섰다.

플레이어들이 기획한 자발적 이벤트가 끝나고 시간이 조

금 지난 뒤, 타투 장인이라 불리는 플레이어들이 나타나기 시작했다.

전투에도 실용성이 있는 타투 씰은 기존 액세서리와 차별화된다.

그리고 타투 장인들이 만든 것은 타투 씰만이 아니었고, 공격 마법이나 보조 마법을 사용할 수 있는 소비 아이템———, [부적]이라 불리는 아이템의 작성에 성공한 것이다.

민무늬 종이나 카드에 [마법 잉크]로 특정한 문양을 그려서 EX 스킬인 [마력 부여]를 사용함으로써 [부적]을 완성시킬 수 있다.

타투 장인들은 타투 씰의 실용화나 부적의 제작만으로 만족하지 않고 밤낮으로 OSO를 탐험하며 새로운 문양과 부적을 찾고 있다고 한다.

2장 약속과 빙고 대회

"급하게 나와버렸는데, 다음에는 어디서 스탬프를 받을까?"

타투 씰 제작에 너무 열중한 나머지 클로드가 재촉하지 않았다면 빙고 대회도 잊고 푹 빠져 있을 뻔했다.

급하게 나오긴 했지만, 빙고 대회까지는 아직 시간이 있고 다음 목적지도 정하지 못했다.

그래서 다시 다음 스탬프를 받을 곳을 느긋하게 찾아보기 시작했다.

"음~. 다시 여기저기를 구경하고 다니다 정하는 건 어때?"

"나도 괜찮을 것 같아."

"나도 괜찮을 것 같은데. 목적 없이 어슬렁거리는 것도 괜찮지~."

마기 씨와 리리가 맞장구를 치자 다시 팸플릿을 보면서 자발적 이벤트를 구경하고 다녔다.

그렇게 인파 속을 나아간 우리는 사역 MOB인 뤼이 일행에게 줄 선물을 고르거나, 축제 때 팔려고 내놓은 약간 희귀한 아이템 등을 사기도 하면서 즐겼다.

"꽤 괜찮은 가격에 유니크 장비 액세서리를 손에 넣었네."

"나도 판매용 장비 강화 소재를 손에 넣어서 다행이야."

내가 구입한 유니크 장비의 성능은 뛰어나지 않지만, 액세서리를 만들 때 디자인을 참고하기 위해서 이렇게 모으고 있다.

그 유니크 장비인 팔찌를 옆에서 들여다보던 클로드가 뭔가 눈치챈 모양이었다.

"윤. 그 액세서리를 스크린샷으로 찍어도 될까?"

"응? 상관없긴 한데. 클로드도 장비 디자인에 참고하게?"

내가 손바닥에 올려놓은 팔찌를 들어 올리자 클로드가 다양한 각도로 스크린샷을 찍기 시작했다.

내가 클로드에게 묻자 대답이 돌아왔다.

"그 팔찌의 장식도 타투 씰의 문양이 될 것 같길래 타투 씰을 만드는 법을 가르쳐준 플레이어에게 알려줄까 싶어서 말이야."

"그렇구나. 익숙하지 않은 우리보다는 전문가에게 정보를 제공해서 검증해달라는 거지."

내가 산 유니크 장비의 디자인을 타투 씰에 이용한다면 새로운 타투 씰이 탄생할지도 모른다.

"그건 그렇고. 어느새 연락처를 교환한 건데?"

"너희 셋이 타투 씰 제작에 푹 빠져 있던 동안에."

나는 유니크 장비의 사진을 첨부한 메시지를 타투 장인 플레이어에게 보내는 클로드를 반은 어이없고, 반은 감탄하며 바라보았다.

"자, 다음에는 어디로 갈까?"

『아~, 무서웠어~!』『그래도 재미있었지~!』『다음에는 아는 사람들도 같이 오자.』

메시지의 송신을 마친 클로드가 고개를 드는 와중에 우리 앞쪽 골목에서 플레이어 여러 명이 나오는 게 보였다.

"저기, 저기, 저쪽에 뭔가 있는 걸까?"

"음……, 뭐가 있으려나?"

리리가 의아하다는 듯이 뒷골목 쪽을 들여다보았고, 마기 씨도 팸플릿의 지도를 보며 위치를 확인했다.

어둑어둑한 뒷골목은 별로 다가가고 싶은 분위기가 아니었다.

그런 곳에서 이번에는 너덜너덜하고 꾀죄죄한 원피스를 입은 여자 플레이어가 호객용 간판을 들고 나타났다.

"길드 [고스트라이]의 유령의 집에 오세요! 센스나 아이템을 구사해서 등골이 오싹해지게 만드는 공포 체험을 부디 즐기고 가세요!"

유령의 집이라는 말을 듣고 눈을 빛내는 리리와는 달리, 나는 기분 나쁜 예감이 들었다.

휘말리기 전에 천천히 물러섰지만, 큰길에서 다음 손님을 찾던 여자 플레이어와 눈이 마주치자 기쁜 듯이 달려왔다.

"아~! 저번에 담력 시험을 하러 왔던 애! 있지, 친구들이랑 같이 유령의 집에 오지 않을래?"

우리에게 말을 건 그 호객꾼 여자 플레이어에게 들킨 나는 조용히 어깨를 늘어뜨렸다.

도망치지 못했구나……, 그렇게 낙담하자 마기 씨와 다른 사람들이 돌아보며 나를 보았다.

"윤 군하고 아는 사람이야?"

"저기……, 아는 사람이라고 해야 하나, 한 번 만난 적이 있다고 해야 하나……."

저번에 외딴섬 에어리어의 밤에 출현하는 시간 제한식 던전인 유령선―――, 그 내부에서 자주적으로 다른 플레이어들을 놀라게 하는 '담력 시험'을 했었다.

그 유령선의 담력 시험 때 놀라게 해주는 역할을 맡고 있던 유령 역할 누님 일행이고, 그때 길드 [고스트라이]를 만든다고 했었다.

"호오, 그런 일이 있었구나."

"그 이후에 우리도 무사히 길드를 만들었고, 멤버들하고 같이 길드 홈을 유령의 집으로 개조해서 이렇게 공개한 거야."

호객꾼 여자 플레이어, [고스트라이]의 누님은 그렇게 말하며 유령선에서 담력 시험을 한 일에 대해 설명해 주었다.

"유령의 집에 꼭 좀 와줘! 우리가 열심히 할 테니까!"

"아, 아뇨, 사양할게요. 아니, 유령의 집에서 열심히 하면 더 무섭잖아요?!"

내가 거의 비명을 지르는 듯이 말하자 [고스트라이]의 누님은 아하하하, 하고 뒤통수를 때리며 웃었다.

"재미있을 것 같네! 그리고 스탬프도 받을 수 있는 것 같고! 저기, 윤찌도 같이 가자!"

"어~, 유령의 집은 싫으니까 나는 밖에서 기다릴래."

"자자, 이렇게 손을 잡고 가면 무섭지 않을 테니까."

리리가 옷자락을 잡아당기고 마기 씨가 왼손을 잡아서 도망칠 수 없게 된 나는 누님에게 안내를 받아 어둑어둑한 뒷골목 안에 있던 길드 [고스트라이]의 유령의 집으로 향했다.

"우와……, 밖에서 봐도 분위기가 있네……."

분위기가 있고 어두운 뒷골목으로 들어가자 마찬가지로 분위기가 있고 낡은 저택이 있었다.

원래는 흰색으로 도장되어 있었을 텐데 세월의 경과에 따라 도장이 벗겨지고 꾀죄죄해진 저택. 지붕에는 낡은 풍향개가 삐걱삐걱 소리를 울리고 있었다.

"자, 자, 이쪽이에요~!"

밝은 목소리로 안내해주는 [고스트라이]의 누님과는 대조적으로 음침한 문이 끼이익~, 불안을 부추기는 소리를 냈다.

"이번 유령의 집의 목적은 저택 내부 어딘가에 있는 열쇠를 손에 넣고 탈출하는 거야. 다른 플레이어들하고는 최소 5분 간격으로 입장시키고 있는데, 안에서 만날지도 몰라. 그리고 [암시] 계열 센스나 장비를 가지고 있으면 유령의 집을 마음껏 즐기지 못할 테니까 장비는 빼두는 걸 추천할게."

유령의 집의 주의사항에 대해 설명해준 누님은 조명인 랜턴을 빌려주고는 입구인 문을 열고 안으로 들어가라고 재촉했다.

"으윽, 역시 무서워……."

"그렇게 말하면서도 [하늘의 눈] 센스는 제대로 빼두는군."

나는 그렇게 하소연하면서도 비어있던 오른손으로 메뉴

를 조작해서 [하늘의 눈] 센스를 해제했다.

그런 내 모습을 본 클로드가 조용히 중얼거렸지만, 유령의 집에 대한 불안한 마음 때문에 내 귀에는 들리지 않았다.

조명을 든 클로드를 선두로 리리가 따라들어갔고, 나는 마기 씨에게 손을 잡힌 채 저택 안으로 발을 내디뎠다.

그리고 제일 뒤에 있던 나와 마기 씨가 저택 안으로 들어가자 문이 닫혔다.

"으아……, 왠지, 정말……, 으아……."

낡은 저택의 복도에는 널빤지로 창문이 막혀 있어서 빛이 전혀 느껴지지 않았다.

클로드가 들고 있던 랜턴이 비추는 범위 안에는 낡은 저택 내부에 남은 흠집이나 까만 얼룩이 보였다.

그것만으로도 정체를 알 수 없는 엽기적인 존재가 암시되어서 불안한 마음이 커졌다.

"꽤 본격적이로군."

"뭐가 나올지 기대된다!"

클로드와 리리는 배짱이 좋아서 그런지 즐거워하는 표정으로 나아갔다.

"윤 군, 괜찮으니까, 응?"

"네, 네……."

마기 씨가 잡고 있던 손의 손등을 부드럽게 쓰다듬어주면서 달래주자 약간 차분해졌고, 클로드와 리리를 쫓아갈 수가 있었다.

길을 따라 통로를 나아가보니 왠지 모르겠지만 복도에 랜턴이 떨어져 있었다. 옆에는 상반신만 드러낸 채 쓰러져 있는 사람이 있었다.

"누구지? 유령 역할인가?"

"상반신만 있는 걸 보니 끔찍하게 살해당한 시체 역할인가?"

갑자기 고개를 들고 좀비처럼 손을 뻗을지도 모르기에 쓰러진 사람 반대쪽으로 붙어서 천천히 다가가자 쓰러져 있던 사람이 고개를 들고 우리에게 말을 걸었다.

"아, 다행이야. 다음 사람이 왔구나. 좀 잡아당겨 주면 안 될까?"

"어?"

곤란하다는 듯이 웃은 그 남자 플레이어는 윗몸을 비틀어서 자신의 허리 상태를 보여주었다.

"이 저택에서 탈출하려면 열쇠를 찾을 필요가 있잖아? 그걸 찾으려고 벽에 뚫린 구멍으로 몸을 집어 넣었는데 걸려서 빠지질 않거든."

허리가 낀 벽의 구멍을 보여준 다음, 자기가 목에 걸고 있던 열쇠를 보여주는 남자 플레이어. 나는 어떤 가능성이 떠올랐다.

"앗! 그렇다면 우리보다 먼저 들어온 플레이어야?"

"일단 잡아당기면 될까?"

나와 마기 씨가 잡고 있던 손을 놓고 그 사람의 팔을 잡은 순간———, 그 사건이 일어났다.

"으아아아아아아악! *끄*아아아아아아악! 꺼어어어어어억! 다, 다리가, 다리가! 사, 살려줘! 살려———."

"어? 뭐야? 뭐야?! 갑자기 뭔데! 무서워!"

남자를 벽의 구멍에서 끄집어내려고 했지만, 벽 건너편에 있는 무언가가 더 강한 힘으로 남자의 다리를 잡아당기고 있다.

보이지 않는 벽 건너편의 상황으로 인해 남자가 절규했고, 벽에 뚫린 구멍 틈새로 검붉은 액체가 퍼져나가고 있었다.

나는 미지에 대한 공포로 울상을 지으면서 남자가 벽 건너편으로 끌려가지 않게끔 계속 잡아당겼다.

"이제 얼마 안 남았어! 힘내!"

마기 씨도 남자에게 소리치며 팔을 잡았고, 클로드와 리리도 급하게 뛰어와서 잡아당기는 걸 도우려 했지만———, 찌지직!

"———아아아아아아아아아아아아악!"

"으앗?!"

갑자기 남자의 몸에 걸려 있던 힘의 균형이 깨졌고, 남자가 벽 건너편으로 끌려 들어갔다.

마기 씨는 아슬아슬한 상황까지 버텼지만, 나는 잡아당기던 기세를 이기지 못하고 엉덩방아를 찧은 채 무슨 일이 일어난 건지 이해하지 못하고 멍해졌다.

"윤찌, 괜찮아?"

그리고 엉덩방아를 찧은 나는 리리의 손을 빌려서 일어난 다음, 손에 남아 있는 물건이 있다는 사실을 깨달았다.

"……앗, 소매."

"흐음. 좀 전에 그 플레이어는 유령의 집에 온 참가자가 아니라 참가자로 변장한 담당자였을지도 모르겠군."

클로드가 추측하기로는 좀 전에 그 플레이어는 유령의 집의 피해자 역할이었던 모양이다.

정체를 알 수 없는 미지의 괴물에게 습격당해서 천장 위나 바닥 아래, 좁은 공간에 끌려가서 사라지는 역할이다.

"소매도 잡아당기면 찢어지기 쉽게끔 손을 봐둔 게 그 증거지."

클로드가 내 손에서 찢어진 소매 조각을 들고는 살펴보았다.

재봉사인 클로드가 보기에는 옷에 손을 쓴 건 금방 눈에 띄는 것 같았다.

"SF 호러에서는 폐쇄적인 우주선의 통풍구를 통해 괴물이 습격하곤 하는데, 그걸 참고해서 호러 연출을 한 거겠지."

"그렇게 게임 외적인 분석을 들으니……, 무서운 느낌이 가셔서 왠지 싫은데."

마기 씨가 정색하는 표정을 지으며 조용히 중얼거렸기에 나도 맞장구를 치며 고개를 끄덕였다.

호러는 싫고, 정체를 알 수 없는 미지의 존재는 무섭게 느껴지긴 한다.

하지만 클로드의 추측이 사실이라면 그 정체불명의 존재

가 단숨에 싸구려처럼 느껴지니, 그런 느낌도 왠지 싫다.

"아무튼, 앞으로 나아가자. 그리고 클로찌는 스포일러 금지! 재미가 없어지니까."

"음, 미안하군."

미묘한 분위기를 보이는 나와 마기 씨 대신 리리가 클로드에게 손가락을 들이대며 주의를 주었다.

그 말을 들은 클로드는 씁쓸한 표정을 지으며 순순히 사과했다.

하지만———.

"무서운 게 좀 가셨으니까, 저기……, 일단은 고마워."

나는 클로드에게 작은 목소리로 고맙다는 인사를 한 다음, 마기 씨와 나란히 통로를 나아갔다.

이제 마기 씨와 손을 잡지 않더라도 괜찮을 정도로는 무서운 느낌이 가셨다.

그때, 클로드는 약간 놀란 표정을 지었지만, 곧바로 살짝 웃고는 맨 뒤에서 따라왔다.

그런 다음, 좀 전에 벽 건너편에 있던 괴물이 돌아다니는 연출 때문인지 천장 위에서 무언가가 우당탕탕 움직이는 소리나 피해자 역할이 흘린 피를 표현하기 위한 피가 벽 틈새에서 새어나오거나, 통로 모퉁이에는 이쪽을 의미심장하게 바라보면서 피가 묻은 날붙이를 든 가면의 괴인이 있는 등, 놀라긴 했지만 공포는 덜했다.

참고로 가면을 쓴 괴인이 나타난 통로는 외길이었지만,

중간에 마주치진 않았다.

아마 통로 어딘가에 비밀 문이 있고, 벽 뒤에 숨어 있는 건지도 모르겠다.

그렇게 입구에서 외길인 통로를 빠져나간 문 너머에는———, 밝은 촛불이 켜진 방이 있었다.

"밝네……."

클로드의 말 덕분에 공포가 조금 가시긴 했지만, 그래도 어둡고 답답한 외길을 계속 걷다보니 긴장이 쌓이고 있었다. 어둠에서 해방되자 안도의 한숨이 새어 나왔다.

"밝은 걸 보니 여기에서는 놀라게 하지 않을지도 모르겠네."

밝은 곳에서는 놀라게 하더라도 금방 정체를 알아볼 수 있으니 무서운 느낌이 약해져 버린다.

그래서 마기 씨는 이 방을 안전지대라고 생각했고, 나도 그러면 좋겠다면서 쓴웃음을 지었다.

"다들 저걸 봐, 저기가 다음 장소인 것 같아."

방 주위를 둘러보던 리리가 손가락으로 가리킨 곳에는 다음 장소로 이어지는 문이 있었다.

클로드가 문 쪽으로 다가가서 문 손잡이에 손을 댔지만…….

"음, 안 되겠군. 열리지 않아."

철컥, 철컥, 문 손잡이를 돌려서 열려고 했지만, 문은 열리지 않았다.

그리고 포기하고 방 안을 찾아보기 위해 돌아섰을 때, 철컥, 잠금이 해제되는 소리가 들리고는 좀 전까지 닫혀 있던 문이 끼이이이익, 삐걱대는 소리를 내며 저절로 열리기 시작했다.

"""…………."""

마치 이쪽으로 오라는 듯이 유도하는 걸 보고 나와 마기 씨, 리리는 입을 다물어버렸다.

그 연출은 좀 무서웠다.

분명 이 밝은 방의 상황을 감시하고 있을 거라 생각하니 눈물이 나왔다.

"뭐, 갈 곳을 마련해주었으니까. 그대로 나아가볼까."

"싫은데……, 진짜로, 싫은데……."

한 번 밝은 곳으로 나와서 그런지 다시 어두운 곳으로 발을 내디디는 것에 거부감을 느끼면서도 어쩔 수 없이 마기 씨 일행과 함께 그 문 안으로 들어갔다.

●

그 이후에 유령의 집 안을 나아간 우리는 무사히 출구에 도착할 수 있었다.

"여러분, 고생 많으셨어요~. 어떻던가요? 즐기셨나요?"

"깜짝 놀라긴 했지만, 즐거웠어!"

"저도 마기찌와 똑같이 즐거웠어요! 또 오고 싶네요!"

출구 근처에서 유령 역할인 누님이 맞이해 주었고, 마기 씨와 리리가 있는 힘껏 즐거웠다고 말해주었다.

"고마워. 다른 친구들에게도 소개해주고 또 와줘. 그리고 정기적으로 유령의 집의 기믹이나 컨셉을 바꿔 나갈 예정이니까 기대하고."

"유령의 집을 개장하면 또 올게요!"

마기 씨가 힘차게 대답하자 그 말을 들은 누님이 부드러운 표정으로 마기 씨와 리리의 스탬프 카드에 스탬프를 찍었다.

"그럼 거기 있는 오빠하고 유령을 무서워하는 애는 어땠어? 이번에는 즐거웠어?"

유령 역할인 누님이 나와 클로드에게 말을 걸자 나는 억지 웃음을 지었다.

"아하하…… 무섭고 깜짝 놀라긴 했지만, 이번에는 즐거웠네요."

클로드 덕분에 약간이나마 냉정하게 유령의 집의 기믹에 대해 생각할 수가 있어서 무서운 마음이 덜했다.

하지만 그럼에도 불구하고 갑작스러운 기믹이나 살벌한 분위기, 우리 앞뒤에서 가고 있는 다른 입장자들의 비명 때문에 갑작스럽게 놀라서 몇 번이나 몸이 굳기도 했다.

즐겁기도 했지만 정신적으로 피곤해졌기에 어딘가에서 좀 쉬고 싶은 기분이다.

그리고 클로드는———.

"나도 즐겁긴 했다만, 역시 놀라게 하는 역할의 인적 자원이 적은 느낌이더군."

"아니, 우리도 호러 영화처럼 연출에 신경을 쓰고 싶긴 한데. 영화는 그 한 장면을 위해서라면 얼마든지 인원을 투입할 수 있지만, 연달아 놀라게 해야만 하는 유령의 집에서는 꽤 힘드니까."

"그렇긴 하겠지. 하지만, OSO 안에 있는 아이템 같은 것들을 쓰면 군데군데 개량할 수 있을 만한 점이 생각나더군."

예를 들어 발치를 지나치는 수많은 쥐 형태의 MOB이나 머리 위에서 날아다니는 박쥐 형태의 MOB 등, 고전적으로 놀라게 하는 방법은 합성 MOB이나 연금 MOB으로 재현할 수 있다.

놀라게 하는 역할도 인원이 많이 필요한 경우나 간단한 종류는 NPC를 고용해서 시킬 수도 있다.

그리고 놀라게 하는 역할의 배리에이션도 기계장치 마도인형을 채용하면 사람이 표현할 수 없는 인형의 무기질적인 느낌으로 새로운 공포를 만들어낼 수 있다.

그 밖에도 몇 가지 신경 쓰이던 점을 말한 클로드를 보고 유령 역할 누님은 기쁜 듯한 표정을 지었다.

"아, 오빠의 아이디어는 꽤 재미있을 것 같은데! 다음에 유령의 집을 개장할 때 시험해봐도 될까?"

"마음대로 하라고. 그리고 만약에 유령의 집에 대해 의논하고 싶다면 [콤네스티 카페 양복점]으로 오도록 해."

클로드는 유령 역할인 누님과 프렌드로 등록하면서 빈틈 없이 인맥을 늘리고 있었다.

이제 빙고 카드를 교환하면 빙고 대회에 참가할 수 있다.

"빙고 대회까지 아직 시간이 있는데 어떻게 할까? 더 구경하고 다닐까?"

"음~. 나는 좀 지쳐서 쉬고 싶은데……."

마기 씨 일행과 유령의 집을 돌아다닌 건 즐겁긴 했지만, 역시 무서운 건 정신적으로 피곤해서 쉬고 싶다.

"그럼 거기 들르고 싶어! 역시 신경 쓰이니까."

"리리, 거기라니?"

"사역 MOB들하고 어울릴 수 있는 광장! 역시 시아찌도 불러서 같이 즐기고 싶어!"

리리가 말한 곳은 중간에 지나쳤던 곳이다.

사람들이 많이 보이는 자발적 이벤트에서는 뤼이 같은 파트너를 데리고 우르르 몰려다니면 이동하는 데 방해가 되기 때문에 집을 보라고 했다.

하지만, 어울림 광장이라면 불러내더라도 함께 분위기를 즐길 수 있을 것 같다.

"지나칠 때 봤는데, 쉴 만한 벤치 같은 게 있긴 했지."

"그럼 가는 중간에 이벤트 운영 텐트가 있으니 거기서 빙고 카드를 교환한 다음에 가볼까."

나도 거부할 이유도 없었기에 고개를 끄덕인 다음, 모두와 함께 이동했다.

중간에 발견한 텐트에서 스탬프 카드를 내고 빙고 카드와 교환한 다음, 어울림 광장에 도착했다.

"아~, 윤 씨 일행이네. 안녕하세요."

"오, 레티아도 온 거야?"

조금 전에 지나쳤을 때와는 모여 있는 사역 MOB들의 종류도 달라졌고, 그중에는 내가 알고 지내는 조교사인 레티아도 있었다. 그녀가 인사했다.

"아~, 레티아, 오랜만이야! 레티아도 어울림 광장에 놀러 왔니?"

"아뇨, 저는 어울림 광장을 돕는 쪽이에요. 조교사들이 번갈아 가며 사역 MOB들을 소환해서 놀러 오는 사람들과 함께 놀 수 있게끔 대기하고 있어요."

레티아가 바라본 곳에는 그녀의 파트너인 사역 MOB들이 많은 플레이어들 및 다른 사역 MOB들과 함께 어울리는 모습이 보였다.

이 어울림 광장은 사역 MOB과 플레이어들이 교류하는 것뿐만 아니라 사역 MOB들끼리 교류하는 곳이기도 한 것 같다.

"우리도 참가하자! 리쿠르———, 《소환》!"

"자, 나도 가볼까. 쿠츠시타———, 《소환》!"

"시아찌도 나와! ———《소환》!"

마기 씨와 클로드 리리가 소환석을 던지며 각각 파트너를 불러냈다.

"그럼 우리는 다른 플레이어나 사역 MOB들과 교류하고 올게."

"마기 씨, 다녀오세요."

성수 상태로 나타난 마빙랑 리쿠르와 그 등에 탄 행운 고양이 쿠츠시타, 그리고 불사조 네시아스는 주위의 주목을 받았고, 다른 사역 MOB들 사이에 끼었다.

그 모습을 바라보던 나에게 레티아가 의아하다는 듯이 고개를 갸웃거렸다.

"윤 씨는 불러내지 않으시나요?"

"나는 마기 씨네하고는 별개로 쉴 생각으로 온 건데……, 뤼이, 자쿠로, 플랜, 나와! ──《소환》!"

나도 정령석을 던지며 파트너들을 불러내려 했다.

뤼이와 자쿠로가 환수 상태로 나타나 착지하던 와중에 장난꾸러기 요정 플랜의 소환석만은 하얀 빛이 급격하게 팽창했고, 일정 크기를 넘어선 순간에 파열음이 울렸다.

주위에 바람이 휘몰아치고 꽃잎과 반짝이는 빛이 흩어지자 주위의 시선이 쏠렸다.

"이, 이게 뭐야?"

마치 크래커라도 터뜨리는 듯한 파열음과 흩날리는 꽃잎. 눈을 동그랗게 뜨고 있던 와중에 내 앞으로 꽃잎에 적은 편지가 하늘거리며 내려왔다.

"꽃잎 편지? 음──, '나, 요정향에서 놀고 있으니까 지금은 안 돼!'라고……."

장난꾸러기 요정 플랜이 보낸 편지를 보고 어깨를 늘어뜨린 나와는 대조적으로 레티아는 살짝 웃었다.

"후후, 꽤 재미있는 편지가 왔네요."

"에휴……, 플랜은 가끔 이런 구석이 있단 말이지."

사역 MOB으로서의 특성인지, 장난꾸러기 요정인 플랜은 매우 제멋대로 군다.

이번처럼 소환에 응하지 않는 경우도 있는가 하면, 불러내도 귀찮다거나 환경이 안 좋다는 핑계를 대며 소환석으로 다시 돌아가는 경우도 있다.

그런가 싶더니 멋대로 소환석에서 나타나기도 한다.

뭐, 몇 번이나 끈질기게 소환하면 나와서 협력해주고, 《간이 소환》처럼 사역 MOB의 힘을 일시적으로 빌리는 스킬은 실패하지 않으니 딱히 문제는 없다.

"쉬실 거면 저쪽에서 같이 쉬실래요?"

"그래. 그럴까?"

나는 레티아에게 안내를 받으며 어울림 광장 구석의 벤치에 앉았다.

그런 내 발치에 뤼이가 앉았고, 자쿠로는 내 무릎 위에 있다.

레티아도 나란히 앉아서 멍하니 어울림 광장을 바라보던 동안에 레티아의 파트너인 페어리 팬서 후유가 새하얗고 동글동글한 오리 한 마리를 등에 태우고 돌아왔다.

"후유하고 삿짱. 어서 오세요."

"냐."

"꽥."

후유와 삿짱이라 불린 오리가 울음소리를 내며 대답했다.

"삿짱……, 새로 동료가 되었다던 콜드 덕?"

저번에 라이나와 알이 스크린샷을 보여주었을 때는 레티아와 벨이 끌어안을 수 있을 정도로 컸던 게 생각났다.

"네. 사츠키라서 삿짱이에요. 지금은 [유수화]해서 품속에 들어오는 크기지만, 원래 크기는 끌어안을 수 있을 만큼 크죠."

후유 등에 탈 수 있을 만큼 작은 것이 이해가 되는 와중에 [유수화]해도 노란 병아리가 아니라 그냥 작아지기만 하는 구나라는 생각이 들어서 쓴웃음을 지었다.

레티아에게 콜드 덕 사츠키를 소개받자 같이 있던 뤼이와 자쿠로도 흥미가 생긴 모양이었다.

내 무릎에서 땅바닥으로 뛰어내린 자쿠로와 마찬가지로 후유 등에서 날개를 퍼덕이며 착지한 삿짱은 타박타박 물갈퀴가 달린 발로 자쿠로에게 다가갔다.

그리고 자쿠로와 사츠키가 이야기를 나누는 듯이 울음 소리를 냈고, 거기에 뤼이와 자쿠로까지 껴서 제자리에 앉은 채로 놀기 시작했다.

"윤 씨의 파트너들과 사이좋게 지낼 것 같아서 다행이네요."

"그러게."

레티아에게 콜드 덕 사츠키의 소개를 받은 나는 하고 싶은 말이 있었다는 게 생각났다.

"아, 맞다. 레티아, 축하해."

내가 갑작스럽게 축하하자 레티아는 의아한 듯한 표정으로 이쪽을 보았다.

"갑자기 무슨 말씀이시죠?"

"아니, 콜드 덕 사츠키가 새로운 동료가 되었다고 라이나하고 알에게 들어서, 축하해주려고."

내가 머쓱하게 볼을 손가락으로 긁자 레티아가 부드러운 미소를 지었다.

"감사합니다. 축하 선물로 맛있는 걸……."

"정말, 그런 쪽으로는 빈틈이 없구나. 음~, 지금은 저번에 만들었던 플로랑탱하고 파운드 케이크 정도밖에 없는데."

쓴웃음을 짓던 나는 선플라워 씨를 아몬드 대신 써서 만든 플로랑탱과 파운드 케이크를 꺼냈다.

양쪽 다 다른 사람에게 선물로 줄 용도로 작게 포장해두었고, 그걸 레티아에게 주자 그녀가 기쁜 듯이 받아들었고, 그 사실을 눈치챈 후유와 사츠키, 뤼이와 자쿠로에게도 나눠주고는 같이 맛을 보았다.

"맞다. 저도 윤 씨하고 의논하고 싶었던 게 있는데요."

그리고 플로랑탱과 파운드 케이크를 나누고 있던 레티아는 문득 뭔가 생각난 모양이었다.

"저번에 겨울 이벤트 공지가 나왔잖아요?"

"그래, 나왔지. 퀘스트 이벤트 복각하고 5악마의 던전 상시화. 그리고 서프라이즈로 스타 게이트에서 갈 수 있는 기간 한정 에어리어가 업데이트된다고 했던가?"

"맞아요. 그래서 금칩이 필요한데, 겨울 퀘스트 이벤트를 저희하고 같이 하지 않으실래요?"

레티아의 제안은 솔직히 고마웠다.

작년 겨울 이벤트 때는 사전에 누군가와 파티를 짜기로 약속하지 않았기에 솔로 중심으로 활동했고, 그런 다음에는 별생각 없이 다양한 퀘스트를 받았다.

그러니 같이 도와주는 플레이어가 있으면 든든하다.

그런데 금칩……, 다시 말해 난이도가 높은 퀘스트를 레티아가 함께 하자고 제안하니 왠지 신기하게 느껴진다.

"나는 상관없는데, 무슨 이유라도 있어?"

"실은……, 파트너인 사역 MOB들이 마음 편히 지낼 수 있게끔 윤 씨께서 가지고 계신 [개인 필드]. 아니, 길드용 [길드 에어리어 소유권]을 가지고 싶어서요."

"진짜로……? 뭐, 원래 좁긴 했으니까."

레티아네 길드 [신록의 바람]은 레티아와 라이나, 알, 이렇게 세 명뿐인 소규모 길드이긴 하지만, 레티아의 사역 MOB이 잔뜩 있기 때문에 꽤 좁았다.

"그 밖에도 파트너들의 식량 확보나 각자에게 적합한 공간에서 지냈으면 하니까 필요하고요."

예를 들어 초식동물인 하루나 페어리 팬서인 후유는 뛰어다닐 수 있게끔 넓은 초원.

밀 버드 나츠와 라나 버그 키사라기는 숲.

월 오 위스프인 아키나 바람 요정인 야요이게는 꽃밭과 약초밭.

가네샤인 무츠키에게는 먹을 것이 잔뜩 있는 과수원.

수룡인 우즈키나 새로 동료가 된 콜드 덕 사츠키는 물놀이나 헤엄을 칠 수 있는 물가 등.

그 밖에도 나중에 사역 MOB이 늘어날 것을 대비해서 [길드 에어리어 소유권]을 원하는 것이다.

"그렇구나. 그래서 금칩을 손에 넣을 수 있는 퀘스트의 전력으로 나를 초대한 거야?"

"네. 마음을 터놓은 상대이기도 하고요. 참고로 에밀리 씨와 벨도 협력해줄 거예요."

"에밀리 양하고 벨도? 길드 멤버가 아닌데?"

레티아는 고개를 끄덕이면서 두 사람이 도와주는 이유를 말해주었다.

에밀리 양은 길드 에어리어에서 만들어진 환경에서 나오는 소재의 공급.

벨은 많은 사역 MOB들이 이용할 수 있게끔 다른 플레이어들에게도 공개해서 교류하는 장소로 만들기 위해 협력해준다고 한다.

"그렇구나. 이 광장보다 규모가 더 커지는 느낌인가?"

"이미지를 따지면 그런 느낌이겠죠."

그 이후로도 레티아에게 구체적인 협력 이야기를 들었다.

나를 초대한 건 어디까지나 파티의 전력으로서의 의미라는 것.

에밀리 양이나 벨처럼 협력해서 얻을 이익을 줄 수가 없고 길드 멤버도 아닌 나에게는 금칩을 제공해달라고 요구하지 않을 거라는 것등을 말해주었다.

뤼이나 자쿠로가 느긋하게 지낼 환경이라면 내 개인 필드만으로도 충분하긴 하다.

그리고 내 개인 필드에는 아직 손대지 않은 지역이 남아 있기에 금칩을 주는 대신 길드 에어리어에서 얻을 수 있는 소재를 달라고 할 필요도 별로 없다.

하지만———.

"나도 협력할게. 레티아네 길드 에어리어를 만드는 거."

"……괜찮으시겠어요? 금칩을 저한테 주시게 되는 건데요."

레티아가 약간 눈을 크게 뜨며 나에게 물었다.

내가 얻을 이익이 없긴 하다.

하지만 내 눈앞에서 뤼이와 자쿠로, 레티아의 후유와 사츠키가 즐겁게 놀고 있는 광경.

리쿠르가 다른 사역 MOB들과 어울리고, 그 모습을 한 발짝 물러서서 바라보고 있는 마기 씨의 모습.

네시아스와 함께 다른 사역 MOB들을 부드럽게 쓰다듬으며 눈을 빛내고는 즐거워하는 리리.

쿠츠시타를 어깨에 태운 클로드가 다른 조교사 플레이어들과 교류하는 모습 등.

그런 광경이 눈앞의 광장 곳곳에서 보인다.

이 광경을 오늘처럼 일시적인 게 아니라 우리가 가면 언제든지 볼 수 있게끔 만들고 싶다.

그리고 그곳에 내 파트너인 뤼이와 자쿠로, 플랜이 끼어있는 광경을 보고 싶기에 나도 협력하는 것이다.

"아마 금칩 한 개를 은칩 네 개하고 교환할 수 있었을 텐데. 만약에 부족하면 이벤트 기간 중에 얻은 은칩을 금칩으로 바꿔서라도 줄게."

다행히 퀘스트 칩 교환 리스트에 내가 원하는 아이템은 없었던 것 같다.

"그 대신, 길드 에어리어의 환경을 만들 때는 제대로 도와줄게. 내 개인 필드를 만들기 전에 연습할 거니까."

내가 협력해서 얻을 이익이 없다는 걸 레티아가 신경 쓰지 않게끔, 지어낸 듯한 이유를 말하며 미소를 짓자 레티아도 살짝 웃었다.

"감사합니다, 윤 씨."

"이봐~, 윤 군! 조금 이르긴 한데, 빙고 회장에 가지 않을래?"

나와 레티시아의 이야기가 일단락되었을 때, 마기 씨 일행도 사역 MOB들과 어울림 광장에서 잔뜩 즐겼는지 시원스러운 표정으로 돌아왔다.

"그러게요. 레티아는 아직 이 광장 당번이야?"

"아뇨, 저도 같이 빙고 대회를 하러 갈게요. 그리고 중간에 에밀리 씨하고도 합류할 예정이에요."

벤치에서 일어난 내가 레티아를 돌아보며 말을 걸자 레티아도 같이 빙고 대회를 하러 갈 모양이었다.

우리는 뤼이 등의 사역 MOB들을 소환석으로 되돌리고는 빙고 대회가 진행되는 무대 회장으로 향했다.

●

빙고 대회를 하러 가던 도중에 레티아와 약속했던 에밀리 양과 합류했다.

"레티아, 오래 기다렸지. 아니, 윤 군하고 마기 씨네도 같이 있었네?"

"어울림 광장에서 만났어요. 빙고 대회를 하러 가신다길래 같이 왔죠."

에밀리 양은 레티아가 설명하자 납득했고, 여섯 명이 함께 빙고 대회 회장으로 들어갔다.

"저 근처가 비었네. 저기 앉자."

조금 일찍 관객석에 온 우리는 마기 씨가 발견한 빈자리에 앉아서 빙고 대회가 시작될 때까지 이야기를 나누며 기다렸다.

"우리는 [익스팬션 키트]를 노리고 있는데, 레티아하고 에밀리는 뭘 노리고 있어?"

마기 씨가 레티아와 에밀리 양에게 묻자 두 사람은 무대 위에 늘어서 있던 경품을 확인하려는 듯이 바라보았다.

"저는 먹을 걸 노리고 있어요. 저기 있는 식재료, 보스 드롭 세트를 가지고 싶네요."

"나는 내가 직접 채집하러 갈 수 없는 희귀한 소재려나."

힘주어 말한 레티아의 시선 끝에는 단상에 놓인 바구니 안에 빽빽하게 들어찬 다양한 식재료 아이템이 있었고, 에밀리 양도 마찬가지로 다양한 소재가 모여 있는 곳을 보고 있었다.

두 사람답네, 하고 훈훈하게 생각하며 나도 달리 괜찮은 아이템이 없을까 바라보고 있자니 빙고 대회 시간이 다가왔다.

『━━━오늘은 플레이어들이 주최한 이벤트에 모여주셔서 감사합니다. 이벤트를 즐겨주신 참가자분들에 대한 선물로, 지금부터 빙고 대회를 개최합니다. 여러분, 빙고 카드는 준비하셨나요?』

관객석에 앉은 플레이어들이 손에 쥔 빙고 카드를 살짝 들어올리며 어필했다.

우리도 마찬가지로 빙고 카드를 들어 올리며 흔들었고, 무대 위에 있던 사회자가 만족스러운 듯이 고개를 끄덕였다.

『제대로 이벤트를 즐기고 스탬프를 모아주셔서 감사합니다. 그럼 지금부터 빙고 대회의 규칙을 설명하겠습니다.』

빙고 대회의 규칙은 추첨기에서 나온 번호를 하나씩 공개하고, 가지고 있는 빙고 카드에 해당되는 번호가 있으면 체

크한다.

그리고 가로, 세로, 대각선, 어떤 것이든 한 줄만 이어지면 관객석에서 일어서고, 큰 소리로 빙고라고 선언하는 것이다.

빙고를 맞춘 플레이어부터 차례대로 단상 위로 올라가 경품을 고른다.

『만약에 숫자를 놓치거나 중간에 빙고에 참가하시더라도 괜찮습니다! 나온 번호는 계속 공개해둘 테니 빙고를 맞추신다면 말씀해 주세요!』

그럼 시작합니다! 사회자가 그렇게 말하고는 추첨기를 돌리기 시작했다.

"일찌감치 나왔으면 좋겠는데."

"운 좋게 한가운데하고 엮이면 숫자가 네 개만 나와도 빙고인데."

빙고 카드는 가로세로가 다섯 칸이고 한가운데가 뚫려 있는 곳을 제외한 스물네 칸에 무작위로 숫자가 분배되어 있다.

그렇기 때문에 가장 빠르게는 네 번의 추첨 만에 빙고를 맞출 수 있다.

『그럼, 첫 번째 숫자는———, '70'입니다!』

회장 여기저기에서 혈안이 되어 빙고 카드에서 숫자를 찾았고, 기뻐하고 낙담하는 목소리가 울렸다.

그리고 사회자도 빙고 대회를 빠르게 진행하기 위해 빙고 직전까지는 시원스럽게 숫자를 말해나갔다.

『다음 숫자는――――, '25'! 다음은 '43'입니다! 숫자 세 개가 나왔는데, 하나만 남은 분은 안 계신가요?』

사회자가 그렇게 말하자 하나만 남았다는 사람이 일어섰다.

그리고 우리들끼리도 서로 빙고 카드를 확인했지만 대부분 하나나 두 개, 맞춘 정도라 빙고까지는 한참 멀었다.

『그럼, 운명의 네 번째 숫자는――――, '69'입니다!』

가장 빠르게 빙고를 맞출 가능성 때문에 플레이어들이 군침을 삼켰지만, 그렇게까지 운이 좋은 플레이어는 없었고, 하나만 남아서 일어선 사람이 늘어났을 뿐이었다.

"끄으으응……, 숫자를 맞추긴 했는데, 선으로 잘 안 이어지네."

"아하하하, 그럴 수도 있지."

굳은 표정을 짓고 있던 에밀리 양은 숫자를 세 개나 맞췄지만, 전부 선으로 이어지지 않는 위치여서 빙고를 맞추려면 한참 먼 것 같았다.

『다음 번호는――――, '42'!』

다섯 번째 숫자가 발표되자 일어서는 참가자가 더 늘어났지만, 우리 일행 중에서는 일어선 사람이 없었다.

『슬슬 첫 번째 빙고가 나올 타이밍일까요? 다음 번호는――――, '93'!』

『――――빙고!』

일어서 있던 플레이어 중 한 사람이 큰 소리로 외치고는 무대 위를 향해 뛰어갔다.

『빙고 축하드립니다! 원하시는 경품은 어떤 건가요?』

"음———, 저걸로 부탁드립니다!"

무대 위에 서서 많은 사람들의 시선이 쏠리자 긴장한 건지 딱딱한 목소리였지만, 확실하게 가치가 제일 높은 아이템을 손가락으로 가리키고는 받아갔다.

그 순간, 같은 경품을 노리던 다른 플레이어들이 낙담하는 목소리를 냈고, 회장 곳곳에서 축하한다는 환호성과 박수가 날아들었다.

『자, 레어 아이템 경품은 아직 많이 남았습니다! 풀 죽지 마시고 가보시죠!』

무대 위에서는 첫 빙고로 분위기가 달아오른 와중에 우리 일행 중에서도 하나 남은 사람이 생겼다.

"앗싸! 이제 하나만 맞추면 빙고야! 아직 원하는 아이템을 노릴 수 있다고!"

리리가 제일 먼저 하나만 남은 상황을 맞이하고 일어섰다.

한가운데 칸까지 포함한 대각선이 하나만 남은 상황이었고, 노리는 숫자 말고도 선을 만들기 쉬운 형태였다.

『그럼, 일곱 번째 숫자는———, '15'입니다!』

"아~, 전혀 다른 숫자가 나왔어~."

"저도 하나 남았네요."

리리는 노리는 숫자를 중얼거리며 기도하고 있었지만 원하는 숫자가 나오지 않아서 어깨를 늘어뜨린 한편, 레티아가 하나만 남은 상황이 되자 일어섰다.

그리고 새롭게 빙고를 맞춘 사람이 두 명 나와서 다시 고액 레어 아이템을 경품으로 받아갔다.

『계속 갑니다~. 여덟 번째 숫자는―――, '4'입니다!』

"앗, 맞췄네요."

"말도 안 돼애애애! 너무 빠르잖아~!"

하나만 남은 상황이 된 직후에 곧바로 빙고를 맞춘 레티아. 그 속도를 보고 리리가 소리치는 와중에 이번 숫자로 나와 마기 씨가 하나만 남은 상황이 되어서 일어섰다.

여덟 번째 숫자로는 레티아를 포함한 다섯 명이 빙고를 맞춰서 레티아 말고는 고액 레어 아이템을 손에 넣었다.

그런 와중에 레티아만은 보스가 드롭하는 식재료 세트를 손에 넣고 무대 위에서 신이 난 표정으로 들어 올렸기에 약간 팽팽해졌던 회장의 분위기가 훈훈해졌다.

『아홉 번째 숫자 갑니다. 숫자는―――, '31'! 이번에 빙고를 맞추신 분은? 신기하네요. 안 계신 모양입니다!』

레티아가 훈훈한 표정으로 돌아올 때 아홉 번째 숫자가 발표되었지만, 이번에는 빙고를 맞춘 사람이 없고 하나만 남은 상황이 되어 일어선 사람뿐이었기에 다들 안심했다.

『열 번째 숫자는―――, '11'입니다.』

"또 안 나왔어~. 그래도 하나만 남은 줄이 두 개가 되었네!"

리리는 확실하게 들어맞은 숫자를 늘려가는 한편, 나와 마기 씨의 카드에는 맞는 숫자가 없어서 일희일비하고 있었다.

공개된 숫자가 늘어날수록 빙고를 맞추는 사람도 늘었고, 이번에는 열 몇 명이 경품을 받으러 무대 위로 올라갔다.

기뻐하며 경품을 받아가던 참가자들 중에는 [익스팬션 키트]를 선택하는 플레이어도 있었다.

"다음에 빙고를 맞추지 못하면 아마 [익스팬션 키트]는 전부 다른 사람이 가져가 버릴 거야."

마기 씨가 그렇게 중얼거릴 만큼, 한 번에 빙고를 맞추는 사람이 늘어난 것이다.

"지금 시점에서 하나만 남은 상황이 되지 못한 나는 절대로 안 되겠군. 마기, 리리, 윤. 뒷일은 부탁한다!"

클로드는 제각각 다른 위치에 숫자가 맞은 빙고 카드를 들어 올리며 우리를 응원해 주었다.

그리고, 운명의 열한 번째 숫자가 공개되었다.

『레어 아이템이 얼마 남지 않은 상황에서 열한 번째 숫자는━━, '40'입니다!』

"아~, 역시 안 맞네~! 마기찌는 어때?"

"나도 안 맞았어. 그래도 빙고는 계속 이어질 테니 다른 경품을 받도록 할게."

마기 씨와 리리가 빙고를 맞추지 못하고 쓴웃음을 짓는 와중에 나는 목소리를 작게 쥐어 짜냈다.

"아, 맞았다."

"윤 군?"

"해냈어요! 빙고예요!"

내가 마기 씨 일행을 돌아보며 그렇게 말하자 클로드와 리리는 놀란 듯이 눈을 크게 떴고, 마기 씨는 내 손을 잡으며 함께 기뻐해 주었다.

"윤 군, 축하해! 아니, 기뻐하기만 하면 안 되지! 얼른 [익스팬션 키트]를 받으러 가!"

"헉?! 그, 그랬죠! 다녀올게요!"

나는 마기 씨 일행의 배웅을 받으며 빙고 카드를 들고 무대를 향해 갔다.

이번에도 마찬가지로 나를 포함해서 플레이어 열 몇 명이 빙고를 맞춘 모양이었다.

담당자 플레이어에게 빙고 카드를 확인받은 다음, 무대 위로 올라가자 플레이어들이 세 줄로 서서 차례대로 경품을 고르고 있었다.

지금 경품은 NPC가 약 100만 ~ 200만G 정도에 파는 레어 아이템이 다양하게 남아 있다.

빙고를 맞춘 플레이어들은 그중에서 고른 경품을 들고 어필하며 무대에서 내려갔다.

(부디 [익스팬션 키트]만은 남아있기를.)

그렇게 기도하며 기다리다 보니 [익스팬션 키트 I]이 하나 남은 상황에서 내 차례가 돌아왔다.

나는 기뻐하며 마지막으로 남은 [익스팬션 키트] 쪽으로 손을 뻗었지만———.

""———앗.""

옆줄에 서 있던 플레이어와 동시에 [익스팬션 키트]에 손을 뻗은 것이다.

서로 묘하게 껄끄러워진 분위기. 상대방을 살펴보니 장비에 쓰인 소재의 분위기가 중급자 같았다.

[익스팬션 키트]를 손에 넣어 장비를 강화하고 싶다. 하지만 직접 얻으러 갈 수는 없다.

그런 미묘한 레벨대의 플레이어일 거라는 생각이 들어서 물어보았다.

"······저기, [익스팬션 키트]를 직접 얻으러 갈 순 없어?"

"저기······, 그게······, 네."

솔직하게 고개를 끄덕인 플레이어를 보고 나는 어쩔 수 없다면서 마음속으로 쓴웃음을 지으며 손을 거두었다.

"그럼, 나는 다른 걸 고를게."

"······괜찮으시겠어요?"

"응. 나는 그, 열심히 하면 얻으러 갈 수도 있으니까."

"감사합니다!"

살짝 고개를 숙여 인사하고 [익스팬션 키트]를 받은 플레이어는 매우 기쁜 듯한 표정으로 무대 위에서 들어 올리고는 동료들이 기다리고 있던 관객석으로 돌아갔다.

만약 내가 내 사정을 우선시해서 [익스팬션 키트]를 받았다면 그 플레이어가 실망한 표정을 짓게 만들었을지도 모른다.

그렇게 생각하면 직접 얻으러 갈 수 있는 내가 양보하는 건 아무런 문제도 되지 않는다.

"자, [익스팬션 키트]는 못 받았으니……, 이거면 되려나."

노리던 경품을 얻지 못한 나는 산더미처럼 쌓인 빙고 경품을 바라보았다.

그리고 가치가 높은 아이템 중에서 낯선 강화 소재 하나를 고른 다음, 마기 씨 일행이 있는 곳으로 돌아갔다.

"윤 군, 어서 와. [익스팬션 키트]를 얻지 못해서 아쉽겠구나."

무대 위에 있던 우리를 본 건지, 마기 씨가 그렇게 위로해주었다.

"저기, 기대하게 해드려서 죄송해요."

"그렇지 않아! 그리고 원래 여기서 못 받으면 [익스팬션 키트]를 얻으러 가자고 했었잖아!"

그러니까 괜찮아! 리리가 그렇게 격려해주자 나는 역시 양보하길 잘했다는 생각이 들었다.

관객석에 앉은 나는 계속 빙고 대회의 결과를 지켜보았고, 마기 씨와 리리, 클로드, 에밀리 양이 빙고를 맞추고 경품을 받는 모습을 보았다.

하지만 네 사람이 경품을 받을 무렵에는 비싼 경품은 남지 않았고, 그 대신 참가상 같은 포션 세트를 받았다.

『이제 빙고 대회는 끝입니다만, 이벤트 폐막까지 빙고 숫자는 곳곳에 있는 안내 텐트에 게시해두겠습니다! 빙고를 맞춘 카드를 가지고 계신 분께서는 텐트에서 기념품과 교환하실 수도 있습니다!』

보아하니 빙고 대회에 참가하지 못하더라도 이벤트 자체의 기념품이라는 형태로 마기 씨 같은 사람들이 받은 포션 세트 같은 것들을 받을 수 있는 모양이다.

그렇게 원래 목적이었던 빙고 대회를 즐긴 우리가 폐막 때까지 어슬렁거리며 돌아다닐까 하고 이야기하던 참에 에밀리 양에게 프렌드 통신이 들어왔다.

"응? 프렌드 통신……, 뭐지?"

"에밀리 양, 무슨 일이야?"

"아니……, 알고 지내는 생산직을 통해서 [소재상]에게 지명 의뢰가 들어왔어. 타투 씰을 만들 때 쓰는 [마법 잉크] 하고 속성석을 합성해서 ,속성 잉크를 각각 200개씩 만들어달라는 의뢰인데."

나는 혹시나……, 하는 생각이 들었다.

마기 씨와 리리, 클로드도 마찬가지인 것 같았지만, 에밀리 양은 눈치채지 못하고 계속 말했다.

"그런데 묘하단 말이지. 지금까지 접촉한 적이 없는 길드의 의뢰고, [마법 잉크]도 취급한 적이 별로 없는 아이템인데, 왠지 모르겠지만 의뢰 아이템이 구체적이고 양도 많아. 이래선 혼자서 다 처리할 수가 없는데."

"에밀리 씨, 에밀리 씨……, 윤 씨네 분위기가……."

우리 분위기를 먼저 눈치챈 레티아가 에밀리 양의 어깨를 찌르며 말했다.

에밀리 양이 말한 내용에 짐작이 가는 게 있던 나는 억지 웃음을 지었지만, 그녀가 째려보았기에 포기하고 말했다.

"……그거, 우리가 원인을 제공한 의뢰일지도 몰라."

타투 씰 강좌를 들으러 갔던 길드에서 타투 씰 제작에 이런저런 새로운 의견을 주고 왔다.

그때, 내가 [마법 잉크]와 속성석을 합성한 속성 잉크를 만들었고, 그때 속성 잉크를 부탁할 거라면 [소재상]인 에밀리 양이 더 나을 거라고 이름을 언급했다.

아마 그 때문에 에밀리 양에게 의뢰가 들어왔을 것이다.

이름을 말한 건 나지만, 타투 씰을 개량할 계기를 만든 사람으로서 마기 씨 일행도 왠지 미안해하는 표정이었다.

"……에휴, 사정은 알겠지만, 나 혼자서는 일손이 부족하니까 윤 군도 [연금솥]하고 [분해로]를 손에 넣어서 납품을 도와줘야겠어."

"괜찮겠어? 내가 [연금솥]하고 [분해로]를 손에 넣어도."

나도 [합성]과 [연금] 센스가 합쳐진 [연성] 센스를 가지고 있다.

하지만 [소재상]인 에밀리 양과 경쟁하지 않게끔, 생산 설비인 [연금솥]과 [분해로]는 손에 넣지 않고 센스에 갖춰진 스킬을 쓰고 있었다.

그래도 딱히 문제는 없었지만, 에밀리 양에게는 필요한 모양이었다.

"내가 [연금솥]으로 속성 잉크를 만든다 하더라도 내 에센스만으로는 부족할 것 같거든. 그러니까 윤 군도 도와줘야 해."

"알겠어. 최대한 도울게."

나는 내가 한 말 때문에 벅찬 상황이 된 에밀리 양을 돕기 위해 [연금솥]과 [분해로]를 손에 넣기로 결심했다.

"그럼 제3마을의 연금술사 퀘스트를 클리어해야겠구나."

"우리도 에밀리가 바빠지게 만든 원인을 제공했으니까 도울게."

에밀리 양이 [연금솥]과 [분해로]를 손에 넣는 방법을 가르쳐주었고, 마기 씨도 타투 씰을 개량하는 계기를 제공했기 때문인지 돕겠다고 말해주었다.

"나도 에밀리찌를 도울게! 그런데 [익스팬션 키트]는 어떻게 할까? 나중에 얻으러 가?"

리리도 연금술사 퀘스트를 도와줄 모양이었지만, 그 직전까지의 목적이었던 [익스팬션 키트] 입수를 어떻게 할 건지 신경 쓰이는 모양이었다.

"아마 제3마을에도 [익스팬션 키트]를 손에 넣을 수 있는 곳이 있었을 거다. 동시에 진행하면 효율적이겠지."

"그렇구나! 그렇게 하면 하고 싶은 걸 전부 할 수 있겠네!"

걱정하던 리리에게 클로드가 마치 당연하다는 듯이 동시에 하라고 제안했고, 리리가 활짝 웃었다.

나와 마기 씨도 하고 싶은 걸 전부 하기 위해 고개를 끄덕였고, 연금술사 퀘스트와 [익스팬션 키트] 입수의 동시 공략을 목표로 잡은 다음, 그날은 로그아웃했다.

3장 광산 던전과 도굴 챌린지

속성 잉크를 대량 생산하는데 필요한 생산 시설———, [연금솥]과 [분해로].

그리고 장비 슬롯을 늘려주는 아이템———, [익스팬션 키트 I].

우리는 그 두 가지를 동시에 손에 넣기 위해 제3마을로 왔다.

"왠지 이렇게 온 건 오랜만인 것 같네."

마을 포탈 주변에는 1주년 업데이트로 추가된 레이드 보스 [그레이트 필러] 토벌을 하기 위해 즉석 모집을 하고 있었고, 그 모습을 곁눈질로 보며 마을 안으로 들어갔다.

"우선 연금술사 퀘스트를 받아야지. 윤 군, 위치는 알아?"

"네. 에밀리 양이 위치를 가르쳐주었어요."

나는 마기 씨 일행을 안내해주려고 제3마을 변두리에 있는 자그마한 가게를 손가락으로 가리켰다.

가게를 밖에서 보니 평범한 약국처럼 포션 같은 걸 팔고 있었다.

하지만 가게 안쪽에는 생산 설비인 [연금솥]과 [분해로]가 있고, 유리 탱크에 속성별로 담긴 에센스가 희미하게 빛나고 있었다.

"윤찌. 여기가 맞아?"

"음……, 아마, 그럴걸?"

내가 자신 없이 대답하자 가게 안쪽에서 축 늘어진 백의를 입은 연금술사 NPC가 나타났다.

"아, 어서 와. 찾는 거 있어?"

"여기는 연금술사의 가게인가요?"

"맞아. 원하는 상품이 있으면 말해."

연금술사 NPC가 그렇게 말하고는 카운터석에 앉았고, 나는 퀘스트가 발생하지 않았기에 당황했다.

"이봐, 윤. [연성] 센스를 장비해야 퀘스트가 발생하는 거 아닐까?"

"아, 그렇구나!"

클로드가 지적하자 나는 내 센스 스테이터스를 변경했다.

소지 SP 60

[장궁 Lv51] [마궁 Lv47] [하늘의 눈 Lv50] [간파 Lv54] [강력 Lv26] [준족 Lv48] [마도 Lv47] [대지속성 재능 Lv35] [연성 Lv23] [잠복 Lv15] [부가술사 Lv29] [염동 Lv21]

대기

[활 Lv55] [조약사 Lv50] [장식사 Lv18] [조교사 Lv25] [요리인 Lv28] [수영 Lv26] [언어학 Lv29] [등산 Lv21] [생산직의 소양 Lv42] [신체내성 Lv5] [정신내성 Lv15] [급소의 소양 Lv20] [선제

의 소양 Lv21] [낚시 Lv10] [재배 Lv26] [열기 내성 Lv12] [한기 내
성 Lv4]

　그리고 내가 [연성] 센스를 장비한 순간, 퀘스트 조건이
달성되었는지 연금술사 NPC가 말을 걸었다.
　"자네. 혹시 전투가 가능한 동업자인가? 그렇다면 자네에
게 부탁하고 싶은 게 있는데."
　"다행이야. 이제 퀘스트를 받을 수 있겠어."
　우리는 반응이 바뀐 것을 기뻐하며 연금술사 NPC의 이
야기에 귀를 기울였다.
　"실은 에센스……, 우리 연금술 학파에서 개발한 범용 소
재고 소재를 액상화시켜서 속성을 추출한 물건인데, 그게
부족하거든. 그러니까 싸울 수가 없는 나 대신 에센스를 추
출할 수 있는 속성 계열 소재를 모아줄 수 있을까?"

　——[잡일 퀘스트·연금술의 에센스]——
연금술사는 소재로부터 추출한 각 속성의 에센스를 필요로 한다.
소재를 주면 그가 소재를 분해해서 에센스를 추출한다.
추출 에센스 일람
화속성 —— 0/1000
수속성 —— 0/1000
풍속성 —— 0/1000

토속성 —— 0/1000

광속성 —— 0/1000

암속성 —— 0/1000

"필요한 에센스를 전부 추출하면 우리가 쓰는 [연금솥]과 [분해로]를 팔아주지. 물론, 비용은 별도지만."

우리가 퀘스트 내용을 확인하고 수주하자 연금술사 NPC가 그런 말을 덧붙였다.

"윤찌. 연금술사 퀘스트는 지정된 소재가 없는 납품 계열 퀘스트인 것 같은데, 괜찮겠어?"

"괜찮아. 에밀리 양이 미리 퀘스트 정보를 가르쳐줘서 납품용 소재를 확실하게 마련해 왔으니까."

연금술사의 퀘스트는 일단 속성 요소가 있는 소재를 지정된 숫자만큼 납품해야만 한다.

희귀한 소재를 주면 하나만으로도 에센스가 많이 모인다.

하지만 그러면 아깝기 때문에 [아트리엘]에서 남는 것 같은 소재와 노점에서 헐값에 팔리는 소재를 잔뜩 사서 인벤토리에 담아왔다.

그것을 연금술사 NPC 앞에 우르르 꺼내놓자 그가 열심히 카운터 안쪽에 있던 분해로에 밀어넣었고, 탱크에 서서히 에센스가 차오르기 시작했다.

그리고 필요한 양보다 더 많이 추출되어서 남는 에센스가 안전 밸브를 통해 유색 증기로 배출되자 삐익, 삐익, 날카로운 소리가 울렸다.

그렇게 납품한 소재가 전부 에센스로 바뀌었고, 탱크가 가득 차자 퀘스트를 달성할 수 있었다.

"자네, 고마워! 이제 더 연구를 할 수 있겠어! 그리고 연금솥과 분해로도 구입하고 싶으면 말을 걸어줘!"

원래는 몇 번이나 가게를 왕복하며 소재를 조금씩 납품해서 에센스를 모아나가는 퀘스트일 것이다.

하지만 미리 준비를 끝내고 왔기 때문에 퀘스트가 금방 끝나버려서 이상한 느낌이 든다.

이 가게의 구입 메뉴를 보니 연금솥이 1500만G, 분해로가 500만G로 추가되어 있었기에 구입했다.

구입한 분해로는 초기에 각 속성 에센스를 1000까지 모아둘 수 있다.

에센스를 모으는 탱크의 용량을 확장하기 위해서는 연금술사 NPC로부터 다른 퀘스트를 받아야만 하지만, 속성 잉크 제작을 돕는 정도라면 초기치로도 충분할 것이다.

"이제 연금술사 퀘스트는 끝난 모양이구나."

"내가 윤찌를 도와줄 생각이었는데, 도울 틈도 없이 끝나버렸어."

마기 씨와 리리는 연금술사 퀘스트가 금방 끝나버리자 아쉬워하고 있었다.

"아하하하, 연금술사 퀘스트가 끝나긴 했지만, 정작 중요한 속성 잉크에 쓸 에센스용 소재가 바닥나버렸단 말이지."

"그럼 그쪽 소재는 내가 마련할게."

"나도 남는 소재를 윤찌에게 줄게!"

"자, 연금술사 퀘스트도 끝났으니 광산 던전으로 [익스팬션 키트]를 얻으러 갈까."

간 김에 잡다한 재료도 모으자고 클로드가 제안하는 와중에 리리가 클로드에게 의문을 제기했다.

"저기, 클로드? [익스팬션 키트]를 얻을 수 있는 퀘스트를 안 받아도 돼?"

"그러게. 클로드는 항상 뜸만 들이니까, 얼른 설명하라고."

나도 마기 씨와 리리처럼 [익스팬션 키트] 또한 퀘스트 보수로 얻을 수 있는 줄 알았다.

하지만 아무래도 퀘스트 보수는 아닌 것 같았고, 클로드가 걸어가며 설명해 주었다.

"광산 던전의 [익스팬션 키트]는 퀘스트 보수가 아니라 광산 던전에 추가된 숨겨진 방에 고정 배치된 보물 상자에서 얻을 수 있지."

"숨겨진 방?"

"그래, 광산 던전 4계층의 막다른 방에 위장된 벽이 있고, 그 벽을 부수고 들어간 곳에 있는 숨겨진 방에 [익스팬션 키트]가 있어."

"4계층이라. 꽤 깊게 들어가야 하는구나."

클로드가 아이템을 입수할 수 있는 위치와 방법을 간단히 가르쳐주자 나는 그곳까지 가는 과정을 상상하고는 중얼거렸다.

"5계층에는 지름길용 엘리베이터가 있으니까 그곳을 거치면 빠를 것 같은데, 윤 군은 아직 등록 안 했어?"

"네. 갈 일이 별로 없어서…….."

"마기찌, 나도 3계층 밑으로는 가본 적 없어~!"

광산 던전의 이동 기믹은 아르케니나 보스인 아라크네가 나오는 3계층 A지구에 탈출용 와이어와 타잔 로프가 있지만, 그건 일방통행이다.

그에 비해 엘리베이터는 한번 등록하면 1계층에서 5계층까지 빠르게 이동할 수 있는 것 같다.

"화산 에어리어에서 들어가더라도 목적지까지 금방 갈 순 있지만, 딱히 급한 것도 아니니까. 1계층부터 차근차근 내려가면 되겠지."

광산 던전 4계층에는 3계층 B지구에서 들어갈 수 있다.

그 3계층 B지구에는 주로 오크 계열 MOB이 출현한다.

오크들은 HP와 물리 공격력 스테이터스가 높지만, 3계층의 적정 레벨 플레이어와 비교하면 전체적으로 스테이터스가 낮게 설정되어 있다.

하지만, 오크들이 약하다는 뜻은 아니다.

오크들은 3~5마리 집단으로 행동하며, 무작위로 분배된 무기를 다루면서 연계도 한다.

무기 중에는 검과 창, 방패, 후위는 활이나 마법사의 지팡이도 있다.

그리고 오크의 상위종인 오크 치프가 연계를 지휘하며 아군을 고무하는 포효로 주위 오크들의 스테이터스를 전체적으로 상승시키는 버프를 걸어준다.

그렇기 때문에 오크와 플레이어 사이의 기초 스테이터스 차이를 메꾸고 플레이어 개인의 능력으로 밀어붙이는 방식은 통하기 힘들게끔 조정되어 있다.

여담이지만, 광산 던전의 3계층에서는 금광석도 채굴할 수 있기에 플레이어 스킬을 완전히 익힌 건지 측정해볼 수 있는 곳이며, 그렇게 이중의 의미로 '시금석'이라고 불리고 있다.

"뭐, 지금 우리는 적정 레벨보다 높으니까 간단히 통과할 수 있겠지."

"맥 빠지는 소리하지 마."

클로드가 한 말을 듣고 내가 어이없다는 듯이 중얼거리자 마기 씨가 쓴웃음을 지었다.

실제로 오크들이 플레이어에게 있어서 시금석이 될 수 있는 건 양쪽의 실력이 팽팽한 상황뿐이다.

레벨을 올리다 보면 결국에는 그냥 밀어붙일 수 있다.

그렇게 이야기를 나누다 보니 광산 던전 입구에 도착했고, 안으로 들어갔다.

광산 던전의 적 MOB은 플레이어를 발견하면 덤벼드는 선공 MOB이다.

하지만 플레이어와의 레벨 차이가 크게 벌어질 경우, 전투로 인한 경험치나 아이템 같은 이익이 별로 없다.

그렇기에 졸개 적과 귀찮게 전투를 벌이지 않게끔 비선공화되어 덤벼들지 않게 된다.

그렇기 때문에 광산 던전 3계층까지는 전투를 벌이지 않고 빠르게 올 수 있었다.

"그러고 보니까, 윤 군? 빙고 대회 때 골랐던 경품은 뭐였어?"

"아~, 그러고 보니 말씀을 안 드렸네요."

빙고 대회 때는 마지막으로 남은 [익스팬션 키트]를 다른 플레이어에게 양보해서 아쉽게 손에 넣지 못했고, 적당히 가치가 높은 강화 소재만 받았다.

내가 인벤토리 안에서 소재를 꺼내자 클로드가 놀라며 눈을 크게 떴다.

"그건———, [물거북의 등껍질]인가?!"

"[물거북의 등껍질]은 좋은 추가 효과가 있어?"

"무기에 부여하면 [수속성 향상] 효과가 있지 않았던가? 같은 계통 추가 효과하고도 함께 부여할 수 있을 거야."

리리가 고개를 갸웃거리면서 내 손바닥 위에 있던 강화 소재를 바라보며 가르쳐 주었다.

같은 계통……, 그러니까 [수속성 향상(소)]가 달린 장비에 쓰면 한 단계 높은 [수속성 향상 (중)]으로 끌어올릴 수 있을 것이다.

"그럼 세이 누나에게 주면 기뻐해주려나?"

"잠깐! 잠깐! 그건 무기에 부여할 경우다! 방어구일 경우에는 윤하고 상성이 좋을 텐데!"

내가 손에 넣은 강화 소재를 망설임 없이 넘기려 하자 클로드가 급하게 말리면서 효과를 가르쳐주었다.

"방어구에 사용할 경우에는 일정한 양의 대미지를 막아주는 배리어를 발생시키는 [장벽 생성(극소)]라는 추가 효과를 부여할 수 있다. 그건 윤하고 상성이 좋을 거야."

"음~. 그래도 극소잖아? 효과가 별로 없지 않을까? 그럴 거라면 다른 추가 효과가 더 낫지 않아?"

추가 효과에 '극소'가 붙으니 효과의 양은 별로 기대할 수가 없다.

그리고 내구력을 올리기 위해 약한 배리어를 펼칠 거라면 그냥 내구력으로 직결되는 HP 상승 계열이나 대미지를 줄여주는 내성 계열, 대미지 경감 계열 같은 추가 효과가 더 효과적일 것 같다.

"극소는 효과가 약하긴 하지. 하지만, [장벽 생성]의 추가 효과는 일정한 양까지 대미지를 완전히 막아주는 특징이 있다."

"앗, 그렇구나! 나하고 상성이 좋다기보다는 [대신하는 보옥의 반지]하고 상성이 좋은 거었어!"

나는 그제야 클로드가 한 말을 이해했다.

내가 가지고 있는 [대신하는 보옥의 반지]는 반지에 끼운 보석의 랭크에 맞는 횟수만큼 어떤 공격이든 무효화시키는 효과가 있다.

그렇기 때문에 아무리 강력한 공격도 무효화하는 강력한 방어 아이템이지만, 반대로 아무리 약한 공격이라 하더라도 무효화해서 횟수를 낭비해버리는 단점도 있다.

그렇게 약한 공격을 배리어로 막음으로써 [대신하는 보옥의 반지]를 낭비하는 상황을 막을 수 있는 것이다.

"좋은데! 배리어와 [대신하는 보옥의 반지]의 조합이라니!"

"그리고 [장벽 생성]의 추가 효과로 펼칠 수 있는 배리어는 [자동 수복]의 효과 범위에도 들어가지. 그러니 배리어가 뚫리지만 않으면 MP를 소비해서 자동으로 배리어의 내구도가 회복된다."

"진짜로? 그런 거하고도 시너지가 있어?!"

배리어가 뚫리면 다음 배리어가 펼쳐질 때까지 대기 시간이 발생하지만, [자동 수복]과의 조합에 따라 예상치 못한 내구력을 얻을 수 있을 것 같다.

그런 내 방어구에 대해 마기 씨도 의견을 내놓았다.

"그렇다면 제3계층 보스의 레어 드롭 강화 소재도 써보는 게 어떨까? 그건 방어 계열 추가 효과를 겹쳐서 부여할 수 있을 텐데."

그러니까 레어 드롭을 노려볼래? 마기 씨가 그렇게 제안하자 나는 깜짝 놀라서 한동안 생각을 멈췄다.

●

광산 던전의 아래층으로 기기만 하는 거라면 각 계층의 보스를 한 번만 쓰러뜨리면 비선공화된다.

하지만 마기 씨는 나를 강하게 만들기 위해서 그렇게 제안해준 것이다.

"음······, 폐가 되지 않는다면 도와주세요."

"내게 맡겨! 결론이 나왔으니 얼른 3계층으로 가자!"

원래 목적인 [익스팬션 키트]의 입수가 아니라 다른 곳으로 빠지게 되어버렸지만, 넷이서 의기양양하게 광산 던전을 지나 3계층 B지구에 발을 내디뎠다.

"역시 이 계층 레벨로는 아직 손맛이 없네."

그렇게 중얼거린 마기 씨가 전투 도끼를 휘두를 때마다 나타난 오크 무리가 한 마리씩 쓰러져갔다.

OSO 플레이어의 난관 중 하나인 연계하는 오크에 대한 대처도 우리 레벨쯤 되니 스테이터스로 밀어붙일 수가 있었다.

그리고 3계층을 지나 보스 MOB인 빅 오크가 있는 넓은 공간에 도착했다.

보스인 빅 오크는 키가 3미터로 일반적인 오크보다 두 배 정도 크지만, 혼자 나타난다.

"다들, 간다! 《존 인챈트》——, 어택, 인텔리전스, 스피드!"

"하아아아앗———, 《금강파참》!"

"다리를 노리겠어! ———《소드 서큘러》!"

내가 모두에게 삼중 인챈트를 걸자 마기 씨와 리리가 빅 오크를 향해 뛰어갔다.

빅 오크의 무기와 정면으로 맞붙은 마기 씨는 맞부딪힌 전투 도끼를 밀어붙이며 베었다.

측면으로 파고든 리리가 스쳐 지나가며 회전 연속 베기를 날리고는 반대쪽으로 빠져나갔다.

『———꾸억!』

전투 개시 직후에 마기 씨와 리리가 날린 아츠가 빅 오크에게 대미지를 입혔다.

"윤, 묶어두자! ———《그래비티 포인트》, 《섀도우 니들》!"

클로드가 날린 어둠 마법의 중력구가 빅 오크의 속도를 떨어뜨렸고, 그림자에서 두꺼운 그림자 가시가 튀어나와 대미지를 입히면서 구속시켰다.

"《커스드》———, 디펜스, 스피드! ———《머드 풀》, 《존 라이트 웨이트》!"

한 손을 내민 나도 커스드로 약체화를 걸고는 빅 오크의 발치에 진흙탕을 만들어낸 다음, 마기 씨와 리리에게 《머드 풀》의 지형 효과를 무효화시키는 경량화 스킬을 걸었다.

"팍팍 공격한다! 하아아아앗!"

"나도 질 순 없지!"

『———꾸우우우우우우울!』

여러 겹으로 걸린 디버프와 구속에서 빠져나오려고 발버둥치던 빅 오크에게 마기 씨와 리리가 경쟁하는 듯이 대미지를 입혔다.

그리고 HP가 점점 줄어들다가 일정 이하로 떨어지자 빅 오크가 무릎을 꿇고는 쓰러졌다.

"지금이다———,《다크 스피어》!"

"가라———,《강궁기·산 무너뜨리기》!"

정면에 선 마기 씨가 오른쪽으로 뛰어서 사선을 확보해주자———, 무릎을 꿇은 채 늘어진 듯이 머리를 이쪽으로 내민 빅 오크에게 클로드의 어둠의 창과 내 강력한 화살의 일격이 날아갔다.

『———끼이이이이이이이익!』

머리의 급소에 강렬한 일격을 맞은 빅 오크는 갱도 안에 비명을 울려 퍼지게 했다.

하지만, 공격당한 반동으로 구속에서 벗어난 빅 오크는 후위에 있던 우리에게 어그로가 쌓인 채 뛰어왔다.

"윤 군, 클로드! 다시 구속!"

"알겠다. ———《섀도우 니들》!"

"———《머드 풀》!"

다시 구속해서 일방적인 전투를 전개했고, 그걸 몇 번 반복하자 마지막에는 빅 오크가 힘없는 울음소리와 함께 빛의 입자가 되며 쓰러졌다.

"아……, 빅 오크는 보스일 텐데, 간단히 쓰러뜨렸네."

보스라서 튼튼하긴 했지만, 연계를 하며 구속 계열 스킬을 써서 일방적인 전투를 벌일 수 있었다.

"꽤 괜찮은 느낌으로 쓰러뜨린 거 아닌가? 이런 느낌으로

팍팍 쓰러뜨리자!"

"좋았어~, 윤찌가 쓸 강화 소재가 나올 때까지 쓰러뜨리자~!"

전위인 마기 씨와 리리는 무기를 겨눈 채 보스인 빅 오크가 리젠될 때까지 기다렸다.

잠시 후 리젠된 빅 오크에게 다시 도전했고, 시간이 조금 지나자 새로운 단말마가 울려 퍼졌다.

그렇게 빅 오크를 네 번째 잡은 다음———, 마기 씨가 드롭된 강화 소재, [대돈인의 송곳니]를 들고는 돌아보았다.

"윤 군! [대돈인의 송곳니]가 나왔어!"

"감사합니다."

마기 씨는 딱히 아까워하지도 않고 빅 오크의 레어 드롭 아이템인 [대돈인의 송곳니]를 나에게 주었고, 나는 살짝 미소를 지으며 받아들었다.

"자, 이제 다른 곳으로 빠졌던 목적도 달성했으니 이번에야말로 진짜 목적인 [익스팬션 키트]를 얻으러 가볼까."

클로드가 재촉하자 우리는 보스 방의 안쪽에 있는 4계층으로 통하는 계단을 내려갔다.

"지금부터는 나하고 윤찌가 처음 가보는 곳인데, 어떤 적 MOB이 나와?"

광산 던전은 1계층마다 적 MOB의 능력이 훨씬 강해진다.

4계층에서는 3계층의 오크들보다 강한 적 MOB이 나올 거라 생각하니 표정이 약간 굳어졌다.

"4계층이면 아마……, 악마 계열 MOB이 나올 거야."

"나오는 MOB은 전위인 레서 데몬과 삼지창을 든 중위인 레드 그렘린, 원거리에서 마법과 방해 스킬을 날리는 임프, 이렇게 세 종류다."

레서 데몬은 짝수 발굽 동물의 하반신과 염소 머리가 달린 악마 계열 MOB이고, 기본적인 공격은 맨손으로 가격하는 전위 타입이다.

하지만 위력이 약하긴 해도 마법 공격도 쓸 수 있기에 지근거리에서 마법을 기습적으로 날리는 경우도 있다고 한다.

레드 그렘린은 새빨간 피부에 가늘고 긴 팔다리, 등에 박쥐 날개가 달린 MOB이다.

방어력은 약한 편이지만, 공격력과 민첩성이 뛰어나고, 긴 팔다리로 휘두르는 삼지창은 늘어나는 듯한 착각이 든다고 한다.

그렇기 때문에 창으로 찌르는 공격은 피하기가 힘들도, 등에 달린 박쥐 날개로 날아오르거나 천장이나 벽을 박차고 돌격하는 등, 변칙적인 움직임을 보이는 중위 타입이다.

임프는 주로 원거리에서 무작위로 강한 마법을 날리고, 극히 드물게 극악한 효과를 지닌 마법이 발동되는 경우도 있다고 한다.

그런 MOB이 두세 마리 무리로 나타나는 모양이었다.

"레서 데몬하고 레드 그렘린은 좀 강할 것 같네."

"그 대신 임프가 제일 쓰러뜨리기 편한 느낌인가?"

이야기를 들어보니 임프를 제일 먼저 쓰러뜨려서 적 MOB의 숫자를 줄이고 레서 데몬이나 레드 그렘린을 상대하는 식으로 싸워야 할 것 같았다.

나와 리리가 그렇게 말하자 마기 씨가 정답이라는 듯이 고개를 끄덕이고 있었다.

그런 와중에 클로드는 진지한 표정으로 입을 열었다.

"이 계층에서 가장 무서운 건 임프의 무작위 마법에 의한 사고다. 그것만큼은 예비 동작을 보고 나서 대처할 수가 없지. 재빨리 임기응변할 필요가 있다."

나와 리리는 무슨 이야기인지 이해하지 못하고 고개를 갸웃거렸고, 리리가 구체적으로 물었다.

"저기, 임프의 무작위 마법이라고? 구체적으로는 어떤 게 있는데?"

"임프의 무작위 마법은 보통 이 계층 레벨대와 비교하면 위력이 조금 약하고, 일정한 확률로 불발될 경우도 있지."

"임프가 무작위 마법을 썼다가 불발되었을 때 어리둥절하는 표정이 귀여운데 말이야."

"하지만, 가끔 효과가 귀엽지 않은 마법을 쓸 때도 있다."

마기 씨는 임프가 마법을 썼다가 불발되었을 때의 모습을 떠올리며 미소를 지었지만, 클로드는 짜증 난다는 듯이 입가를 일그러뜨리고 있었다.

"임프의 무작위 마법 중에 효과가 골치 아픈 마법이 몇 종류 있다. 그중 하나가 자폭이지. 자신을 중심으로 적과 아군을 가리지 않고 주위에 큰 대미지를 입히는 폭발을 일으킨다. 그것 때문에 파티가 전멸했었지."

"그 밖에는 뭐가 있더라……, 마안이라는 것도 있었지. 커다란 눈알이 나타나서 플레이어 모두에게 [혼란]과 [매료] 상태이상을 부여하고 같은 편끼리 싸우게 만드는 거."

""으아…….""

나와 리리는 자폭과 같은 편끼리 싸우는 광경을 상상하고는 정색했다.

하지만, 상태이상은 그나마 사전에 대책을 세울 수 있으니 나은 편인 모양이었다.

"그리고 무작위 마법이 재미있고, 외모도 귀여워서 조교사 플레이어들에게도 인기가 많아."

임프가 사역 MOB으로서 인기가 많은 것은 실용성 때문이 아니라 로망 같은 의미라는 생각이 들어서 쓴웃음을 지었다.

"그 밖에도 골치 아픈 마법이 많은데, 기회가 생기면 말해주마. 그런 것보다는 [익스팬션 키트]가 먼저다."

클로드는 임프의 무작위 마법 설명을 마치고 [익스팬션 키트]가 있는 숨겨진 방으로 향했다.

"왠지 모르겠지만 적 MOB하고 마주치질 않네. 여기에는 적이 별로 없어?"

"아니, 아마 이 계층에 있는 플레이어들이 많아서 우리 차례가 오지 않는 건지도 모르겠군."

광산 던전 4계층을 나아가던 와중에 통로에서 다른 파티와 스쳐 지나가거나 조금 떨어진 곳에서 적 MOB과 전투를 벌이는 소리가 들리기도 했다.

아마 우리와 마찬가지로 [익스팬션 키트]를 얻으러 온 플레이어들이 온 김에 광산 던전에서 레벨을 올리고 있는 것 같다.

그런 이유 때문에 적 MOB이 나오자마자 쓰러져서 우리와 전혀 마주치지 않았을 것이다.

그리고 운이 좋은 건지 안 좋은 건지, 적 MOB과 마주치지도 않고 목적지 근처에 도착할 수 있었다.

"저기, 클로찌. 사람들이 잔뜩 모여 있어."

"저 사람들도 고정 배치된 [익스팬션 키트]를 얻으러 왔겠지."

겨울 이벤트를 앞두고 [익스팬션 키트]를 얻으러 온 플레이어들이 막다른 방 앞에서 줄을 선 채 기다리고 있었다.

보아하니 막다른 방에 아무도 없는 상황이 되면 숨겨진 방의 벽과 고정 배치된 보물 상자가 리셋되는 것 같았다.

그리고 방 안쪽에서 돌아오는 파티가 몇 번 지나치자 우리 차례가 왔다.

"이야기에 따르면 이 근처였던 것 같은데……, 윤은 뭔가 느껴지나?"

"음~. 저 바위 뒤쪽에 [간파] 센스가 반응을 보이는데."

나는 막다른 방을 슬쩍 둘러보고는 [간파] 센스가 반응을 보이는 곳을 손가락으로 가리켰다.

"그럼 이제 내가 나설 차례구나! 저 벽을 부수면 되는 거지!"

마기 씨는 인벤토리에서 아다만타이트제 곡괭이를 꺼낸 다음, 갱도의 벽을 향해 휘둘렀다.

퍼억, 곡괭이가 박히자 갱도의 벽이 한 방에 후두둑, 무너져 내렸고, 숨겨진 방으로 들어가는 통로가 드러났다.

"오~, 진짜로 있네! 클로찌, 저 너머에 [익스팬션 키트]가 있는 거지!"

"그래, 이 앞에 있는 숨겨진 방에 잠겨 있는 보물 상자가 있고, 그 안에 [익스팬션 키트]가 사람 수만큼 들어있을 거다."

그렇게 클로드가 말한 대로 숨겨진 방 안으로 들어가자 바위를 깎아서 만든 받침대 위에 보물 상자가 놓여 있었다.

"그럼, 바로 자물쇠를 딸게!"

마지막에는 손재주가 좋은 리리가 인벤토리에서 자물쇠를 해제할 때 쓰는 피킹 도구를 꺼낸 다음, 열쇠 구멍을 만지작거리기 시작했다.

"아~, 이거, 난이도가 좀 높은 자물쇠야. 함정은 없지만, 해제 계열 센스가 일정 이상이 아니면 절대로 못 여는 거라고."

우리는 리리가 혼잣말을 하는 것을 들으며 보물 상자의 자물쇠를 딸 때까지 조용히 기다렸다.

철컥철컥, 열쇠 구멍을 만지작거리는 소리가 들리다가 철컥, 큰소리가 한 번 들렸고, 리리가 보물 상자 뚜껑에 손을 댔다.

"보물 상자를 열었어!"

"고마워, 리리! 자, 다들 하나씩 챙기자!"

마기 씨가 리리에게 고맙다는 인사를 하고는 보물 상자 안으로 손을 뻗었다.

모두가 보물 상자에서 [익스팬션 키트 I]을 하나씩 꺼낸 다음, 들어올려서 끌어안듯이 들었다.

"그건 그렇고 시가가 15억G인 아이템을 쉽사리 손에 넣 다니……."

"뭐, 직접 손에 넣으려 하면 이런 법이지."

요즘 시세가 치솟고 있는 [익스팬션 키트]를 간단히 손에 넣고 내가 감정을 담아 그렇게 중얼거리자 마기 씨도 요즘 가격과 입수 난이도의 차이 때문에 쓴웃음을 짓고 있었다.

그리고 가장 큰 목적을 달성한 우리는 마음이 느슨해졌던 것 같다.

우리가 온 길로 돌아가려고 돌아서자 들어왔던 방에 자그 마한 생물들이 공중에 머무르고 있었다.

『키히히히히──.』

비틀린 뿔과 파충류 같은 송곳니, 등에 박쥐 날개가 달려 있고 자그마한 데다 동그란 느낌이 드는 생물이 세 마리, 우 리 눈높이에서 파닥파닥 날고 있었다.

건방진 듯한 표정을 지으며 웃고 있는 생물이 나타나자 놀랐고, 흉악함이 부족한 그 모습 때문에 맥이 빠져버렸다.

제일 가까운 곳에 있던 나와 리리는 경계하지 않고 그것

들을 바라보고 있었지만, 내 뒤에 있던 마기 씨와 클로드는
정체를 눈치채고 소리쳤다.

"윤, 리리! 얼른 해치워라! 그 녀석은 임프다!"

""━━━━━억?!""

클로드가 그렇게 말하자 나와 리리가 반사적으로 무기를
휘둘렀다.

재빠르게 휘두른 리리의 단검이 임프를 가르며 대미지를
입혔다.

나도 리리로부터 도망치려고 거리를 벌린 임프에게 화살을
날렸고, 화살에 꿰뚫린 임프는 빛의 입자가 되어 사라졌다.

마기 씨와 클로드도 임프 한 마리를 쓰러뜨렸지만, 마지
막 임프가 들어 올린 손 정면에 마법진이 떠오르더니 방해
할 틈도 없이 무작위 마법이 발동되었다.

주위 일대가 새하얗게 물들었다. 너무 눈부셨기에 반사적
으로 눈을 감은 나는 몸을 지키기 위해 두 팔을 앞으로 교차
시키고 자세를 취했다.

하지만, 시간이 지나도 충격이 오지 않았기에 조심조심
눈을 떴다.

"……뭐지? 무슨 일이 일어난 거야?"

내가 눈을 뜨자 보인 것은 별로 다를 게 없지만, 좀 전과
는 다른 곳에 서 있다는 사실이었다.

임프의 무작위 마법을 맞은 우리는 정신을 차리고 보니 낯선 곳에 있었다.

뒤쪽에는 [익스팬션 키트]가 있던 숨겨진 방이 사라졌고, 광산 던전의 통로 한가운데에 멍하니 서 있었던 것이다.

주위에는 마기 씨와 리리, 클로드도 함께 있었지만, 나는 무슨 일이 일어난 건지 이해하지 못하고 멍하니 있었다.

"젠장……, 근거리에서 임프가 리젠된 건가? 그건 그렇고 운이 없군."

"앗?! 여긴 어디야?! 아까 있던 곳이 아니잖아. 무슨 일이 일어난 건데?"

클로드가 중얼거리자 정신을 차린 나는 무슨 일이 일어난 건지 클로드에게 물었다.

"임프의 무작위 마법으로 인해 일어난 강제 전이다."

""강제 전이?""

나와 리리가 그렇게 되묻자 클로드가 설명해주었다.

"임프의 무작위 마법 중에는 대상 파티를 광산 던전 어딘가로 전이시키는 마법 스킬이 있지."

"그 결과가 지금이라는 건가……."

정말 흉악한 마법을 쓰는구나, 내가 그렇게 생각하며 먼 산을 보자 클로드가 담담하게 임프의 무작위 마법이 얼마나 위협적인지 말해주었다.

"그래, 무작위 전이는 임프의 최강 마법은 아니다. 옛날

RPG처럼 던전 벽 안으로 전이시켜서 즉사하게 만드는 것도 아니니까."

"이게 최강이 아니라고⋯⋯."

임프의 무작위 마법 중에는 더 위험한 효과가 있는 마법도 있다는 이야기를 듣고는 정색했다.

"우선 어디로 날아온 건지 확인하기 위해서 좀 움직일까?"

계속 여기에 머물러 있을 수는 없었기에 우리는 마기 씨의 제안을 받아들이고 이동하기 시작했다.

그리고 잠시 후, 통로 막다른 곳에 있던 넓은 공간에 도착했고, 그곳에 MOB 한 마리가 있는 것을 보았다.

"으아⋯⋯, 왠지 강할 것 같은 MOB이 있어."

흉악하게 생긴 MOB이 있었기에 무심코 작은 목소리로 중얼거렸다.

소 머리와 짝수 발굽 동물의 다리, 근육이 우락부락한 몸을 지니고 있으며 2미터가 넘는 아인형 MOB———, 미노타우로스는 핼버드처럼 자루가 긴 도끼를 어깨에 기댄 채 몸에 파직, 파직, 전기를 두르고 있었다.

전기를 두른 미노타우로스의 몸에서 뿜어져 나온 번개가 넓은 공간의 벽에 드러나 있는 금광맥에 흡수되자 번개를 머금은 금광맥이 서서히 강한 빛을 내뿜었고, 한계에 달한 금광맥 또한 번개를 내뿜었다.

그런 미노타우로스를 숨어서 엿보던 클로드가 숨을 들이마시고는 조용히 중얼거렸다.

"……7계층이다."

"어?"

"미노타우로스는 광산 던전 7계층의 보스야. 하하, 우리는 지금 톱 플레이어들이라 해도 일반적인 MOB들에게 패배하는 계층에 있다고! 1계층이 아니야. 임프의 강제 전이로 인해 3계층이나 아래로 전이당해버린 거다!"

7계층에 있다는 사실을 눈치챈 클로드가 유쾌하게 웃으며 당황한 나와 리리에게 상황을 설명해 주었다.

"임프의 무작위 마법으로 인해 발동되는 강제 전이는 대상 파티를 위아래로 3계층 이내 어딘가로 보내는 마법이다. 전이시키는 계층 차이가 크면 클수록 확률이 낮을 텐데, 제일 깊은 곳으로 보내다니."

"보통은 4계층이 적정 레벨인 플레이어가 7계층으로 오게 되면 죽어버릴 거라고."

그렇게 말한 클로드에게 리리가 따지는 듯이 말했지만, 클로드는 아무렇지도 않다는 듯이 달랬다.

"그렇게 불안해하지 마라. 돌아가기만 할 거면 적당한 적 MOB에게 돌격하고 죽어서 돌아가거나, 로그아웃해서 설정해둔 로그인 포인트에서 다시 시작하면 된다. 오히려 좀처럼 오기 힘든 곳이니까, 귀중한 체험이라고."

"그야 그럴지도 모르겠지만……, 아니, 왜 7계층의 정보 같은 게 있는 건데."

주위에는 마주치면 그냥 죽게 될 적 MOB들이 나타난다는 말을 들은 나는 초조한 마음이 들었다.

"임프의 무작위 마법에 당한 피해자가 우리만 있는 건 아니니까. 마찬가지로 7계층으로 날아온 플레이어가 적 MOB들로부터 도망치면서 지도나 나타나는 MOB 채굴 포인트의 아이템 정보 같은 걸 조사해서 모았다더군."

검증하려는 플레이어들은 7계층으로 강제 전이당할 때까지 임프의 무작위 마법을 계속 맞아서 4~6계층을 생략하고 꾸준하게 정보를 수집해서 보스인 미노타우로스의 존재를 확인했다고 한다.

"그리고 보스가 있는 넓은 공간의 채굴 포인트에서는 희귀한 광석을 채굴할 수 있는 것 같아."

클로드의 설명을 이어받은 마기 씨는 나와 리리를 보며 장난기 어린 미소를 지었다.

그리고 우리에게 어떤 제안을 했다.

"보통은 들어오는 것만으로도 고생하는 7계층 보스 앞까지 왔으니까 도굴 챌린지를 좀 해볼까?"

"도굴 챌린지?"

"보스의 눈을 피하면서 넓은 공간에 있는 희귀 광석을 채굴하는 거야. 로그아웃해서 탈출해버리면 쉽사리 올 수가 없는 곳이니까, 어차피 죽어서 돌아간다는 전제로 시험해보지 않을래?"

임프에게 강제 전이 당해서 맞이하게 된 위기는 오히려 희귀 아이템을 입수할 기회가 되었다.

"나는 찬성! 재미있을 것 같으니까!"

"나도 찬성이다! 어차피 오늘 목적은 달성했으니 마음 편히 도전할 수 있겠어."

리리와 클로드는 신이 나서 보스인 미노타우로스에게 돌진할 생각인 것 같았다.

"윤 군은 어떻게 할래? 강요하진 않겠지만……."

고민하던 내 얼굴을 들여다보는 마기 씨를 보고 나는 각오를 다졌다.

"아, 정말! 마기 씨가 채굴을 하고 다른 사람들이 시간을 번다면 리리와 클로드만으로는 불안하니까 저도 할게요!"

회피를 중시한 경장 단검사인 리리와 종이 장갑 같은 어둠 마법사인 클로드만으로는 방어력이 불안하다.

그렇다면 고기 방패는 한 사람이라도 더 많은 게 시간도 벌 수 있을 테고, 나도 [대신하는 보옥의 반지]로 공격을 일정 횟수만큼은 막을 수 있을 것이다.

"그럼, 결론이 나왔구나! 작전을 좀 세워볼까!"

"마기가 채굴할 때 방해가 될 건 미노타우로스의 번개지. 그걸 어떻게 막을까."

톱 플레이어들도 쉽사리 당해버릴 정도로 위력이 강한 번개를 막을 방법을 고민하던 마기 씨와 클로드를 보고 나는 인벤토리를 확인하고는 유용한 아이템을 발견했다.

"저기, 클로드? 미노타우로스의 번개는 마법 공격으로 분류되는 거야?"

"아마 그럴 거다."

"그렇다면 마기 씨에게 이걸 들려주는 건 어떨까?"

내가 꺼낸 것은 [액막이 결계석]이었다.

매우 큰 보석에 EX 스킬인 [마력 부여]를 걸어서 만든 마보석과 미스릴, 성수, 이렇게 세 종류의 아이템을 합성해서 만들 수 있는 방어용 소비 아이템이다.

모든 공격을 무효화해주는 [대신하는 보옥의 반지]의 하위 호환이긴 하지만, 상급 마법을 한 번 무효화하는 효과가 있다.

"이걸 가지고 있으면 미노타우로스의 번개를 막을 수 있을 것 같긴 한데, 아무리 그래도 숫자가…….."

매우 커다란 보석은 [연금] 센스의 상위 호환으로 같은 보석을 합쳐서 만들 수 있다.

그리고 《스킬 인챈트》로 두 종류의 마법이나 스킬을 담을 수 있는 매직 젬에도 마보석을 쓰기에 [액막이 결계석]은 지금 다섯 개밖에 없다.

"있지, 마기찌. 대마법 무기로 번개를 없앨 순 없을까? 마기찌가 만들어준 예비 단검에 달아달라고 할 생각이라 필요한 소재를 예전부터 준비해 두었는데."

다음으로는 리리가 인벤토리에서 아다만타이트제 단검 두 자루와 무기의 내구도를 상승시켜주는 강화 소재, 추가 효과가 있는 무기 몇 종류. 그리고 [교체용 소형 망치]를 꺼냈다.

"그렇구나! [봉마] 계열 추가 효과 말이지! 번개는 바람 계통의 속성 공격이니까 대마법 무기로도 없앨 수 있어!"

마기 씨와 리리는 곧바로 아다만타이트제 단검에 [봉마(바람)]과 [봉마(폭풍)]을 옮긴 다음, 내구도 상승 효과를 부여하기 시작했다.

"채굴을 할 마키를 대(對)마법 무기를 든 리리가 호위하면 미노타우로스의 어그로는 윤이 끌고, 나는 그걸 보조하게 되겠군. 그런데……."

클로드가 말한 작전에 딱히 이의는 없지만, 클로드는 뭔가 생각하면서 고개를 숙였고, 목소리도 점점 작아졌다.

그리고 뭔가 결심하고 고개를 든 클로드는 나에게 이렇게 말했다———.

"좋아, 윤! 옷을 벗어라!"

"윤 군에게 무슨 소릴 하는 거야!"

"으엇?! 갑자기 무기를 던지지 마라!"

클로드가 터무니없는 말을 하자 마기 씨가 [교체용 소형 망치]로 추가 효과를 빼낸 무기를 던졌고, 클로드는 급하게 그 무기를 피했다.

솔직히 그런 말을 들은 나도 너무 갑작스러워서 정색했지만, 클로드도 이유가 있었던 모양이다.

"미노타우로스와 싸우기 전에 내구력을 조금이라도 올리기 위해서 윤의 방어구에 [장벽 생성]을 부여하려고 했을 뿐이다!"

"아, 그렇구나! [익스팬션 키트]를 손에 넣었으니 그럴 수 있겠어."

[익스팬션 키트]로 방어구인 오커 크리에이터의 추가 효과 슬롯을 하나 늘리고 거기에 [물거북의 등껍질]과 [대돈인의 송곳니]를 사용해서 [장벽 생성(소)]를 부여하면 내구력이 그나마 꽤 올라갈 것이다.

"알겠어. 그럼, 부탁할게."

다른 방어구로 갈아입은 나는 벗은 오커 크리에이터를 [익스팬션 키트] 및 강화 소재와 함께 클로드에게 맡겼다.

그리고 잠시 후, 방어구 강화가 끝나자 돌려받은 오커 크리에이터를 [대신하는 보옥의 반지]와 함께 장착했다.

"[장벽 생성]이 부여되긴 했는데, 별로 달라진 건 없네."

"눈에 보이게끔 색이 입혀진 배리어가 항상 전개되어 있는 건 아니니까. 공격당한 순간에 몸에 맞는 형태로 배리어가 펼쳐지는 게 느껴진다더군."

내 몸을 만져보며 확인해도 아무것도 느껴지지 않았지만, 원래 그런 거냐며 납득했다.

"자, 나와 리리 준비는 끝났어."

"나도 언제든 싸울 수 있어!"

마기 씨는 채굴용 곡괭이를 들었고, 리리는 새로 만든 대마법 무기를 휘둘러보고 있었다.

"나도 문제는 없다. 자, 시작할 타이밍은 윤에게 맡기마."

내가 미노타우로스의 어그로를 끌어야 시작할 수 있기에

내 첫 번째 공격이 중요하다.

"스읍……, 휴우……."

나는 눈을 감고 심호흡을 하며 집중력을 끌어올렸다.

"《존 인챈트》――, 디펜스, 마인드, 스피드!"

나는 모두에게 방어 중시 삼중 인챈트를 건 다음, 인벤토리에서 꺼낸 화살을 장궁에 메긴 채 미노타우로스가 있는 넓은 공간으로 뛰어들었다.

"먹어랏――."

나는 검은 소녀의 장궁의 활시위를 당긴 다음, 화살을 날렸다.

미노타우로스에게 명중한 것과 동시에 넓은 공간에 울릴 만큼 큰 폭발이 일어났다.

"오~, 저게 말로만 듣던 폭발하는 화살이구나!"

니트로 포션과 화살, 금속 주괴, 번개돌 파편, 이렇게 네 아이템을 합성해서 만든――, 유탄 화살의 폭발을 신호로 마기 씨와 리리가 넓은 공간의 채굴 포인트를 향해 뛰어가기 시작했다.

나는 미노타우로스에게서 어그로를 끌기 위해 연달아 유탄 화살을 날렸고, 폭연이 피어오르자 미노타우로스의 모습이 보이지 않게 되었다.

"윤, 움직임을 멈추지 마라! 금방 잡힐 거다!"

"나도 알아!"

경직이 발생하는 스킬이나 아츠의 사용이 치명적인 빈틈

이 될 수 있는 강적 앞에서는 전혀 방심할 수가 없다.

『BUMOOOOOOOOOO———.』

미노타우로스가 폭연 안에서 포효했고, 연기를 뚫는 듯이 번개 여러 발이 넓은 공간을 가로질렀다.

그 번개가 채굴 포인트 쪽으로 가던 마기 씨에게 날아들 었지만———.

"타앗! 마기찌는 신경 쓰지 말고 채굴해!"

"리리, 뒤쪽은 맡길게! 하아아아아아앗!"

대마법 무기를 휘두른 리리가 번개를 갈랐고, 마기 씨는 달려가던 기세를 기대로 살려서 어깨에 기대고 있던 곡괭이를 힘차게 채굴 포인트로 내려쳤다.

『BUMOOOOOOOOOO———.』

"으엑, 역시 박력이 넘치네."

번개를 전부 쏟아낸 미노타우로스는 핼버드를 휘둘러서 주위의 연기를 흩어버린 다음, 어그로가 쌓인 나를 향해 내리쳤다.

"칫, 유탄 화살을 맞았는데도 HP가 거의 줄어들지 않았어! 그리고 빨라!"

나는 재빠르게 뛰어서 물러섰지만, 내려친 핼버드가 지면을 부수며 자잘한 돌멩이가 튀었다.

"아얏! 그래도 배리어가 막아주네!"

부서진 지면에서 튄 돌멩이에도 대미지 판정이 있었지만, 방어구에 새로 부여한 [장벽 생성]으로 인해 대미지가 막혔다.

『BUMOO, BUMOO, BUMOOOO———.』

나를 향해 핼버드를 나뭇가지처럼 휘두르는 미노타우로스의 공격을 필사적으로 피하면서 최대한 시간을 벌었다.

"크게 휘두르고 있어서 간파하기는 편하지만, 궁후 사부 급으로 빨라!"

게다가 단번에 쓰러져버릴 것 같은 위력 때문에 식은땀을 흘리면서 필사적으로 피했다.

불과 얼마 전에 궁후 사부와의 맞대결을 통해 단련한 플레이어 스킬이 없었다면 금방 쓰러져버렸을 것이다.

하지만, 궁수 사부는 공격에 완급이 있었던 것에 비해 미노타우로스는 항상 온 힘을 다하는 상태라 피하기도 힘들었다.

"윤, 계속 그렇게 해라! ———《다크 스피어》!"

뒤쪽에 있던 클로드가 응원하면서 암속성 공격 마법과 방어 마법을 쓰고 있었다.

큰 대미지를 입히지는 못했지만, 두 번째로 어그로를 끌어서 내가 쓰러진 뒤에 클로드가 표적이 될 수 있게끔 어둠 마법을 날리고 있다.

그렇게 나와 클로드가 미노타우로스를 유인하는 동안, 리리가 벌써 몇 번째 번개를 갈랐고, 마기 씨가 채굴을 진행하다가———.

"첫 번째 채굴 포인트는 끝났어! 다음 장소로 갈게!"

"알겠어요! 이런!"

핼버드를 피한 직후, 미노타우로스의 거구에서 뿜어져 나온 번개가 나에게 날아들었다.

간신히 몸을 틀어서 피했지만 그 번개가 넓은 공간의 벽에 파묻힌 금광맥에 흡수되었고, 한계까지 번개를 머금은 금광맥이 그걸 뿜어냈다.

억지스러운 자세로 첫 번째 번개를 피한 나에게 뒤쪽에서 날아든 두 번째 번개가 명중했다.

금광맥이 뿜어낸 번개는 단숨에 내 몸을 지켜주던 배리어를 관통하고 HP에 도달했다.

[대신하는 보옥의 반지]로 번개의 대미지를 막았지만, 무너진 자세로 미노타우로스의 핼버드까지 계속 피하는 건 힘들었다.

『BUMOOOOOOOOOO────.』

"큭……, 단숨에 방어가 전부 뚫렸어!"

벽에서 반사된 번개와 미노타우로스의 핼버드는 완전히 다른 타이밍에 날아들었기에 연속으로 맞아버렸다.

핼버드에 맞아 날아간 나는 벽에 부딪혀 추가 대미지를 입었다.

번개, 핼버드, 벽과의 충돌────, 합계 세 번의 대미지를 [대신하는 보옥의 반지]로 막았지만, 사용 횟수가 바닥나서 받침대의 보석이 부서졌다.

"허억, 허억……, 역시 힘드네."

헬버드의 일격에 의해 벽까지 날아가서 거리가 벌어지자 자세를 바로잡을 여유가 생겼다.

그런 나를 향해 미노타우로스가 거리를 좁히고는 헬버드를 높게 들어 올리고 내리쳤다.

나는 벽 쪽에서 벗어나려고 뛰어갔지만, 내려친 헬버드가 땅바닥을 부수며 돌멩이가 튀었다.

번개로 인해 [대신하는 보옥의 반지]와 배리어가 사라진 상태였던 나는 튄 돌멩이에 대미지를 입는 것을 각오했다.

"———《보이드 베일》!"

하지만, 나와 날아든 헬버드 사이에 어두운 반투명 막이 나타나 날아오던 돌멩이를 막아주었다.

"클로드, 땡큐!"

"윤이 시간을 버는 게 중요하다! 더 버텨줘야겠어!"

클로드에게 보호받은 뒤 한동안 공격을 계속 피하던 나는 [장벽 생성]의 배리어가 부활한 것을 느꼈다.

"이제 조금이나마 여유가 더 생겼어."

"두 번째 채굴 포인트도 끝났어! 다음이 마지막이야!"

"알겠어요, 다음에도……, 아니, 뭐지?"

폭풍처럼 휘두르던 헬버드를 두 손으로 세워서 든 미노타우로스는 거구에 두르고 있던 번개를 전부 헬버드에 흘려 넣기 시작했다.

"이봐, 이봐, 처음 보는 모션인데?!"

"내 정보에도 없다! 다들 온 힘을 다해 피해라!"

그 직후 미노타우로스가 양손으로 번개를 띤 핼버드의 끝을 땅바닥에 꽂자, 담겨 있던 번개가 단숨에 해방되었다. 넓은 공간에 수많은 번개가 거세게 오가기 시작했다.

"광범위 공격이냐!"

광범위 공격은 어그로와는 상관없이 날아든다.

나도 그렇고 클라우드도 일단 뛰면서 번개를 피했다.

마기 씨는 마지막 채굴 포인트로 뛰어가면서 수없이 많은 번개를 피했고, 미처 피하지 못한 번개는 리리가 끼어들면서 무기인 단검으로 쳐냈다.

그리고 채굴 포인트에 도착해서 곡괭이를 들어올린 마기 씨를 지키기 위해, 리리가 차례차례 날아드는 번개를 쳐냈지만———.

"마기찌! 미안해, 이제 안 되겠어!"

[봉마] 계열의 추가 효과는 마법을 없앨 때마다 무기의 내구도가 줄어든다.

수많은 번개를 쳐냈던 리리의 무기는 한계에 도달했고, 칼날이 부서져 버렸다.

그럼에도 불구하고 마지막에는 리리가 직접 벽이 되어 번개를 막았지만 금방 HP가 바닥나서 쓰러져 버렸다.

"그냥 내버려 둘 순 없지! ———《보이드 베일》! 크아아아앗!"

"———《존 스톤 월》!"

나와 클라우드가 동시에 마기 씨를 지키기 위해 방어 마법

을 발동시켰다.

어둡고 반투명한 막이 번개를 흡수했지만 찢어졌고, 내가 만들어낸 돌벽은 부서졌다.

그리고 마기 씨에게 들려준 [액막이 결계석]도 빛의 벽이 번개 한 방을 상쇄할 때마다 하나씩 부서져서 사라졌다.

마기 씨를 지키기 위해 방어 마법을 사용한 나와 클로드는 스킬의 경직 때문에 멈춰 섰고, 날아들던 번개에 차례차례 공격당했다.

부활한 배리어와 내 HP까지 단숨에 날아가 버리자 시야가 어둠으로 뒤덮였다.

곧바로 [완전 소생약]을 사용하고 일어나자 주위에 날리던 번개는 멈췄고, 미노타우로스가 채굴을 하고 있던 마기 씨를 향해 걸어가고 있었다.

『BUMOOOOOOOOOO———!』

"이런! 마기 씨!"

나와 클로드, 리리가 거의 동시에 쓰러져서 미노타우로스의 표적이 유일하게 남은 마기 씨로 바뀌었다.

우리가 소생약을 사용해서 일어나 보니 마기 씨가 미노타우로스와 맞서고 있었다.

"도굴 완료야! 전부 다 파냈다고!"

채굴할 때 쓰던 곡괭이를 어깨에 기댄 마기 씨는 다가오던 미노타우로스의 핼버드에 곡괭이를 정면으로 부딪혔고, 힘으로 밀려서 HP를 전부 잃었다.

하지만 마지막에는 매우 기분 좋은 듯한 미소를 지으며 사라졌다.

그 뒤엔, 우리도 미노타우로스에게 한 방 먹여주려는 듯이 공격을 가한 다음 다시 쓰러졌다.

이번에는 소생약으로 컨티뉴하지 않고 제3마을의 포탈에서 다시 시작하는 것을 선택했다.

4장 연금 설비와 기분 전환용 케이크 제작

광산 던전 7계층의 보스, 미노타우로스에게 패배한 우리는 만신창이가 된 상태로 죽어서 돌아왔다.

"졌다~! 그래도 아이템을 가로챘어~!"

포탈 앞에 주저앉은 리리는 달성감과 분한 마음이 담긴 듯한 목소리로 말했다.

"다들 고생했어! 협력해 줘서 고마워!"

보스가 있던 곳에서 채굴한 마기 씨는 매우 만족스러워하는 표정으로 우리를 치하해 주었다.

"마기 씨도 고생 많으셨어요. 그런데 뭘 얻으셨나요?"

보스가 있던 곳에서 채굴해온 아이템에 대해 묻자 마기 씨는 시원스러운 웃음을 지으며 인벤토리에서 꺼냈다.

"짜잔~! [비생금석]이라는 희귀한 광석이야! 모두 합쳐서 여덟 개를 모을 수 있었어!"

"오~, 왠지 대단하네요. 금속 계열 광석인가?"

태양처럼 붉은 기운이 감도는 그 금속 광석 덩어리는 색 배합 덕분에 따스한 느낌이 든다.

"뭐, 모으기는 했는데, 이걸 가공할 수 있는 레벨이나 주괴로 만들 때 필요한 광석의 숫자도 부족하니까, 지금은 컬렉션 아이템에 불과하겠지만."

마기 씨가 말한 대로 지금은 아직 아무도 가공할 수 없는 소재지만, [비생금석]을 가공한다는 목표가 생긴 것에 기뻐하는 것 같다.

"자, 채굴한 [비생금석]을 나누는 것에 대해 말인데……."

희귀 아이템의 분배에 대해 클로드가 이야기를 꺼냈다.

그때 클로드가 나와 리리에게 눈짓을 보냈고, 우리는 미소를 지으며 고개를 끄덕였다.

"[비생금석]은 전부 마기에게 주는 게 어떨까?"

"나도 찬성~! 마기찌가 가져가도 돼~."

"나도 괜찮을 것 같은데."

"어?! 그래도 돼? 정말로?! 그래도 여덟 개니까 나눌 수 있는데!"

클로드의 제안을 나와 리리가 전면적으로 지지하자 마기 씨가 놀랐다.

"재봉사인 내가 가공하지 못하는 희귀 광석 같은 걸 가지고 가도 팔아서 돈으로 바꾸거나 호객용 오브젝트로밖에 못 쓰잖아! 그리고 돈은 넘쳐날 정도로 많으니 필요 없다!"

"나도 클로찌하고 똑같은 이유야! 그리고 넷이서 나눠서 두 개씩 가져가봤자 쓸데도 없고……."

"솔직히 저도 다룰 수가 없는 소재고, 빅 오크의 강화 소재를 받았으니까 마기 씨에게 드릴게요."

우리가 각자 이유를 말하자 마기 씨가 재미있다는 듯이 웃었다.

"정말, 세 사람에게 너무 많이 받았잖아. 그리고 윤 군에게 준 강화 소재로는 계산이 안 맞는다고."

한참 웃고 난 마기 씨는 숨을 크게 들이마신 다음, 숨을 고르고 나서 우리의 눈을 바라보았다.

"언젠가 [비생금석]을 다룰 수 있게 될 때까지 맡아둘게."

마기 씨가 그렇게 힘차게 선언했고, 역시 마기 씨는 멋진 사람이구나, 그렇게 솔직히 감탄했다.

오늘 목적을 전부 달성하고 미노타우로스와의 전투에서 죽어서 돌아와서 데스 페널티를 받은 우리는 더 이상 뭔가 할 기력이 없었기에 파티를 해산했다.

그로부터 며칠 뒤———.

"[연금솥]하고 [분해로]는 여기에 설치하면 되려나?"

나는 지금, 개인 필드에 세운 별장에 [연금솥]과 [분해로] 를 설치하고 있다.

[아트리엘]의 공방 쪽에는 이미 조합 설비와 담금질용 마 도로가 있어서 생산 설비를 더 두면 너무 좁아진다.

그래서 내부에 손을 거의 대지 않은 개인 필드의 별장에 연금솥과 분해로를 설치하고 이쪽에서 작업하기로 결심한 것이다.

"자, 속성 잉크를 만들 준비가 되었으니 납품할 분량을 만 들어볼까."

나는 메뉴를 열고 프렌드 통신으로 온 에밀리 양의 메시 지를 확인했다.

"음……, '마법 잉크 하나당 맞는 속성의 에센스를 50 이상

주입하면 속성 잉크를 만들 수 있다'고……. 역시 빠르네."

각종 속성 잉크의 제작 의뢰를 받고 얼마 지나지 않았는데 벌써 속성 잉크의 레시피를 완성시킨 모양이다.

각 속성마다 200개씩 납품해야 하는 것들 중———, 나는 각 속성마다 20개를 준비하게 되었다.

그 밖에도 에밀리 양과 알고 지내는 연금 플레이어들도 의뢰를 나눠주었다고 한다.

"기반이 되는 마법 잉크하고 에센스용 각종 소재는 마기 씨 같은 사람들이 협력해서 보내주었으니까 문제 없고."

에밀리 양에게 속성 잉크 발주가 대량으로 들어온 건 우리 때문이나 마찬가지니 적극적으로 도와주었다.

연금솥과 분해로를 손에 넣고 나서 오늘까지, 나와 리리가 마법 잉크를 손에 넣기 위해 드롭하는 적 MOB를 쓰러뜨리러 갔었고, 마기 씨와 클로드는 에센스용으로 쓸 잡다한 소재를 모으는데 협력해주었다.

그리고 오늘———, 에밀리 양에게 레시피를 받고 이제야 제작에 들어갈 수 있게 되었다.

"자, 우선은 분해로에 소재를 투입……."

나는 마기 씨와 클로드가 모아준 소재를 분해로에 넣고 유리 탱크에 에센스가 모이는 모습을 바라보았다.

"우선 에센스가 어느 정도 모였으니까 우선 하나를 시험해볼까."

연금솥에 마법 잉크를 넣고 코크를 돌려서 유리 탱크에

모인 화속성 에센스를 50까지 넣은 다음, 뚜껑을 닫았다.

"오랜만이긴 한데, 실패하지 마라. ———《연성》!"

그리고 연금솥을 향해 [연성] 스킬을 사용했다.

스킬을 사용한 연금솥에 달려 있던 안전 밸브에서 증기가 뿜어져 나왔고, 압력솥처럼 날카로운 소리가 울리며 솥의 뚜껑이 열렸다.

"뜨겁진, 않네."

조심조심 연금솥을 건드려 보았지만, 딱히 불이나 열을 써서 가공한 게 아니기 때문에 뜨겁지는 않았다.

솥 바닥에는 내가 합성 스킬로 만든 것보다 선명한 붉은 색인 [마법 잉크(불)]이 남아 있었다.

아마 내가 저번에 만든 것보다 품질이 좋을 것이다.

"우선 하나는 완성했네. 연금솥도 뜨거워지는 게 아니니까 연속으로 만들더라도 문제는 없을 것 같네."

다음은 솥에 넣을 마법 잉크와 에센스의 양을 늘리고 한꺼번에 여러 개를 연성하는 대량 생산은 시험했다.

"세 개를 동시에———,《연성》! 성공이네. 그럼 네 개 동시는……, 으앗, 실패했다."

내 [연성] 센스의 레벨이 부족해서 그런지, 일정 이상을 한꺼번에 연성하면 실패해버린다.

실패한 연금솥 바닥에는 생산을 실패했을 때 생기는 독이 남아 있었다.

"일단 세 개씩 만들까?"

한 번에 동시에 생산할 수 있는 양이 늘어나면 연성 스킬로 소비하는 MP도 늘어나기 때문에 MP 포트를 마시며 작업을 하게 된다.

그렇게 속성 잉크를 연성하고 있자니 NPC인 쿄코 씨가 별장으로 들어와서 말을 걸었다.

"윤 씨. 지시하신 대로 밭을 늘리고 손을 봐두었어요."

"앗, 쿄코 씨, 고마워. 이제 에센스의 공급은 견적이 나오겠네."

나는 고개를 돌려 돌아보고는 쿄코 씨에게 고맙다고 인사했다.

사실 쿄코 씨에게 부탁해서 개인 필드에 에센스용 약초밭을 만들어달라고 했다.

이제 정기적으로 에센스 추출용 소재를 확보할 수 있다.

쿄코 씨가 [개인 필드]의 문을 지나 아트리엘 쪽으로 돌아가는 것을 지켜보고는 다시 속성 잉크 제작을 하기 시작했다.

"좋아, 이제 에밀리 양이 부탁했던 분량은 완성되었네."

연금솥으로 조금씩 속성 잉크를 만든 결과, 각 속성의 마법 잉크를 스무 개씩 만들 수 있었다.

그런데 분해로 유리 탱크에 남아 있던 에센스를 보고는 잠깐 고민했다.

"에센스가 조금 남았네. 뭐, 그냥 저장해둘 수도 있긴 하지만, 내가 쓸 속성 잉크를 만들까."

타투 씰을 만드는 것 말고도 뭔가 다른 용도로 써먹을 수 있을지도 모른다.

마기 씨 일행이 모아준 소재가 남아 있었기에 내가 쓸 속성 잉크도 만든 다음, 프렌드 통신으로 에밀리 양에게 연락했다.

"안녕. 에밀리 양. 지금 시간 괜찮아?"

『윤 군, 무슨 일이야? 속성 잉크를 만드는 데 애먹고 있어?』

"아니, 부탁했던 분량은 다 만들어서 보고하려고."

내가 부탁했던 분량의 잉크를 다 만들었다고 말하자 에밀리 양에게서 놀라는 분위기가 느껴졌다.

『윤 군, 빠르구나. [익스팬션 키트]를 얻으러 가는 것 같았으니까 시간이 더 걸릴 줄 알았는데…….』

"[익스팬션 키트]는 이미 얻으러 다녀왔어. 그리고 마기 씨 같은 사람들도 소재를 모으는 걸 도와줘서 레시피를 받자마자 바로 만들 수 있었고."

『완성했으면 내가 있는 곳으로 가져다줄래? 아, 오는 김에 윤 군한테 에센스용 소재 남는 거 있으면 같이 가져다주면 기쁠 것 같네.』

"알겠어. 그럼 지금 갈게."

프렌드 통신을 끊은 나는 인벤토리에 납품용 속성 잉크와 에센스용 소재를 챙기고 에밀리 양이 있는 [소재상]으로 향했다.

좁은 골목에 있는 [소재상]으로 들어가자 나를 기다리고 있었는지 손을 살짝 들며 맞이해주었다.

"윤 군, 어서 와. 기다리고 있었어."

"실례합니다. 납품할 속성 잉크하고 에센스용 소재를 가지고 왔어요."

"고마워. 이제 다시 작업을 할 수 있겠네. 우선 속성 잉크하고 소재 대금은 낼게."

"아니, 갑자기 속성 잉크 발주가 들어온 건 우리 때문이니까 대금은 됐어."

미안해서 받을 수 없다는 의미로 내가 그렇게 말하자 에밀리 양은 약간 불만이라는 듯한 표정을 지었다.

"그거하고 이건 다른 문제지. 그래도 윤 군이 납득하지 못하겠다면 에센스용 소재만 공짜로 받을게."

에밀리 양은 그렇게 말하고 나서 내가 따질 틈도 없이 속성 잉크의 대금을 건넸다.

"그건 그렇고, 이렇게 에센스용 소재를 나눠줘도 괜찮겠어? 윤 군이 쓸 몫이 없잖아?"

나에게 에센스용 소재를 받은 에밀리 양은 소재를 분해로에 넣으며 그렇게 물었다.

"개인 필드에 에센스용 약초밭을 만들어서 시간이 지나면 조금씩 모이게끔 했거든."

"[개인 필드]에서 소재를 재배할 수 있는 건 부럽네. 나도 레티아가 만들 길드 에어리어에 에센스용 약초밭도 추가해 달라고 해야지."

레티아는 사역 MOB들을 위해 길드 에어리어의 입수를

목표로 삼았고, 나와 에밀리 양도 협력할 예정이다.

에밀리 양은 레티아에게 그 보수로 길드 에어리어 일부를 받을 예정인 모양이다.

"약초밭?! 돌보게 해줘!"

에밀리 양이 그렇게 말하자, 에밀리 양의 물요정이 힘차게 날아왔다.

"그래, 그래. 조만간, 땅을 빌릴 수 있다면 말이지."

"기대할게!"

에밀리 양이 부드러운 목소리로 말하자 물요정이 기운차게 방 안을 날아다녔다.

"에밀리 양도 레티아의 길드 에어리어 입수를 도와준다 며? 이유는 역시 물요정을 위해서야?"

"그래. 예전부터 식물을 키우고 싶다고 했는데, 방 안에서 화분을 키우는 걸로 만족하라고 했었거든. 연금 플레이어로서 이익도 챙길 겸 나선 거지."

에밀리 양은 그렇게 웃으며 대답해 주었다.

"자, 너무 오래 있으면서 방해하면 안 되니까 나는 갈게."

"윤 군. 도와줘서 고마워. 뭔가 볼일 있어?"

"음~. 딱히 볼일은 없는데. 역시 겨울 이벤트가 얼마 안 남았으니까 조금이나마 할 수 있는 건 해두고 싶은데."

마기 씨 일행과 광산 던전의 [익스팬션 키트]를 얻으러 가긴 했지만, 가능하면 하나 더 손에 넣고 싶다.

무기와 방어구에 이어 다음은 액세서리 슬롯을 확장하는

데 쓰고 싶기 때문이다.

그 밖에도 겨울 이벤트를 대비해서 전투 계열 센스의 레벨을 올리거나———.

저번 퀘스트 칩 이벤트 때 효율이 좋았던 납품 계열 퀘스트에 필요한 아이템을 미리 모으거나———.

전투 때 자주 쓰는 소비 아이템을 보충해두는 것———등.

하고 싶은 건 잔뜩 있다.

"겨울 이벤트에서 퀘스트 칩을 모을 때는 기대할게."

에밀리 양이 의미심장한 미소를 지으며 그렇게 말하자 나는 곤란하다는 듯이 웃어준 다음, [소재상]을 나섰다.

●

겨울 이벤트를 대비해서 준비하기 시작한 지 며칠이 지났지만, 나는 진도가 생각보다 잘 나가지 않는다는 걸 깨달았다.

"에휴, 한가한 시간이 많아져 버렸네."

심심풀이로 [아트리엘]의 재고를 몇 번이나 확인했지만, 원하는 아이템이 늘어나는 것도 아니기에 한숨을 쉬었다.

[연금솥]과 [분해로]를 손에 넣어서 지금까지 에밀리 양에게 의존했던 [피의 보주]를 나도 만들 수 있게 되었다.

[피의 보주]는 [완전 소생약]에 필요한 제한 해제 소재이고, 혈액 계열 아이템을 [연성] 센스로 변환해서 만들 수 있다.

비룡이나 뱀 계열, 공룡 계열 MOB의 혈액 아이템을 연금솥에 넣고 에센스를 주입해서 만든 소재를 10개 모아서 [상위 변환] 스킬을 사용하면 [피의 보주]가 완성된다.

"에센스용 소재가 바닥나서 재배한 약초만 기다려야겠네."

하지만, [피의 보주]를 3개 만들고 나니 에센스용 소재가 바닥나 버렸다.

그래서 지금은 에센스용 약초밭에서 수확할 소재를 기다리고 있는 상태다.

"그리고 에센스용 소재가 없으니까 다른 아이템을 준비하고 있었는데, 그쪽도 끝나버렸고……."

아이템들은 대부분 평소에 [아트리엘]의 재고가 될 수 있게끔 저장해둔다.

별개로 준비할 아이템 중에는 광산 던전 7계층에 있던 미노타우로스와 싸울 때 사용했던 매직 젬용 마보석과 유탄 화살이 있다.

마보석은 매우 큰 보석을 EX 스킬인 [마력 부여]로 변질화하면 만들 수 있다.

그 사전 단계로 보석의 원석을 잔뜩 모아서 생산 스킬인 《연마》를 사용해 다듬은 보석들을 [연금] 센스의 [상위 변환] 스킬을 반복해서 사용하며 크게 만든다.

유탄 화살 쪽은 공격용 아이템인 [니트로 포션]을 포함한 네 종류의 아이템을 스킬로 합성할 필요가 있다.

하지만 다른 합성 소재인 운성강 주괴의 양이 별로 없어서 그 전 단계인 [니트로 포션]을 마보석과 번갈아 만들었다.

부족한 소재는 NPC인 쿄코 씨에게 사다달라고 부탁했고, 최근 며칠 동안은 그걸 반복하며 겨울 이벤트를 준비했다.

그 결과———, 한동안은 다 쓰지도 못할 [니트로 포션]이 인벤토리에 쌓였다.

"이런, 너무 많이 만들었나……."

인벤토리에는 수백 개나 되는 폭약이 있어서, 말 그대로 '걸어다니는 화약고'가 된 상태라 먼 산을 보았다.

하지만 문제는 소재가 바닥날 때까지 [니트로 포션]을 생산한 뒤에 일어났다.

"앗, MP가 회복되었네. ———《연마》, 《상위 변환》."

메뉴에서 인벤토리 안에 있는 보석 원석을 스킬로 연마하고, 바로 [상위 변환] 스킬로 매우 큰 사이즈로 바꾸면 인벤토리에 매우 큰 보석이 3개 늘어난다.

하지만 그 몇 초 만에 다시 MP가 바닥나서 한가해져 버리는 것이다.

며칠 전까지는 MP가 바닥나면 회복될 때까지 MP를 소비하지 않고 만들 수 있는 [니트로 포션]을 조합했지만, 지금은 그럴 소재도 없다.

그렇다고 MP가 회복되는 MP 포트를 마시면서 스킬 생산을 계속 해나갈 기력도 없다.

"아~, 어떻게 할까~."

"저기, 저기, 뭐 해?"

[아트리엘] 카운터에서 꾸물대고 있던 나를 보다 못한 건

지 뤼이, 자쿠로와 함께 나타난 장난꾸러기 요정 플랜이 말을 걸었다.

"웅? MP가 자연 회복되는 동안에는 한가하니까 뭐할지 고민하고 있어."

나는 곤란하다는 듯이 웃고는 플랜 일행에게 지금 상황을 설명해 주었다.

그러자 장난꾸러기 요정 플랜이 나에게 새로운 목적을 가리켜 주었다.

"그럼 케이크 만들어줘! 나! 올해도 케이크를 기대하고 있었거든!"

"케이크라……, 그러고 보니 작년에도 만들었지."

작년에는 겨울 이벤트를 앞두고 케이크 제작에 몰두하다가 이벤트 때 누군가와 파티를 짤 약속을 하는 걸 잊어버렸던 게 생각나서 쓴웃음을 지었다.

그래도 마보석을 스킬 생산하면서 소비한 MP가 자연 회복되는 동안에 케이크를 만드는 것도 괜찮을지 모르겠다.

"고마워, 플랜. 올해도 케이크를 만들기로 할게."

"앗싸~! 케이크가 완성되는 걸 기대할게!"

플랜이 온몸으로 기쁨을 표현했고, 뤼이와 자쿠로도 기쁜 듯이 눈을 빛내고 있다.

그 밖에도 시선이 느껴져서 창밖을 보니 [아트리엘] 창문 너머로 몰래 들여다보고 있던 요정 NPC들이 보였다.

"그러고 보니 작년에는 플랜이 집어먹었지."

올해는 집어먹는 용도로 컷 후르츠나 스펀지 반죽 조각 같은 걸 많이 마련해두는 게 나을 것 같다. 케이크 레시피를 확인했다.

"자, 올해는 작년하고 똑같은 케이크면 될까? 그렇지! 초콜릿 케이크도 추가로 만들자!"

작년에는 딸기 쇼트케이크와 후르츠 롤케이크를 만들었다.

올해는 남쪽에 있는 외딴섬 에어리어에 진출해서 카카오를 손에 넣었기에 초콜릿을 만들 수 있게 되었다.

그러니 남쪽 외딴섬 에어리어의 카카오를 이용한 초콜릿 케이크를 새로 만들어도 괜찮을 것 같다는 생각이 들었다.

딸기 쇼트케이크와 후르츠 롤케이크, 초콜릿 케이크, 이렇게 세 종류를 만들기로 결심하고 뤼이와 자쿠로, 플랜, 그리고 요정 NPC들이 지켜보는 가운데 크리스마스 케이크를 만들기 시작했다.

작년보다 요리 센스의 레벨이 올라서 올해는 더욱 강한 센스 어시스트를 받으며 케이크를 솜씨 좋게 만들 수 있었다.

"이 정도면 똑같은 시간 내에 작년보다 케이크를 더 많이 만들 수 있을 것 같은데!"

"좋았어~, 우리도 돕자~!"

""""오~.""""

플랜을 비롯해서 요정 NPC들도 차례차례 나타나서는 마법으로 요리를 도와주었다.

여러 요정들이 그릇을 받쳐주었고, 바람요정들이 바람 마법으로 그릇에 담긴 내용물을 휘저으며 점점 케이크의 반죽과 장식용 크림이 만들어지기 시작했다.

"다음! 불요정들, 출격!"

"""라져!"""

플랜의 지시에 따라 반죽을 부은 케이크의 틀 주위에 모인 불요정들이 손을 들기 시작하자 오븐을 쓸 때처럼 구워지기 시작했다.

주위에는 케이크 반죽이 동시에 잔뜩 구워져서 맛있을 것 같은 냄새가 풍겼다.

"……판타지네."

불요정들이 손을 들면 오븐 대신 구워지다니, 판타지는 대단하네~, 나는 그렇게 생각하며 [아트리엘]의 오븐 스토브에 넣은 케이크 반죽이 구워질 때까지 기다렸다.

그리고 기다리던 동안에 자연 회복된 MP를 이용해서 마보석을 생산하고 있자니 플랜 일행이 반죽이 다 구워졌다고 말해주었다.

"케이크 다 구워졌어~! 있지, 이거 하나만 우리가 맛을 봐도 될까?"

"스펀지 반죽은 열기를 빼기 위해서라도 조금 놔두는 게 낫지 않아?"

"어~, 모처럼 케이크를 구웠는데 바로 맛을 볼 수 없는 거야?"

플랜 같은 요정들은 기대하는 듯이 눈을 반짝이고 있었지만, 열기를 빼기 위해 놔두어야 한다고 말하자 불만이라는 듯이 목소리를 냈다.

그런 플랜 일행과 마찬가지로 이쪽을 지켜보고 있던 뤼이와 자쿠로가 아쉬워하는 모습도 보였기에 나도 모르게 웃음이 터져버렸다.

"다른 과자를 줄 테니까 열기가 빠질 때까지는 참아."

내가 플레이어들의 자발적 이벤트 포장마차에서 산 한입 도넛 용기를 인벤토리에서 꺼내자 플랜 일행이 일제히 모여들었다.

"뀨우~."

한입 도넛 용기로 요정들이 모여들었기에 뤼이와 자쿠로는 끼어들 타이밍을 잡지 못한 채 부러운 듯한 눈빛으로 보고 있었다.

그런 뤼이와 자쿠로의 모습을 눈치챈 요정 몇 명이 대신 한입 도넛을 가져다줘서 모두 함께 나눈 다음 맛있게 먹고 있었다.

그런 광경을 훈훈하게 보고 있자니————.

"————윤 언니! [니트로 포션]을 있는 대로 다 팔아줘!"

동물과 요정들의 판타지하고 훈훈한 공간을 깨부수려는 듯이 갑작스럽게 [아트리엘]로 뛰어든 뮤우가 살벌한 말을 꺼냈다.

"뮤우 양! 갑자기 그런 말을 하면 윤 씨께서 곤란해하시잖아요!"

"윤 씨, 실례합니다! 우와, 맛있는 냄새!"

뮤우를 따라 들어온 루카토가 뮤우를 나무랐고, 이어서 히노가 가게에 풍기는 케이크 냄새를 맡고는 소리쳤다.

그리고 토우토비와 코하쿠, 리레이도 가게로 들어와서 요정들이 잔뜩 모여 과자를 먹고 있는 모습을 보고는 놀라거나 흥분하며 눈을 반짝이고 있었다.

"앗, 윤 언니, 케이크 만들었어?"

"안 돼. 이건 크리스마스용이니까."

눈으로 먹게 해달라고 호소하던 뮤우에게 내가 이유를 말하며 거절하자 납득해 주었다.

"그럼 크리스마스를 기대해야겠네! 아니, 깜빡할 뻔했어! [니트로 포션]을 있는 대로 다 팔아줘!"

"잠깐만, 잠깐만……, 왜 갑자기 [니트로 포션]을 사려는 건데? 그리고 있는 대로 다 팔아달라니, 뭐랑 싸울 셈이야?"

케이크를 만들기 전에 만든 [니트로 포션]은 잔뜩 있다.

뮤우 일행에게 어느 정도 팔아도 문제는 없긴 하지만……, 용도가 신경 쓰인다.

"슬라임이야! 그 밉살스러운 슬라임을 쓰러뜨리기 위해서라고!"

뮤우의 말을 듣고 나는 [아트리엘] 밖에 있는 약초밭에서 일하고 있던 젤들을 보았다.

일반적인 게임에서 볼 수 있는 슬라임 같은 젤들은 열심히 약초밭을 돌봐주고 있다.

그리고 OSO의 슬라임이란 초반에 나타나는 졸개 MOB
이기도 하다.

　"뮤우……, 제일 약한 슬라임에게 [니트로 포션] 같은 폭
약을 쓰려고 하다니, 진짜로 무슨 일이 있었던 건데……."

　약간 정색하며 뮤우에게 물었지만, 뮤우는 그 생각을 부
정했다.

　"아니야~! 제일 약한 슬라임이 아니라 다른 거대 슬라임
에게 쓸 거라고!"

　"저기, 제가 자세히 설명해드릴게요."

　흥분한 뮤우의 설명은 알아들을 수가 없었기에 루카토가
대신 설명해 주었다.

　"저희는 어떤 토벌 퀘스트를 받고 거대한 보스 슬라임하
고 싸우게 되었어요. 그런데 져버려서……."

　"그런데 거대 슬라임하고 니트로 포션은 무슨 상관이 있
는 거야?"

　뮤우 일행은 실력이 좋은 파티다.

　처음 싸워보는 보스면 실패할 수도 있겠지만, 여러 번 도
전하면 요령을 파악해서 쓰러뜨릴 수 있을 것이다.

　뮤우가 이렇게 흥분할 만큼 니트로 포션을 원할 필요성이
있을 것 같진 않다.

　"실은 보스인 거대 슬라임에게 골치 아픈 특성이 두 가지
있어서요."

　"골치 아픈 특성?"

"네. 그 특성이라는 게————, 분열하는 건데요."

"……분열."

루카토의 진지한 말을 따라 한 나는 수없이 많이 분열한 슬라임들이 슈퍼볼처럼 서로 반발하며 이리저리 마구 튀는 상황을 상상했다.

"보스인 거대 슬라임에게는 HP 바가 없고, 그 대신 몸을 구성하는 슬라임의 부피가 HP를 대신하고 있어요. 그리고 거대 슬라임의 부피를 줄이려면 공격을 맞혀서 분열한 슬라임을 쓰러뜨릴 필요가 있고요."

그리고 공격을 맞혀서 분열한 슬라임은 독립적으로 플레이어에게 덤벼들고, 일정 시간이 지나면 본체인 거대 슬라임으로 돌아간다고 한다.

하지만 보스인 거대 슬라임이 부하 슬라임을 만들어 내더라도 전투를 약간 방해할 뿐, 쓰러뜨릴 수는 있지 않나?

"그 정도라면 범위 공격 마법 같은 걸로 쓸어버릴 수 있지 않아?"

"그걸 어렵게 만드는 게 두 번째 특성인 뛰어난 마법 내성이에요."

"아, 그렇구나. 점점 이해가 되기 시작했어."

보스인 거대 슬라임은 공격당하면 대미지에 따라 여러 마리로 분열한다.

하지만 큰 대미지를 입히기 쉽고 분열한 슬라임을 쓸어버릴 수 있는 마법 공격에는 높은 내성이 있어서, 난이도가 높은 모양이었다.

"그리고 마법 공격의 효율이 안 좋다고 해서 다가가서 공격하면 눈앞에서 분열한 슬라임이 튀어서 위험하니까."

루카토가 설명하자 히노도 보충 설명을 하러 나서면서 얼마나 골치 아픈 상황인지 설명해 주었다.

예를 들어 거대 슬라임에게 근거리에서 공격을 가할 경우, 카운터처럼 분열한 슬라임이 지근거리에서 날아오기에 피하기가 힘든 모양이다.

"그리고 분열한 슬라임도 은근히 위험해! 숫자가 늘어나면 다 막아낼 수가 없고, 우리 공격도 몇 방 정도는 버티고, 넉백 내성이 낮으니까 공격하면 곧바로 반동 때문에 멀리 날아가버린다고!"

"……분열 슬라임을 확실하게 줄이는 건 힘들죠."

루카토가 이야기해주던 동안에 조금 차분해진 뮤우도 설명하러 나섰고, 토우토비도 작은 목소리로 중얼거렸다.

"그렇구나. 마법 내성이 있는 적에게 물리 공격 아이템인 [니트로 포션]을 던지는 게 효과적이긴 하겠어."

"그치! 그리고 아이템이니까 스킬 경직 시간도 생기지 않고, 위력도 강하니까 단번에 분열 슬라임들을 쓰러뜨릴 수도 있잖아!"

이제야 뮤우 일행이 [니트로 포션]을 원하는 이유가 이해되는 것 같았다.

"알겠어. 그런 이유라면 [니트로 포션]을 팔게. 아니, 공짜라도 상관없어."

"어? 정말로?!"

내가 그렇게 말하자 뮤우가 놀란 목소리를 냈고, 루카토 같은 사람들도 눈을 크게 뜨고 있었다.

내가 [니트로 포션]을 잔뜩 만들 수 있었던 건 저번 달에 궁후 사부와의 싸움을 뮤우 일행이 보조해준 덕분이다.

그때 뮤우 일행이 내 대신 소재인 [신비의 흑광유]를 채집하러 가주었기에 그때 쓰고 남은 소재로 잔뜩 만들 수 있었다.

"그 대신, 나와 궁후 사부의 싸움을 관전했을 때처럼 이번에는 나를 즐겁게 해줘."

"윤 언니가 거대 슬라임과의 전투를 보러 와준다는 거야?! 그럼 부끄러운 꼴은 보이면 안 되겠네!"

내가 보러 간다는 것을 알고 더욱 의욕을 보이는 뮤우 일행에게 [니트로 포션]을 주었다.

"갑자기 전투 때 쓰면 위험하니까, 내 개인 필드에 있는 공터에서 위력이나 범위, 사용감 같은 걸 확인해보고 오는 게 어때?"

"응! 그렇게 할게! 얘들아, 가자!"

뮤우 일행은 그렇게 말하고는 내 개인 필드로 이어지는 문으로 들어갔다.

리레이만 혼자 플랜 등 여자애 타입의 요정 NPC들이 한입 도넛을 먹는 모습을 실실거리며 보고 있다가 코하쿠에게 끌려갔다.

뮤우 일행이 그렇게 개인 필드의 문으로 들어가는 모습을 바라본 다음, 나는 열기가 빠진 스폰지 케이크를 생크림과 컷 후르츠로 장식하고 케이크를 완성해나갔다.

●

"윤 언니! 이쪽이야!"

케이크를 만들고 나서 며칠 뒤―――, 금요일 저녁 식사를 하고 OSO에 로그인한 나와 뮤우는 거대 슬라임에게 다시 도전하려는 루카토 일행과 합류한 다음, 밤에 수해 에어리어로 왔다.

"수해 에어리어는 밤에 이런 느낌이구나."

수해 에어리어는 제3마을 남서쪽에 펼쳐져 있고, 예전에 세이 누나와 마기 씨 같은 사람들하고 함께 온 적이 있다.

낮에 본 수해 에어리어는 자연이 조화로워서 아름다운 곳이라는 느낌이었지만, 밤에 보니 다른 분위기가 들었다.

높은 나무들이 달빛을 가렸지만, 그 대신 숲속에 살면서 희미한 빛을 뿜어내는 곤충들이 숲을 비추어준다.

"수해 에어리어는 밤에 난이도가 더 올라가니까 조심해. 그리고 밝은 건 발치뿐이고, 주위는 어두우니까 조명을 켤게. ―――《라이트》!"

뮤우가 그렇게 주의를 주며 주위를 밝히는 조명을 만들어냈다.

"그럼 나도 모두를———,《소환》! 뤼이하고 자쿠로는 조명을 부탁해!"

"뀨뀨우!"

내가 소환한 뤼이의 빛덩이와 자쿠로의 여우불이 주위를 밝혔다.

"저기, 나도 뭔가 도울 게 있을까?"

"음~, 플랜은, 그러게……."

별생각 없이 뤼이 일행을 전부 불러버려서 플랜만 아무런 역할이 없었기에 곤란했다.

그런 나를 토우토비가 도와주었다.

"……저하고 같이 주위를 수색하는 걸 도와주실 수 있을까요?"

"그래. 플랜은 토우토비를 도와줘!"

"알겠어~! 그럼, 잘 부탁해!"

토우토비 근처로 날아간 플랜은 그녀 주위를 한 바퀴 돌면서 하이파이브를 하자고 했다.

쑥스러워하던 토우토비는 약간 망설이면서도 기쁜 듯이 플랜과 하이파이브를 했다.

"……그럼, 숲속을 나아가죠."

"렛츠 고~! 나에게 맡겨~!"

척후인 토우토비와 장난꾸러기 요정 플랜이 앞장선 가운데, 시끌시끌한 분위기로 야간 수해 에어리어를 나아갔다.

중간에 수해 에어리어의 적 MOB들에게 습격당했지만,

뮤우 일행이 재빠르게 쓰러뜨렸다.

그리고 뮤우 일행이 배려해주었기에 나도 레벨을 올리기 위해 전투에 참가했다.

"수해 에어리어라고 하면———'호오오오오오!'——— 역시 나타났구나!"

어두운 밤에 숲속을 소리도 없이 날아다니는 올빼미의 존재를 감지한 나는 활을 겨누고 노려서 쐈다.

『호우호우호우———.』

"쳇, 역시 빠르네, 그리고 밤이 더 강해!"

하지만 올빼미 형태의 MOB인 섀도우 오울은 내가 날린 화살을 피하며 다가온 다음, 날카로운 발톱으로 공격을 가했다.

"두 번이나 똑같은 공격을 당할 것 같아? ———《궁기·질풍일진》!"

재빠른 섀도우 오울을 그냥 노리기만 해선 맞히기가 힘들다.

그렇기 때문에 아슬아슬할 때까지 끌어들인 다음, 지근거리에서 범위가 넓은 아츠를 날렸다.

《궁기·질풍일진》으로 날아간 화살 주위에는 녹색 이펙트가 퍼져나갔고, 그 범위에도 대미지 판정이 발생한다.

화살 중심에서 퍼져나간 풍압의 커튼에 부딪히며 날아든 섀도우 오울의 발톱이 내 어깨에 파고들었고, 동귀어진하듯이 양쪽 다 땅바닥에 쓰러졌다.

"잘도 윤 언니를!"

풍압 공격에 당해 균형을 잃은 섀도우 오울은 움직임이 단숨에 둔해졌고, 뮤우 일행이 집중 공격을 가해 쓰러뜨렸다.

"윤 언니, 괜찮아?"

걱정스럽게 나를 들여다본 뮤우를 보고는 안심시키려는 듯이 웃으며 일어섰다.

"아야야……, 생각보다 HP가 줄어들진 않아서 괜찮아."

"앗, 정말이네. 섀도우 오울의 발톱은 운이 안 좋으면 크리티컬 때문에 큰 대미지를 입는 경우도 있는데, 생각보다 대미지가 적어."

섀도우 오울과 동귀어진하는 식으로 공격한 나도 대미지를 입었지만, 입은 대미지는 HP의 2할 정도밖에 안 되었다.

그 사실을 확인한 뮤우는 의아하다는 듯이 고개를 갸웃거리며 회복 마법을 걸어주었다.

"윤 씨, 뭔가 짐작 가는 거 있으신가요?"

나와 뮤우가 그렇게 이야기를 주고받자 루카토 같은 사람들도 흥미가 있는지 대화에 끼어들었다.

"[익스팬션 키트]를 써서 슬롯을 늘린 방어구에 [장벽 생성(소)]라는 추가 효과를 부여하긴 했는데."

섀도우 오울의 발톱이 파고드는 순간, 몸에 두르고 있던 얇은 배리어가 부서지는 게 느껴졌다.

그 덕분에 대미지를 경감시킬 수 있었을 것이다.

"앗, 그리고 보니 그런 말을 했었지!"

내가 짐작가는 것에 대해 말하자 현실 쪽에서 이야기를 들었던 게 생각난 뮤우도 속이 시원하다는 표정으로 한쪽 손으로 손바닥을 탁, 쳤다.

　"[장벽 생성]이라. 공격당하는 횟수가 적은 우리 후위는 빗나간 공격에 맞는 걸 막는 의미로도 효과적인 추가 효과이긴 한데."

　"그리고 만들어낸 장벽은 플레이어의 최대 HP에 비례하는 내구도를 지니죠."

　코하쿠는 내 방어구의 추가효과를 납득했고, 루카토가 신경 쓰이는 정보를 말했다.

　"어? 그래?"

　"네. HP에 특화된 탱커 플레이어들 중에는 HP 상승 계열 센스와 [장벽 생성]의 시너지 효과로 꽤 뛰어난 내구력을 얻은 사람도 있다고 해요."

　[장벽 생성(소)] 같은 경우에는 최대 HP의 10퍼센트에 해당되는 내구도를 지닌 배리어가 만들어지는 모양이었다.

　배리어의 내구도가 고정일 경우, 적 MOB이 일정 이상으로 강하면 쓸모없는 효과가 될 수도 있긴 하다.

　참고로 내가 사용하는《클레이 실드》나《스톤 월》같은 방어 마법의 내구도는 사용자의 INT 스테이터스에 의존하여 바뀐다.

　"그렇구나……, 플레이어에 맞춰서 배리어도 강해지는 건가? 그거 기쁘네."

클로드가 추천해서 장착한 추가 효과인데, 생각보다 좋은 것 같다.

그리고 루카토뿐만이 아니라 히노도 정보를 주었다.

"내가 알고 있는 건 예전에 윤 씨가 보여준 HP가 많이 줄어들수록 스테이터스 보정을 많이 받는 로망 편성을 쓸 때 위험부담을 줄이기 위해 이용하는 것 정도인데."

"그렇게 생각할 수도 있겠구나. 참고가 되네."

예전에 외딴섬 에어리어에서 뮤우 일행과 모노리스를 통해 대미지를 경쟁한 적이 있었다.

그때 최대 순간 화력을 내기 위해 HP가 많이 줄어들수록 스테이터스 보정을 많이 받는 [궁서의 저주 방어구]를 장비했다.

그때는 반격당할 일이 없는 모노리스를 상대로 로망 화력을 발휘했지만, [장벽 생성]과 조합함으로써 실용성이 있는 편성으로 만들 수 있는 모양이다.

"으음? 무언가가 이쪽으로 오는데!"

"……여러분! 퀘스트가 시작된 것 같아요!"

그렇게 이야기를 나누면서 야간의 수해를 나아가다 보니 선두에서 주위를 경계하고 있던 토우토비와 장난꾸러기 요정 플랜이 무언가를 발견했다.

그쪽을 보자 자그마한 금속 같은 광택이 보이는 덩어리가 꾸물꾸물 움직이고 있었다.

"저거, 슬라임이야?"

"맞아! 저 은빛 슬라임을 쓰러뜨리는 게 퀘스트인데, 도망치는 슬라임을 쫓아가면 동굴로 유도당하고, 거기에서 은빛 슬라임이 핵인 거대 슬라임하고 싸우는 거야!"

나도 예전에 이 수해 에어리어에서 유도당한 뒤 거기서 기다리고 있던 적 MOB들 여러마리와 싸운 적이 있다.

비슷한 계통의 퀘스트일 거라고 납득하며 다가가자 튀어 오르며 일정한 거리를 유지하는 은빛 슬라임. 우리는 그 뒤를 쫓아갔다.

그런데 그 은빛 슬라임을 보고 장난기가 발동한 건지, 플랜이 돌격했다.

"아, 이제 참을 수가 없네! 거기 서어어어어어어어!"

"우와, 진짜로 빠르네."

하늘을 날 수 있는 플랜이 단숨에 거리를 좁히며 쫓아가자 은빛 슬라임이 몸을 신축시키며 마치 고무처럼 세차게 튀어 날아갔다.

은빛 슬라임의 진짜 속도를 보고 깜짝 놀란 나와는 대조적으로 뮤우는 플랜을 보며 재미있다는 듯한 미소를 짓고 있었다.

"아, 다들 한 번쯤은 그렇게 하지~."

"한 번쯤이라니, 뮤우도 저랬어?"

"물론이지! 도망치는 은빛 슬라임을 붙잡을 수는 없을까 시험해 봤는데, 실패했어."

그런 뮤우의 이야기를 들으며 은빛 슬라임을 쫓아서 어둠

속으로 사라진 플랜을 바라보았지만, 잠시 후에 어깨를 늘어뜨린 채 돌아왔다.

"나, 졌어. 따라잡지 못했다고."

풀죽은 표정을 지은 플랜이 쫓아가는 걸 그만두고 돌아오자 은빛 슬라임도 마찬가지로 다시 유도를 하기 위해 우리 근처로 돌아왔다.

쫓아가면 도망가고, 포기하면 멈춘다. 그런 은빛 슬라임의 행동이 재미있어서 웃음이 터질 뻔했다.

그렇게 다시 은빛 슬라임을 따라간 우리는 딱히 길을 헤매지도 않고 거대 슬라임이 있는 동굴 입구에 도착했다.

"으아, 여기를 내려가야 하는 거야?"

"동굴이 꽤 깊으니까 조심해."

폴짝폴짝, 동굴 안을 튀어오르며 내려가는 은빛 슬라임을 따라갔다.

"그러고 보니까, 너희는 어떤 식으로 거대 슬라임에게 진 거야?"

소생약 같은 회복 아이템을 항상 인벤토리에 챙겨다니는 뮤우 일행이 패배한 상황이라니, 꽤 힘들었던 모양이다.

내가 궁후 사부와 싸웠을 때처럼 소생약으로 부활할 수 있는 횟수에 제한이 있는 전투였을지도 모르겠다.

내가 그렇게 묻자 뮤우는 토라진 듯한 표정을 지었고, 루카토와 다른 파티원들은 쓴웃음을 지었다.

"뿌우……, 지진 않았어. 그건 무승부라고."

"패배를 인정하지 않는 건 뮤우뿐인디?"

입을 삐죽대며 그렇게 중얼거린 뮤우를 보고 코하쿠가 어이가 없다는 듯이 눈을 흘겼다.

그런 뮤우를 보고 곤란해하던 나에게 리레이가 곁으로 다가와 설명해 주었다.

"후후훗. 거대 슬라임과의 전투에는 시간 제한이 있었거든요."

"시간 제한? 아, 습지 에어리어의 다크맨처럼?"

제1마을 남쪽에 펼쳐져 있는 습지 에어리어의 보스, 다크맨도 시간 제한이 있는 보스였다.

다크맨 같은 경우에는 제한 시간이 지나면 보스가 후퇴해서 클리어한 것으로 간주되고, 그 너머에 있는 [미궁거리]로 들어갈 수 있게 된다.

그 대신, 다크맨을 토벌하지 않았기에 드롭 아이템을 얻을 수는 없다.

"네. 전투 시작 후 30분이 지나면 거대 슬라임이 작은 슬라임으로 분열해서 도망가거든요. 그래서 토벌 퀘스트가 실패했고요."

"그래서 제한 시간 안에 빠르게 쓰러뜨리기 위해서 니트로 포션이 필요하다고 했구나."

나는 토라진 뮤우를 힐끔 보며 리레이가 해준 설명을 들었다.

거대 슬라임에게는 [마법 내성]이 있기에 대미지 딜러인 마법사, 코하쿠와 리레이가 화력으로 공헌하지 못하고 제한 시간이 다 되어버렸을 것이다.

그리고 뮤우가 왜 패배를 인정하지 않고 고집을 부리는 것도 이해가 되었다.

"정말, 뮤우는 지는 걸 싫어하니까."

"후후후, 그런 구석도 귀엽지만요."

그렇게 황홀한 표정으로 뮤우를 바라보는 리레이를 보고 나는 이 애도 여전하다면서 마음속으로 쓴웃음을 지었다.

하지만, 마법 내성이 있는 보스를 상대로 순수한 마법사 두 명이 있는 이 파티가 도전하게 두는 게 걱정이 되긴 했다.

"저기, 코하쿠하고 리레이는 괜찮아?"

보스를 앞두고 이런 말을 하는 건 실례가 될지도 모르겠지만, 나는 무심코 그렇게 물어보았다.

내가 그렇게 말하자 코하쿠와 리레이는 도전적인 미소를 지었다.

"뭐여? 우리를 걱정해주는 거여? 안심하라고. 제대로 작전을 생각해왔응께."

"후후후, [마법 내성]을 지닌 적하고 처음 싸우는 것도 아니니, 그런 적과 싸우는 법을 보여드리죠."

자신이 넘치는 코하쿠와 리레이가 한 말을 듣고 나는 지켜보자고 생각하며 동굴을 나아갔고, 종점에 도착했다.

긴 동굴의 내리막길을 빠져나간 곳에는 돔 형태의 공간이 펼쳐져 있었다.

돔 형태의 천장과 벽에는 수많은 구멍이 뚫려 있었고, 그 공간의 중심에 은빛 슬라임이 있었다.

공간 자체는 널찍하기 때문에 벽 쪽에 있으면 전투에 휘말리진 않을 것 같다.

"그럼, 윤 언니는 구석에서 보고 있어! 열심히 할 테니까!"

"그래, 응원할게."

관전하기 위해 벽 쪽으로 간 나와 뤼이 일행을 돌아보며 뮤우 일행이 은빛 슬라임에게 다가갔다.

그리고 뮤우 일행과 은빛 슬라임과의 거리가 일정 이하로 좁혀진 순간, 변화가 일어나기 시작했다.

―――뽀글뽀글, 뽀글.

"이 소리는 뭐지―――."

공간에 물소리 같은 게 울리기 시작했고, 벽과 천장에 뚫린 작은 구멍에서 선명한 황록색 슬라임이 뽀글뽀글 밀려 나왔다.

천장 근처에서 떨어진 슬라임이 폴짝, 폴짝, 땅바닥에서 튀어올랐다.

그 밖에도 벽에서 밀려 나온 슬라임은 데굴데굴 땅바닥을 굴러서 은빛 슬라임이 있는 중심으로 향했다.

그리고 한가운데에 있던 은빛 슬라임과 닿자, 차례차례 융합해서 조금씩 커지기 시작했다.

"크, 큰데?!"

그렇게 수많은 슬라임이 합쳐졌고, 마지막에는 높이가 5

미터, 폭이 8미터 정도 되는 황록색 거대 슬라임————, 휴
즈 슬라임으로 바뀌었다.

"자, 이번에야말로 쓰러뜨리겠어!"

뮤우가 거대 슬라임에게 그렇게 선언하자, 전투의 막이
올라갔다.

5장 거대 슬라임과 토벌 관전

　뮤우 일행과 거대 슬라임의 전투가 시작되었다. 거대 슬라임의 움직임이 둔했기에 뮤우 일행이 먼저 공격에 나섰다.
　"후후훗, 우선 관전하는 윤 씨도 알아보기 쉽게끔 한 방 날려볼까요. ──《프로미넌스 드래군》!"
　선제 공격은 리레이가 날렸다.
　지팡이를 휘둘러서 만들어낸 용을 본뜬 불꽃이 거대 슬라임을 향해 날아갔다.
　넓은 공간의 구석에 있는데도 느낄 수 있을 만큼 뜨거운 열파가 관전하던 우리에게도 닿았다.
　"뜨거워! 리레이, 예전보다 마법의 위력이 강해졌네."
　세차게 거대 슬라임을 감싼 불꽃을 바라보며 그렇게 중얼거렸다.
　[마법 내성]이 있는 거대 슬라임은 불꽃 안에서 산발적으로 슬라임을 분열시켜서 날렸지만 숫자가 그리 많지 않았고, 거대 슬라임의 부피도 줄어든 것 같지 않았다.
　리레이의 불꽃이 사그라든 다음, 뮤우가 토우토비에게 지시를 내렸다.
　"다음은 토비! 니트로 포션을 부탁해!"
　"……네!"
　지시를 받은 토우토비가 인벤토리에서 [니트로 포션]을

꺼낸 다음, 마법 내성이 강한 거대 슬라임을 향해 던졌다.

낮은 각도로 포물선을 그리며 날아간 니트로 포션이 거대 슬라임에게 부딪히며 대폭발을 일으켰다.

거대 슬라임의 몸에서 뽀글뽀글 거품이 일어났고, 리레이의 불꽃에 당했을 때보다 더 거세게 슬라임을 분열시킨 뒤에 세차게 이리저리 날아다니기 시작했다.

"토비, 나이스! 팍팍 던져서 슬라임을 분열시키자!"

"……알겠어요!"

토우토비가 일정한 간격을 두고 계속 던진 니트로 포션의 폭발로 인해 거대 슬라임이 대량으로 분열 슬라임을 만들어냈고, 점점 몸이 줄어들었다.

하지만———.

"미리 듣긴 했는데, 왠지 기분 나쁜 예감이…….."

"숨어~!"

나는 차례차례 흩어지는 분열 슬라임을 보고 표정이 굳었고, 그런 내 겉옷 후드에 플랜이 숨었다.

그리고 연달아 일어난 니트로 포션의 폭발로 인해 방출된 수많은 분열 슬라임들이 탄막처럼 여기저기 튀었다.

중간에 토우토비가 던진 니트로 포션은 공중에서 튀는 분열 슬라임에게 맞아서 거대 슬라임이 있는 곳까지 닿지 않고 폭발했다.

"이런, 단숨에 너무 많이 던진 건지도 모르겠어! 애들아, 코하쿠와 리레이를 지키자!"

벽과 바닥, 돔 형태의 천장, 슬라임들끼리 부딪힌 반동으로 인해 기세가 강해진 분열 슬라임들이 사방팔방에서 뮤우 일행을 덮쳤다.

"잠깐?! 우리 쪽으로도 왔는데!"

그리고 기세가 붙은 슬라임 중에는 관전하던 우리 쪽으로도 날아오는 녀석들이 있었다.

가끔 내 머리 위나 바로 옆, 눈앞을 지나쳐서 맥빠지는 소리를 내버렸다.

"아으으! 이 녀석! 내가 쳐서 떨어뜨려 줄 거야!"

"푸르르르———."

내 겉옷 후드에서 고개를 내민 플랜이 손가락 끝에 바람을 소용돌이치게 만들었고, 뤼이도 언제든 성수화해서 나서겠다는 듯이 발치를 디디며 소리를 울렸다. 하지만 내가 말렸다.

"뤼이, 플랜, 잠깐만, 잠깐만! 공격은 절대로 하면 안 돼!"

"어~? 왜~?"

나는 불만이라는 듯이 입을 삐죽대는 플랜에게 이유를 말해주었다.

"뤼이나 플랜이 공격하면 뮤우 일행이 공투 페널티를 받잖아! 그러니까 공격은 금지!"

"어~, 그래도 이렇게 슬라임들이 거세게 날아다니면 우리도 안전하게 지켜볼 수가 없잖아."

"그래도———'따악!'———윽?! 그, 그래도, 안 되는, 건,

안, 돼!"

"그, 그래……, 알겠어. 나는 공격하지 않을게……, 그런데, 괜찮아?"

플랜을 설득하기 위해서 뮤우 일행으로부터 눈을 돌린 순간, 마치 노린 듯이 날아온 슬라임이 내 머리 옆부분에 맞았다.

그 충격을 견디며 플랜과 뤼이를 설득하는 모습을 보고 플랜과 뤼이도 깜짝 놀라며 납득하고는 오히려 나를 걱정해 주었다.

"그래도 날아다니는 슬라임으로부터 몸을 지키지 않으면 위험해."

"그래도 말이지……, 아니, 자쿠로, 위험해!"

튀어다니던 슬라임이 이번에는 자쿠로를 향해 날아왔다.

"———뀨우!"

살짝 울음소리를 낸 자쿠로가 꼬리 세 개를 크게 부풀려서 날아오던 슬라임을 부드럽게 받아내 속도를 줄인 다음, 돌려보냈다.

그 모습을 본 나는 생각난 게 있었다.

"그렇구나! 자쿠로의 [오토 가드]야!"

성수화한 자쿠로에게는 꼬리 세 개를 이용해 자동적으로 공격을 방어하는 [오토 가드]가 있다.

그 사실을 눈치챈 우리는 자쿠로를 끌어안고 오토 가드를 해주는 꼬리 세 개 뒤에 숨어서 날아다니는 슬라임을 살펴보았다.

"또 슬라임이 왔어! 자쿠로!"

"뀨우뀨우!"

자동으로 움직이는 자쿠로의 꼬리 세 개가 이쪽으로 날아온 슬라임을 부드럽게 받아내고는 다시 살짝 던졌다.

"자쿠로의 [오토 가드]는……, 좋아, 빗나간 공격을 막아주네!"

그때 양쪽에 대미지가 발생하지 않았기에 [공투 페널티]도 생기지 않았다.

"이제 안전하게 볼 수 있겠어. 자, 뮤우 일행은 어떻게 대처할까?"

벽 쪽에 있던 우리가 날아드는 슬라임 때문에 고생하고 있던 동안, 뮤우 일행 쪽에서 변화가 있었다.

"하앗! 타앗! 토옷!"

뮤우 일행은 후위인 코하쿠와 리레이를 지키려는 듯이 모여서 서로 등을 맡긴 채 사각을 줄이며 슬라임들을 튕겨내고 있었다.

튀어서 날아드는 슬라임을 검으로 튕겨내기도 했고, 대미지 판정은 없지만 주먹과 다리도 이용해서 슬라임을 다가오지 못하게 했다.

분열시킨 숫자가 너무 많았기에 슬라임의 몸통 박치기로 인해 대미지를 어느 정도 입긴 했지만, 뮤우 일행이 벌어준 시간 동안 코하쿠와 리레이는 마법 준비를 마쳤다.

"뭉쳐서 움직임을 막아부러야제! ──《스톰 제일》!"

코하쿠가 천장까지 뻗은 연녹색 회오리 우리를 만들어내서 넓은 공간 안에서 튀어다니던 슬라임들을 차례차례 집어삼키기 시작했다.

"그렇구나. [마법 내성]이 있긴 하지만 구속 마법은 효과가 있는 건가?"

[마법 내성]은 어디까지나 마법 공격에 대한 내성이다.

그렇기 때문에 대미지가 발생하지 않는 구속 마법 같은 것들은 날아다니는 슬라임을 한곳에 모으는데 효과적이었다.

"후후훗, 저도 도와드리죠. ──《파이어 샷》!"

리레이는 초급 마법인 화염탄을 연달아 날리기 시작했다.

화염탄 한 발 한 발이 튀어다니던 슬라임들을 자동으로 추적해서 명중했다.

거대 슬라임에서 분열된 슬라임들도 [마법 내성]이 있기에 리레이의 화염탄으로는 쓰러뜨릴 수가 없다.

하지만, 분열 슬라임은 넉백 내성이 낮기 때문에 쉽게 튕겨낼 수 있다.

그렇게 튕겨 나간 슬라임들은 차례차례 코하쿠의 회오리 우리 안으로 날아가 붙잡혔다.

"대단해! 마법 내성이 있는 상대인데도 활약하고 있어!"

솔직히 마법 내성이 있는 적을 상대로 마법사인 코하쿠와 리레이가 어떻게 싸우려는 건지 신경 쓰이긴 했다.

하지만, 뚜껑을 열어보니 기우였기에 안심했다.

내 목소리가 들린 건지 코하쿠와 리레이가 돌아보고는 멋진 미소를 짓고 나서 다시 슬라임들을 돌아보았다.

뮤우 일행도 슬라임의 밀도가 줄어들자 코하쿠와 리레이를 지키면서 날아드는 슬라임을 회오리 우리 안으로 튕겨내는 여유를 보여주었다.

"얘들아! 슬슬 《스톰 제일》 효과가 끝날 것 같은디!"

"그럼 마법 효과가 사라지기 전에 모아둔 슬라임을 단숨에 쓰러뜨리자!"

슬라임이 어느 정도 모이자 뮤우 일행은 일제히 회오리 안으로 니트로 포션을 던져서 폭발시켰다.

그때 회오리 우리 안에서 퍼진 폭발이 갇힌 분열 슬라임에게 대미지를 입혔고, 일망타진해버렸다.

"이번 한 번 만에 슬라임을 꽤 많이 쓰러뜨렸어! 다시 분열시켜서 쓰러뜨리자!"

뮤우 일행이 놓친 분열 슬라임들은 주위에서 튀어오르며 본체 슬라임이 있는 곳으로 돌아가 동화했다.

그래도 분열한 슬라임들 중 대부분이 쓰러져서 거대 슬라임의 부피가 눈에 띄게 줄긴 했지만, 거대 슬라임도 그냥 당하고만 있지는 않았다.

─────뽀글뽀글, 뽀글.

거품이 솟구치는 듯한 소리를 내던 거대 슬라임의 몸에서 통나무처럼 생긴 촉수 두 개가 팔처럼 뻗어나왔고, 그것을 들어 올리기 시작했다.

"여러분, 촉수를 내려치는 공격이에요! 산개!"

천천히, 하지만 확실하게, 뮤우 일행을 내려친 촉수의 공격.

"흐에에에에엑?! 저런 일격을 맞으면 단번에 끝나버리겠는데……."

후웅, 바람을 가르는 소리가 여기까지 들릴 정도로 강하게 통나무 같은 촉수를 휘두르는 공격을 보자 멀리 떨어져서 구경하던 나는 식은땀을 흘렸다.

"다들 촉수를 피하면서 거대 슬라임을 계속 깎아내고 있네."

그럼에도 불구하고 뮤우 일행은 겁먹지 않고 통나무 같은 촉수를 피하며 표면을 깎아내듯이 검을 휘두르며 뛰어다녔다.

뮤우가 뛰어간 뒤에는 베인 곳에서 슬라임이 분열했다.

"나도, 질 순 없지! 하아아아아아아아앗――, 《임팩트》!"

히노는 통나무 같은 촉수를 휘두르는 공격에 맞춰서 대형 망치의 아츠를 날렸다.

대형 망치가 부딪힌 촉수가 튕겨 나갔고, 솟구친 뒤에 파앙, 터지며 수많은 슬라임으로 분열했다.

"지금이에요. ――흡!"

단검을 다루는 토우토비는 무기의 길이 때문에 거대 슬라임을 직접 베는 게 위험하다.

그렇기 때문에 촉수 사이를 이리저리 피하며 니트로 포션을 던져 폭발을 일으켰고, 거대 슬라임을 분열시켰다.

거대 슬라임의 묵직한 통나무 같은 촉수는 뮤우 일행을
공격하지 못한 채 헛손질만 하고 있었다.

하지만, 뮤우 일행이 피하더라도 촉수의 궤도로 날아든
분열 슬라임을 후려쳐서 세게 쏘아냈다.

"저번에도 보긴 했는데, 역시 빨라!"

"뮤우 양, 위험해요!"

뮤우는 가속한 슬라임을 아슬아슬하게 피했지만, 벽에 반
사된 다른 슬라임이 사각에서 덮쳤다.

뮤우는 미처 피하지 못하고 검으로 막았지만, 슬라임의
몸통박치기가 더 강했기에 대미지를 입고 자세가 무너져버
렸다.

―――뽀글뽀글, 뽀글!

거대 슬라임은 그렇게 자세가 무너진 뮤우의 빈틈을 놓치
지 않고 통나무 같은 촉수를 들어 올렸다.

"그러게 두진 않겠어요! ―――《파워 버스터》!"

뮤우와 거대 슬라임 사이에 끼어든 루카토가 들어올린 바
스타드 소드로 날아든 촉수를 두 동강 냈다.

"뮤우 양, 괜찮으신가요?"

"괜찮아! 자세가 무너지고 대미지를 조금 입었을 뿐이니
까! ―――《하이 힐》!"

뮤우는 자신에게 회복 마법을 사용하며 일어섰고, 루카토
가 베어낸 촉수를 보았다.

루카토의 참격에 잘려나간 거대 슬라임의 일부는 땅바닥

에 떨어져서 거품을 일으키며 분열하기 직전 상태였다.

"스킬 대기 시간이 끝났다고! ———《스톰 제일》!"

잘려나간 거대 슬라임의 일부가 분열해서 흩어지기 전에 코하쿠가 그것을 둘러싸듯이 회오리 우리를 만들어 내서 가두는 데 성공했다.

"후후훗, 다시 분열된 슬라임을 모으죠. ———《파이어 샷》."

리레이가 화염탄을 연달아 날려 주위에서 튀어다니던 슬라임들을 회오리 우리 쪽으로 튕겨 보냈고, 어느 정도 숫자가 모이자 뮤우 일행이 니트로 포션으로 폭파했다.

———뽀글뽀글뽀글!

연달아 공격당해 슬라임을 분열시켜서 몸이 줄어든 거대 슬라임은 몸에서 거센 거품을 뿜으며 물소리를 냈다.

"여러분! 예비 동작 확인! 회피를 중시하며 경계해 주세요!"

루카토가 경계하라고 외친 직후, 거대 슬라임이 몸을 굽히는 듯이 줄어들다가 세로로 늘어나는 동작을 반복하기 시작했다.

서서히 그 반복 동작의 기세가 강해진 거대 슬라임이 여러 번 늘어났다가 줄어든 기세를 이용해서 천장 근처까지 튀어 올랐다.

"다들 일단 회피, 회피, 온 힘을 다해 피해!"

천장에 아슬아슬하게 닿을 정도로 높게 튀어오른 거대 슬라임은 천장 근처에 잠깐 떠 있다가 곧바로 중력에 따라 뮤우 일행을 뭉개버릴 듯이 떨어졌다.

"우와, 거대 슬라임은 부피가 줄어들면 움직임이 적극적으로 바뀌는구나."

처음에 나타났을 때는 부풀어서 둔한 것처럼 보였지만, 뮤우 일행의 공격으로 인해 군살 같던 슬라임을 없애자 스스로 튀어 오를 수 있게 된 모양이었다.

그렇게 튀어오른 거대 슬라임이 쿠웅, 묵직한 소리를 내며 떨어졌지만, 그것만으로 끝나지는 않았다.

이어서 두 번, 세 번, 뮤우 일행을 추적하려는 듯이 튀어올라 뭉개려 했다.

하지만 그것도 영원히 계속되지는 않았고, 튀어오를 때마다 기세가 약해지고는 마지막에는 움직임이 멈췄다.

"얘들아, 지금이야! 반격을 가하자! 니트로 포션을 던져!"

도망치기만 하던 뮤우 일행은 그 빈틈을 놓치지 않고 곧바로 거대 슬라임에게 니트로 포션을 던졌다.

그리고 다시 분열한 슬라임을 코하쿠와 리레이가 한곳에 모아서 폭파했고, 거대 슬라임은 점점 줄어들었다.

●

뮤우 일행과 거대 슬라임이 전투를 시작한 지 15분이 지났다.

안정된 상황에서 거대 슬라임의 부피를 줄여나가던 와중에 거대 슬라임이 다양한 공격 수단을 도원했다.

통나무 같은 촉수를 휘두르고, 그 끄트머리를 떼어내서 뮤우 일행에게 내던지는———, 슬라임 투척.

두꺼운 촉수를 들어올리는 게 아니라 마치 파성추처럼 수직으로 뻗어 후려치는———, 슬라임 펀치 같은 공격도 보였다.

하지만 거대 슬라임의 부피가 줄어들자 처음에 보이던 둔하면서도 강한 공격력은 사라졌다.

거대 슬라임의 부피가 줄어서 민첩하게 움직일 수 있게 되긴 했지만, 그런 반면에 공격력이 떨어졌다.

통나무 같은 촉수는 점점 가늘어졌고, 마지막에는 채찍 같은 촉수로 바뀌었다.

공격 방법도 끄트머리를 날카롭게 만들어 찌르는 공격이나 촉수를 휘두르다가 내려치는 공격으로 바뀌었지만, 일격의 대미지는 적었다.

그 대신 촉수의 숫자를 두 개에서 네 개로 늘려서 공격 횟수로 뮤우 일행과 맞서 싸웠지만, 기세가 붙은 뮤우 일행은 멈추지 않았다.

"애들아! 저번보다 거대 슬라임을 작게 만들었어! 지금부터는 처음 보는 패턴이니까 주의해!"

"뮤우 양! 은빛 핵이 보여요!"

거대 슬라임의 크기는 처음 보았을 때의 5분의 1로 줄어들었고, 핵인 은빛 슬라임색도 희미하게나마 보이게 되었다.

"……니트로 포션, 갑니다!"

""라져!""

토우토비가 신호를 보내자 뮤우와 루카토가 거대 슬라임으로부터 거리를 벌렸고, 니트로 포션이 날아갔다.

하지만 날카로운 촉수가 공중에서 니트로 포션을 쳐냈고, 거대 슬라임 본체에 닿기 전에 폭발을 일으켰다.

"……지금 같은 상태로는 니트로 포션을 맞히는 게 힘들겠어요."

거대 슬라임이 축소되어 민첩해진 영향으로 촉수가 위험한 공격을 쳐내게 되었다.

그 결과, 니트로 포션을 쳐낸 촉수가 폭발로 날아가 버렸을 뿐, 거대 슬라임 본체에는 별다른 대미지가 들어가지 않았다.

"그래도 뛰어들 빈틈을 만들 수는 있어!"

그 니트로 포션의 폭발을 미끼 삼아 뮤우와 루카토, 히노가 각자 다른 방향에서 뛰어들었다.

니트로 포션을 요격하느라 촉수가 하나 날아갔고, 거대 슬라임은 나머지 촉수 세 개를 뮤우 일행에게 각각 날렸지만———.

"그 정도로는 우리를 막을 수 없어! ———《피프스 브레이커》!"

"———《그랜드 슬래시》!"

"———《그랜드 해머》!"

뮤우와 루카토는 촉수를 베었고, 히노는 촉수가 내려치는 공격을 맞으면서도 겁먹지 않고 다가갔다. 그리고 세 사람이 근거리에서 아츠를 날렸다.

뮤우의 연속 베기 공격이 거대한 슬라임의 몸에 궤적을 남겼고, 루카토가 휘두른 바스타드 소드가 거대 슬라임에게 파고들었다가 빠져나왔다.

대미지를 입으며 다가간 히노는 온 힘을 다해 대형 망치를 휘둘렀고, 그 충격이 거대 슬라임뿐만이 아니라 땅바닥에도 퍼져나갔다. 돔 형태의 공간이 흔들린 것 같은 착각이 들었다.

"자! 분열하믄 내가 모아줄 것잉께!"

그리고 뮤우와 루카토, 히노가 날린 근접 아츠가 명중하자 코하쿠는 슬라임이 잔뜩 분열할 거라 기대했다.

하지만, 거대 슬라임은 분열하지 않고 조금씩 떨리기만 했다.

뮤우 일행도 경계하며 거대 슬라임으로부터 거리를 두는 와중에 내가 말을 걸었다.

"뮤우! 어떻게 된 거야?"

"모르겠어! 우리도 두 번째인 데다 이렇게까지 몰아붙인 건 처음이니까!"

뮤우 일행도 불안한 마음과 경계하는 마음을 품으며 거대 슬라임을 바라보았고, 변화가 나타나기 시작했다.

"왠지 조금씩 커지고 있지 않나요?"

루카토가 지적하자 히노와 토우토비는 자기도 모르게 뒤

로 물러났다.

"왠지 폭발하기 직전처럼 부풀어 오르고 있네."

히노가 질색하는 표정으로 그렇게 중얼거리자 토우토비도 고개를 끄덕였다.

"우선 다들 이쪽으로 피난혀! ───《윈드 실드》, 《아이스 월》!"

바람과 물 마법을 사용하는 코하쿠는 곧바로 방어 마법을 이중으로 펼쳤고, 뮤우 일행에게 대피를 지시했다.

그러는 동안에도 공기가 가득 찬 풍선처럼 빵빵하게 부풀어 오른 거대 슬라임은 뮤우 일행이 방어 마법 뒤쪽에 숨은 직후에 한계를 맞이했다.

───파아아아아아아아아아아아아아앙!

"""───꺄아아아아아아아아악!"""

갑작스러운 폭음으로 인해 뮤우 일행도 귀여운 비명을 질렀고, 그 모습을 관전하던 나도 귀를 막으며 거대한 슬라임이 파열하는 것을 지켜보았다.

빵빵하게 부풀어 올랐던 거대 슬라임이 파열하면서, 다른 슬라임들과 함께 일제히 분열하며 돔 형태의 공간 안을 튀기 시작한 것이다.

"이거, 토벌 퀘스트가 실패한 건가?"

"아뇨! 아직 퀘스트가 실패했다는 알림이 뜨지 않았어요! 전투는 끝나지 않았다고요!"

폭음으로 인해 감았던 눈을 조심조심 뜬 뮤우가 멍하니

중얼거렸지만, 루카토는 부정했다.

제한 시간 안에 거대 슬라임을 쓰러뜨리지 못하면 작은 슬라임으로 분열해서 돔 공간에 뚫린 구멍으로 차례차례 도망친다.

하지만 이번에는 폭음과 함께 분열한 슬라임들이 도망칠 낌새를 보이지 않았고, 오히려 뮤우 일행을 지켜주고 있던 방어 마법에 몸통박치기를 가하며 부수려 하고 있었다.

"그렇다면 일단 슬라임을 한 마리라도 많이 쓰러뜨리자! 쓰러뜨리면 알게 되는 것도 있겠지! 하아앗!"

전투가 끝나지 않았다는 사실을 알게 된 뮤우는 방어 마법 바깥으로 뛰쳐나가서 튀어다니던 분열 슬라임 중 한 마리를 베었다.

뮤우를 따라 루카토, 히노, 토우토비도 나섰고, 코하쿠와 리레이를 지키려는 듯이 서로 등을 맞댄 채 사각을 줄이는 배치로 분열 슬라임과 맞서 싸웠다.

후위인 코하쿠와 리레이도 방어 마법을 풀고는 튀어다니는 분열 슬라임들을 한데 모아 쓰러뜨리기 위해 구속 마법을 준비했다.

"역시 우리 쪽으로도 날아오겠지! 자쿠로, 부탁해!"

"큐우!"

아무렇게나 튀어다니던 슬라임들은 뮤우 일행뿐만이 아니라 우리 쪽으로도 날아왔다.

그것들을 자쿠로의 꼬리 세 개가 오토 가드로 막아주었기에 나는 튀어다니는 슬라임들의 움직임을 냉정하게 볼 수 있었다.

그리고 그것들 중에서 은빛으로 빛나는 모습을 볼 수 있었다.

"저 은빛은……."

은빛으로 빛나는 부분은 분열 슬라임보다 빠르게 튀어다니면서 내 [하늘의 눈]으로도 겨우 따라잡을 수 있을 만큼 잽쌌다.

그 은빛으로 빛나는 부분이 다양한 방향에서 날아드는 분열 슬라임을 튕겨내고 있던 뮤우 일행 쪽으로 향했다.

"뮤우! 조심해! 무언가가 가고 있어!"

"응? 무언가라니———, 크윽?!"

뮤우는 반사적으로 날아든 은빛 무언가를 장검 측면으로 막았지만, 그 충격으로 인해 몸이 비틀거렸다.

""뮤우(양)?!""

"괜찮아! 그건 됐고, 저걸 봐!"

뮤우가 반사적으로 장검 측면으로 막아내자 은빛 물체의 속도가 줄어들며 땅바닥에 떨어졌다. 이제는 뮤우 일행도 볼 수가 있게 되었다.

"윽?! 은빛 슬라임!"

"저 은빛 슬라임을 쓰러뜨리면 전부 끝난다는 뜻이야!"

뮤우가 느려진 은빛 슬라임을 쓰러뜨리기 위해 한 발짝 내디뎠지만, 그 전에 은빛 슬라임이 몸을 늘렸다 줄였다 하는 반동으로 단숨에 솟구쳤고, 뮤우 일행은 또 놓쳤다.

"어, 어디야?! 어디로 간 건데?!"

"뮤우! 다시 뛰어다니고 있어!"

뮤우 일행의 눈으로도 움직임을 어렴풋하게 볼 수는 있겠지만, 벽과 지면뿐만이 아니라 공중에 있던 분열 슬라임들하고도 부딪혀서 방향을 바꾸었기에 금방 놓쳐버렸다.

그리고, 은빛 슬라임만 보고 있자니———.

"올 테면 와라! 아니, 으앗?!"

히노는 날아오는 은빛 슬라임을 보고 정면으로 맞서려 했지만, 옆에서 날아든 분열 슬라임이 다리를 후려서 자세가 무너진 탓에 요격에 실패했다.

"우선, 걸리적거리는 슬라임을 줄이는 것이 낫것는디! ———《스톰 제일》!"

코하쿠가 회오리 우리를 만들어내자 그 근처에 있던 슬라임들이 차례차례 삼켜졌다.

"후후훗, 무리해서 은빛 슬라임을 노리는 것보다는 쓰러뜨릴 기회를 만들도록 하죠. ———《파이어 샷》!"

리레이는 자동으로 추적하는 화염탄을 간헐적으로 날리며 뛰어다니던 분열 슬라임을 회오리 우리 안으로 밀어넣었다.

뮤우 일행도 계속 덤벼드는 분열 슬라임들을 회오리 우리 안으로 밀어넣던 와중에, 고속으로 뛰어다니던 은빛 슬라임이 코하쿠의 회오리 우리 안에 스스로 뛰어들었다.

"뭐여! 내가 만든 회오리 안에 스스로 뛰어들었는디!"

"……니트로 포션, 던집니다!"

아직 회오리 우리가 유지되고 있었지만, 지금 붙잡은 은빛 슬라임을 니트로 포션의 폭파로 쓰러뜨리면 토벌 퀘스트는 끝난다.

토우토비가 그렇게 판단하고 니트로 포션을 던져서 폭발을 일으켰지만, 연기를 끌며 회오리 우리에서 빠져나온 은빛 슬라임이 보였다.

"……실패했어요! 멀쩡해요!"

회오리 우리 안에 붙잡은 다른 분열 슬라임은 쓰러뜨린 것 같았지만, 은빛 슬라임은 여전히 계속 튀어다니고 있었다.

아니, 너무 빨라서 뮤우 일행의 눈으로는 미처 알아채지 못했지만, 내 [하늘의 눈]은 그 변화를 놓치지 않았다.

"뮤우! 멀쩡한 건 아니야! 대미지는 확실하게 들어갔어!"

"윤 언니, 정말이야?!"

"그래! 은빛 슬라임에 금이 갔어!"

젤리 같은 생물인 슬라임에 금이 가는 건 이상할지도 모르겠지만, 표면에 3분의 1 정도로 크게 금이 가 있었다.

애초에 HP 바가 없는 특수한 보스이기 때문에 그렇게 겉모습의 변화로 남은 HP를 나타내고 있는 모양이었다.

"후후훗, 그럼 이건 어떨까요? ──《파이어 샷》!"

리레이가 들고 있던 짧은 지팡이를 들어올린 다음, 수많은 화염탄을 튀어다니던 은빛 슬라임에게 날렸다.

쫓아오는 화염탄을 은빛 슬라임이 피했지만 서서히 거리가 좁혀졌고, 드디어 화염탄 한 발이 은빛 슬라임에 맞아서 터졌다.

화염탄이 명중하자 은빛 슬라임은 몸이 경직된 채 땅바닥에 떨어졌다.

하지만, 잠시 후에 아무 일도 없었다는 듯이 몸을 늘렸다 줄이던 은빛 슬라임은 그 반동을 통해 다시 빠르게 튀어다니기 시작했다.

"윤 씨. 대미지를 입었나요?"

리레이가 이쪽을 돌아보며 묻자 나는 눈을 크게 뜨고 은빛 슬라임을 바라보았다.

화염탄을 맞은 은빛 슬라임은 금 간 부분에 변화가 없었고, 대미지를 입은 것 같지도 않았다.

"겉으로 보이는 변화는 없어!"

"후후훗, 은빛 슬라임에게는 [마법 무효]가 있는 건가요? 하지만 마법의 충격까지 없애지 못한다면 유도하거나 붙잡아두는 건 가능할 것 같네요."

리레이는 [하늘의 눈]을 지닌 나를 이용해서 은빛 슬라임의 능력을 확인한 모양이었다.

[마법 무효]를 지니고 있다면 물리 공격을 중심으로 싸우게 될 텐데…….

"분열 슬라임이 방해해서 노리는 게 어려워!"

"분열 슬라임을 줄이려 해도 시간을 많이 잡아먹을 테고,

카운터를 노리려 해도 때마침 기회가 와주는 것도 아니니까요."

거대 슬라임과의 전투에는 30분이라는 제한 시간이 있다.

나머지 시간이 슬슬 10분이 되어가는 상황에서 분열 슬라임을 줄이는 데 시간을 투자하면 은빛 슬라임을 쓰러뜨리지 못하고 끝날 가능성이 있다.

하지만 은빛 슬라임만을 집중해서 노리려 하면 튀어다니는 수많은 분열 슬라임들이 방해해서 마음대로 전투를 진행할 수 없을 것이다.

그런 딜레마를 떠안은 와중에 뮤우가 곧바로 결단을 내렸다.

"나하로 루카, 히노, 토비, 이렇게 넷이서 은빛 슬라임을 노리자. 코하쿠하고 리레이는 우리를 방해할 것 같은 분열 슬라임만 튕겨내 줘!"

뮤우는 나머지 분열 슬라임을 쓰러뜨리는 게 아니라 방해하는 녀석들만 튕겨내고 은빛 슬라임에 집중하는 선택을 했다.

딱히 이의가 없었던 루카토 일행은 모두가 고개를 끄덕이고는 자신의 위치를 잡았다.

"자, 이번에는 우리가 뮤네를 지켜줄 차례여———,《윈드 커터》!"

"후후훗, 나중에 열심히 싸운 상을 받아야겠네요———, 《파이어 샷》!"

코하쿠는 바람 칼날을, 리레이는 화염탄으로 탄막을 펼치며 분열 슬라임을 다가오지 못하게 했다.

그 마법의 탄막을 피하려는 듯이 튀어오른 은빛 슬라임이 히노에게 날아들었다.

"이 녀석! 너무 빨라서 맞힐 수가 없어!"

재빠르게 날아든 은빛 슬라임에게 대형 망치를 휘둘렀지만, 허공을 갈랐다.

히노 곁을 지나친 은빛 슬라임이 벽에 부딪혀서 튕긴 다음, 허공을 가르고 빈틈투성이가 된 히노에게 몸통박치기를 날렸다.

"이미 늦었어! 큭!"

대형 망치로 제때 받아칠 수 없을 거라 판단한 히노는 은빛 슬라임의 몸통박치기 공격을 무기의 손잡이로 막아냈다.

히노는 충격에 살짝 끙끙댔지만, 무기 손잡이의 각도를 조절해서 배구의 리시브처럼 은빛 슬라임을 루카토 쪽으로 유도했다.

"루카, 부탁해!"

"알겠어요! 하아아아앗!"

히노가 유도하자 루카토가 자기 쪽으로 튕긴 은빛 슬라임을 향해 바스타드 소드를 휘둘렀다.

"해냈다!"

루카토의 바스타드 소드가 은빛 슬라임으로 향하자 뮤우가 기뻐하며 소리쳤다.

하지만, 휘두른 검의 표면을 미끄러지듯이 빠져나간 은빛 슬라임은 루카토의 어깨를 스치고 피했다.

"큭! 죄송합니다, 대미지를 입히지 못했어요."

루카토는 분한 감정을 드러냈지만, 뮤우는 루카토와 히노를 걱정해주었다.

"괜찮아! 그런 건 됐고, 둘 다 대미지는 없어?"

"나는 막아낸 충격으로 대미지를 조금 입었을 뿐이야."

"저도 스친 것뿐이라 그렇게 큰 대미지는 입지 않았어요."

뮤우가 걱정해주자 히노와 루카토는 안심시키려는 듯이 미소를 지으며 대답했다.

은빛 슬라임은 루카토에게 제대로 날아갔지만, 검에 맞아서 궤도가 바뀌었기에 어깨를 스쳤을 것이다.

그리고 곧바로 뮤우 일행은 튀어오른 은빛 슬라임을 눈으로 쫓으며 좀 전에 맞붙었을 때 느낀 점을 공유했다.

"공격을 맞혔을 때 꽤 단단하게 느껴졌어요. 그러니까 은빛 슬라임에게 대미지를 입히려면 크리티컬을 넣거나 중심의 약점 부위에 맞춰야 할 것 같네요."

니트로 포션의 폭파는 은빛 슬라임의 온몸을 덮친 충격이었기에 약점 부위인 중심에도 맞았을 것이다.

만약에 무기가 중심 이외의 다른 곳에 맞으면 좀 전처럼 빠져나가 버릴지도 모른다.

"……크리티컬. 또는 약점 부위에 대한 공격."

계속 튀어다니던 은빛 슬라임의 속도에 눈이 익숙해진 건지, 뮤우 일행이 계속 눈으로 쫓다 보니 은빛 슬라임이 이번에는 토우토비 쪽으로 뛰어들었다.

"……하아아아앗———, 《하트 피어서》!"

돔 형태의 천장에 반사되어 대각선 위쪽에서 날아든 은빛 슬라임에게 토우토비가 수직으로 단검을 겨누고는 심장을 찌르는 아츠를 날렸다.

"토비, 대단해!"

"좋아! 금이 커졌어."

나와 뮤우가 토우토비의 공격이 성공한 것에 대해 기뻐하며 소리쳤다.

몸의 중심이 찔리자 은빛 슬라임은 루카토에게 그랬던 것처럼 빠져나갈 수가 없었고, 몸에 간 금이 커지며 튕겨 나갔다.

"……휴우, 꽤 빡빡하네요. 고속으로 움직이는 적의 중심을 정확하게 파악하는 거요."

"금의 크기를 보니 한 번만 더 공격을 맞추면 쓰러뜨릴 수 있을 것 같아!"

은빛 슬라임은 유효타를 세 번 맞히면 쓰러뜨릴 수 있는 보스인 것 같다.

내가 예상을 말하자 뮤우는 의욕을 보이며 은빛 슬라임과 맞섰다.

"———그렇다면! 쫓아가서, 쓰러뜨린다!"

뮤우는 튀어다니는 은빛 슬라임을 눈으로 보고는 그 궤도에 먼저 파고들기 위해 뛰어가기 시작했다.

코하쿠와 리레이가 마법으로 슬라임들을 다가오지 못하게 해서 만들어 낸 안전지대 밖으로 발을 내디딘 뮤우는, 사방팔방에서 날아드는 분열 슬라임의 몸통박치기에 노출되었다.

"걸리적거려!"

하지만, 뮤우는 날아드는 슬라임의 공격을 피하고, 막고, 검과 주먹으로 전부 튕겨내고는 일직선으로 돌진했다.

"이걸로, 마지막!"

그렇게 은빛 슬라임의 궤도에 먼저 파고든 뮤우는 날아든 은빛 슬라임에게 맞춰서 검을 휘둘렀고, 중심을 찾아내서 튕겨냈다.

"대단하네……, 역시 플레이어 스킬이 뛰어나."

특히 양쪽 다 거칠게 움직이고 있는 와중에 특정한 부위만 정확히 노리는 건 뛰어난 플레이어 스킬이 필요한 행동이다.

빠르게 튀어다니는 은빛 슬라임의 궤도로 먼저 파고들어서 그렇게 할 수 있는 뮤우는 역시 강했다.

마지막으로 뮤우에게 참격을 맞은 은빛 슬라임은 완전히 속도가 떨어진 채 벽에 부딪혔고, 땅바닥을 굴러갔다.

그리고 온몸에 금이 간 몸을 부들부들 떨다가 물풍선처럼 터져서 은빛 액체를 뿌렸다.

"해냈다~! 끝났어! 복수 달성!"

뮤우가 기뻐하며 소리치는 와중에 은빛 슬라임의 파열에 호응하듯이 주위에서 날아다니던 분열 슬라임들도 차례차례 팽창하다가 파열되었다.

———팡, 팡팡, 파파파팡!

거대 슬라임과의 전투가 끝났다는 연출일 것이다.

나머지 분열 슬라임들이 연쇄적으로 파열되어서 점액을 남기고 사라지는 건 납득이 되었지만, 견학하기 위해서 넓은 공간 구석에 있던 나는 다시 기분 나쁜 예감이 들었다.

"아니, 뮤우가 튕겨낸 슬라임이 이쪽으로 날아오잖아?!"

뮤우가 은빛 슬라임을 공격하기 위해 튕겨낸 분열 슬라임이 튕겨진 기세로 가속하며 벽과 천장, 바닥에 튀어서 우리 쪽으로 날아왔다.

자쿠로의 꼬리가 그걸 막았지만, 그 분열 슬라임들이 점점 팽창하는 게 보였기에 급하게 소리쳤다.

"자쿠로! 지금 당장 던져버려!"

"큐우?!"

휙, 자쿠로가 파열하기 직전이었던 분열 슬라임들을 아슬아슬하게 던져서 슬라임의 점액에 젖는 걸 피하자 나는 안심했다.

하지만, 다른 방향에서 날아온 다른 슬라임이 공중에서 부딪혀서 우리 쪽으로 파열하기 직전이었던 슬라임 한 마리를 보냈다.

"앗……."

눈치챘을 때는 이미 늦었다.

파열되기 직전에 내 머리 위로 날아온 슬라임을 올려다보며 생각했다.

자쿠로의 꼬리로 다시 던지기에도, 피하기에도, 스킬로 막기에도, 전부 시간이 부족하다.

그런 와중에 자쿠로 일행은———.

"뀨우!"

"푸르르……."

"작별이다! ———《리미트 닷지》!"

내 손 안에서 뤼이 등으로 뛰어내린 자쿠로는 뤼이와 함께 스윽, 사라졌고, 플랜도 순간적으로 가속해서 내 곁을 떠났다.

"……배, 배신했어?!"

뤼이는 자쿠로를 데리고 [투명화]로 점액을 피했고, 플랜은 장비인 벨트에 있는 [한정 회피] 액티브 스킬을 사용해서 도망친 것이다.

"푸흡……."

나만 버림받았다는 것을 알게 된 직후, 슬라임이 파열된 점액이 쏟아졌다.

"고생했어! 퀘스트 보수도 받았다고! 아니, 어라? 윤 언니, 왜 점액투성이가 된 거야?"

거대 슬라임 토벌을 마치고 의기양양하게 돌아선 뮤우는 분열 슬라임의 점액을 뒤집어쓴 나를 의아하다는 듯이 바라보았다.

얼굴에 흘러내린 슬라임 점액을 손으로 닦아낸 나는 뭐라 말할 수 없는 표정을 짓고 있었던 것 같다.

●

거대 슬라임과의 전투를 끝까지 지켜본 나는 뮤우 일행의 길드 홈으로 가고 있었다.

"윤 언니, 기분 풀어~."

"……정말, 딱히 화나진 않았어. 그냥 내가 한심하고 부조리하다는 걸 느꼈을 뿐이라고."

뮤우가 어깨를 붙잡고 흔들자 나는 한숨을 쉬며 그렇게 대답했다.

뮤우가 튕겨내긴 했지만, 무작위로 날아다니던 슬라임이 파열되어 점액 투성이가 되었더라도 뮤우를 원망할 순 없다.

그저 방심하다가 휩쓸린 나 자신이 한심하다는 생각이 들어서 풀 죽었을 뿐이다.

참고로 뤼이 일행은 나를 버리고 나서 껄끄러웠는지 소환석으로 돌아가 버렸다.

"그건 그렇고, 퀘스트를 클리어했으니까 기분을 내야지! 홈으로 돌아가서 뒤풀이를 해야 해!"

내가 혼자서 풀죽어 있는 한편, 뮤우 일행은 차례차례 길드 홈 안으로 들어갔다.

"그러고 보니 뮤우네 길드 홈에 들어가는 건 이번이 처음인 것 같네."

뮤우네 파티는 저번 퀘스트 칩 이벤트 때 [길드 에어리어 소유권]을 손에 넣고 친목 길드 [백은의 여신]을 만들었다.

그 친목 길드의 홈에 초대받은 나는 흥미롭게 홈 안을 둘러보았다.

여자애답게 귀여운 느낌인 거실에는 부드러워 보이는 바닥이 깔려 있었고, 거기에는 로우 테이블과 쿠션이 잔뜩 있었다.

길드 홈으로 들어갈 때 신발을 벗고 장비도 간소한 것으로 갈아입은 뮤우 일행은 차례차례 로우 테이블에 모여서 컵과 주스를 준비했다.

마치 여자애들 모임 같은 모습이었기에 나는 약간 망설였다.

"자, 윤 언니도 얼른~!"

"윤 씨도 오세요, 사양하지 마시고."

"그럼, 실례하겠습니다."

뮤우 일행이 재촉하자 나는 신발을 벗고 길드 홈으로 들어갔다.

"자, 윤 씨도 주스 받아!"

내가 히노에게 주스를 받은 것을 확인한 뮤우가 모두를 둘러보았다.

"그럼, 거대 슬라임 토벌 성공을 기념하며, 건배~!"

""""건배~!""""

"저기……, 거, 건배~?"

나도 뮤우 일행과 마찬가지로 망설이면서도 컵을 들어 올렸다.

"난 그냥 구경만 했는데……."

어쩌다 보니 여기까지 와버렸지만, 그냥 관전만 했던 내가 뒤풀이에 참가해도 되는 건지 의문이 들었다.

하지만, 그 말을 들은 뮤우가 부정했다.

"윤 언니는 말을 걸어줬잖아? 그것만으로도 도움이 많이 되었다고!"

"맞아요. 저희 눈으로는 윤 씨처럼 은빛 슬라임의 변화를 확실하게 확인할 수가 없어서 도움이 되었죠."

"……그리고, 미리 [니트로 포션]을 잔뜩 마련해주셨고요. 그것만으로도 도움이 되었어요."

뮤우에 이어 루카토와 토우토비도 나에게 도움을 받았다는 말을 했고, 히노와 코하쿠, 리레이 등도 고개를 끄덕였다.

"그, 리, 고……, 윤 언니가 만들던 케이크, 먹고 싶은데~!"

"정말, 그걸 노리고 있었구나……."

크리스마스용으로 플랜 같은 요정 NPC들과 함께 만든 케이크를 조르는 뮤우를 보고 나는 쓴웃음을 지었다.

"모처럼 뒤풀이를 하는 거니까, 하나뿐이다!"

"와! 윤 언니, 정말 좋아!"

잔뜩 만든 케이크 중에서 하나를 꺼낸 다음, 잘라서 모두에게 나누어주었다.

"거대 슬라임, 강하더라. 월간 퀘스트니까 다음 달에도 도전할까?"

뮤우는 곧바로 오늘 받았던 퀘스트 이야기를 하기 시작했고, 루카토와 다른 사람들도 각자 감상을 말했다.

"다음 달에는 퀘스트 칩 이벤트가 있으니까 금칩을 모을 겸 도전하는 것도 괜찮을지 모르겠네요."

다음 달 예정까지 포함해서 퀘스트를 고려하는 루카토. 그걸 들은 코하쿠와 토우토비도 의견을 내놓았다.

"음~. 보수가 짭짤하긴 했는디, 우리 마법사는 활약을 못하는 보스니께 별로 마음은 안 내키네. 그런 것보다는 다른 퀘스트를 받고 싶은데."

"……그리고 이번 작전 때 쓴 [니트로 포션]은 윤 씨의 호의로 받은 거니까 다음부터는 확보할 견적도 세워야죠……."

"아~, 그렇구나. 마법사가 활약하지 못했던 거하고 [니트로 포션] 보충 문제가 있었지……, 그걸 감안하면 효율이 별로 좋지 않은 퀘스트려나?"

다음 달에도 거대 슬라임 토벌을 할 생각이었던 뮤우도 코하쿠와 토우토비의 의견을 듣고 다시 생각하게 되었다.

"음~. [니트로 포션]을 안 쓰면서도 효율이 좋은 전투 방식을 찾아볼까? 위력과 비용을 줄인다든가."

"후후훗, 은빛 슬라임의 토벌에 이자의 무기 시리즈를 써보는 건 어떨까요? 고정 대미지 무기라면 살짝 닿기만 해도

대미지가 들어가지 않을까요?"

히노와 리레이는 전투의 효율화에 대한 아이디어를 내놓았다.

걸리적거리는 분열 슬라임을 쓰러뜨릴 때 사용했던 [니트로 포션]이 아닌 다른 물리 대미지 계열의 아이템을 사용하자는———, 히노의 제안.

그리고, 무기를 맞혀도 표면이 미끄러져 멀쩡하게 빠져나가는 은빛 슬라임에게 닿기만 하면 확실하게 대미지를 입힐수 있는 고정 대미지 무기를 사용하자는 리레이의 제안.

뮤우 일행은 그 두 가지 전투 개선안을 케이크와 과자를 먹으며 검토하고는 말했다.

"아~! 한 달에 한 번만 도전할 수 있는 퀘스트라서 바로 검증할 수가 없어!"

나는 그 대화를 멍하니 듣고 있다가 뮤우에게 물었다.

"너희는 퀘스트가 끝나면 항상 이런 느낌이야?"

"이런 느낌이냐니, 여자애들 모임 말이야?"

케이크를 먹던 손을 멈추고 오히려 나에게 되물었다.

이건 일반적인 여자애들 모임과는 다른 것 같긴 하지만, 일단 나는 고개를 끄덕였다.

"항상 이러진 않아. 가끔, 숨을 돌릴 겸 여자애들 모임처럼 하는 정도?"

특히 오늘 같은 금요일 밤에는 과자와 음료수를 가져와서 퀘스트 반성회를 하거나 수다를 떤다고 한다.

"그 밖에도 퀘스트 보수로 손에 넣은 아이템의 용도에 대해 의논하거나, 손에 넣은 장비를 시착해보기도 해."

"그러고 보니까, 거대 슬라임 토벌 보수로 뭘 손에 넣은 거야?"

나는 뮤우 일행이 받은 퀘스트의 개요를 알지 못했기에 이제 와서 퀘스트 보수에 대해 물어보자 뮤우가 뽐내는 듯이 대답해 주었다.

"거대 슬라임 토벌 퀘스트 보수로 모두가 [익스팬션 키트 Ⅱ]를 받았어! 에헤헤, 좋겠지~?"

이쪽을 돌아본 뮤우는 인벤토리에서 푸른색 공구 상자와 작은 병에 든 액체 금속 같은 아이템을 꺼내서 보여주었다.

푸른색 공구 상자가 [익스팬션 키트Ⅱ]라면 은빛 슬라임을 연상케 하는 다른 보수인 작은 병에 든 액체 금속은 거대 슬라임의 드롭 아이템일지도 모르겠다.

뮤우 일행은 퀘스트 보수로 받은 [익스팬션 키트Ⅱ]로 어떤 장비를 강화할까, 라며 신이 나서 의논하고 있었다.

"부럽네. 나도 [익스팬션 키트]가 좀 더 있으면 하니까 어딘가에서 편하게 얻을 순 없으려나."

[익스팬션 키트Ⅱ]보다 하위인 1이 더 필요하다고 생각한 나에게 뮤우가 말을 걸었다.

"그럼, 윤 언니도 같이 얻으러 갈래?"

"……네?"

"그러니까, [익스팬션 키트] 말이야! 윤 언니도 같이 겨울 이벤트를 앞두고 라스트 스퍼트로 얻으러 가자!"

뮤우에게 그렇게 제안받은 내가 눈빛으로 루카토에게 자세한 내용을 설명해달라고 하자 쓴웃음을 지으며 설명해 주었다.

"아마, PVP 배틀로얄 이야기일 거예요. 이번 주 토요일에 모두 함께 도전하자고 예전에 이야기했었거든요."

보아하니 미궁거리의 스타 게이트에는 PVP 배틀로얄 에어리어가 존재하는 모양이다.

셋이서 한 팀을 짜고 매칭된 최대 스무 팀이 PVP 에어리어에서 살아남는 배틀로얄을 벌인다고 한다.

그리고 생존 순위나 PVP에서의 전투 내용에 따라 포인트를 받을 수 있고, 그 포인트로 경품 아이템을 교환할 수 있다고 한다.

"흐음~. 왠지 기승 MOB 레이스하고 비슷한 느낌이네."

"스타 게이트에 업데이트된 시기가 같으니 비슷한 부분이 있을지도 모르겠네요. 그 배틀로얄 경품 중에도 [익스팬션 키트]가 있어서 그걸 교환하는 걸 목표로 삼고 있고요."

"그리고 말이지! 나는 실적 액세서리도 가지고 싶어! 시합 내용에 따라 경품 리스트에 추가되니까, 희귀한 실적의 증표를 가지고 싶거든!"

루카토의 설명도 납득이 됐다. 중간에 PVP 참가에 대해 열띠게 말하는 뮤우를 보고 쓴웃음을 지은 나는 어떻게 할지 고민했다.

"음~. 그래도 말이지……."

"윤 씨, 뭔가 걱정되는 거라도 있으신가요?"

"아니, 생산직인 나하고 전투직인 뮤우네는 센스 레벨 차이나 장비 차이도 있고, 그런 상황에서 살아남는 건 힘들지 않을까……, 하는 생각이 들어서."

배틀로얄은 미리 밸런스가 조정되어 있는 캐릭터들을 골라서 그 캐릭터 고유의 스킬이나 필드의 아이템을 구사해서 살아남는 게임이다.

그에 비해 RPG 요소가 있는 OSO에서는 참가 플레이어마다 레벨 차이나 장비의 차이에 따라 공평함이 보장되지 않으면 배틀로얄이 성립되지 않을 것이다.

그런 의문을 품고 있던 나에게 히노와 토우토비가 대답해 주었다.

"괜찮을 것 같은데. 내가 들은 이야기에 따르면 매칭된 플레이어의 능력에 따라서 약한 플레이어에게는 스테이터스 보정이 걸리는 것 같아!"

"……그리고 장비도 생김새는 평소에 쓰던 것과 마찬가지지만, 능력치는 초기 장비급 스테이터스가 된다고 하네요. 장비는 배틀로얄 중에 손에 넣을 수 있는 아이템을 써서 강화할 수 있는 모양이고요."

"그렇구나. 그러면 공평한가?"

초보와 상급자가 같은 시합에 매칭되면 초보의 스테이터스에 보정이 걸려서 두 사람 사이의 차이가 줄어든다.

하지만, 플레이어가 쓸 수 있는 스킬이나 아츠는 장비한 센스의 레벨이나 스킬의 사용 횟수 등에 따라 달라지기 때문에 그런 점으로 따지면 OSO를 오랫동안 플레이한 플레이어가 스킬 쪽으로는 유리해진다.

물론 사용할 수 있는 스킬이 많다는 게 압도적으로 유리하다는 뜻은 아니다.

회복 아이템을 지참할 수 없는 배틀로얄에서는 MP 소모가 많고 화려한 데다 강력한 스킬은 다른 플레이어들의 눈에 잘 띄고, 전투 지속 능력도 떨어진다.

그 밖에도 배틀로얄 중에 손에 넣은 아이템 운이 안 좋으면 스킬 쪽으로 유리한 상황도 뒤집어진다.

"그렇다면 중요한 건 플레이어 스킬하고 운인가?"

초반의 아이템 운과 마주친 플레이어와의 운, 그러한 상황에서 살아남기 위한 플레이어 스킬 등이 중요할 것 같다.

"그래도 음. 살아남아서 포인트를 벌 수 있을 것 같은 느낌이 안 드는데."

"한 시합에서 벌 수 있는 포인트는 그리 많지 않으니께 마음 편히 도전해도 될 것인디. 반복해서 시합에 도전하는 플레이어들의 목적은 실적 조건을 달성하는 것이니께."

"후후후, 예를 들어 모두 합쳐 몇 시합을 하거나 통산 몇 명 이상 쓰러뜨리는가, 최대 대미지를 일정 이상 입히는가처럼 다양한 플레이 스타일에 맞는 실적이 있는 모양이에요."

그렇게 달성한 실적이 좀 전에 뮤우가 말했던 실적 액세서리라는 것으로 이어질 것이다.

그러한 실적의 증표를 모은다는 게 아이템 컬렉터로서는 조금 구미가 당기긴 했다.

"그건 재미있을 것 같네."

살아남아서 1위를 목표로 하기보다는 매번 다른 상황에서 얼마나 자신의 스타일을 관철할 수 있을지를 시험하는 PVP. 원하는 실적을 손에 넣기 위해 센스 구성을 바꿔서 도전하는 장면을 상상하니 흥미가 조금 생겼다.

"그럼 바로 예습으로 배틀로얄 시합의 리플레이를 보자!"

"그래! 밤은 기니까, 명시합 같은 걸 이것저것 볼 수 있겠어!"

PVP 배틀로얄에 흥미가 생긴 나에게 뮤우가 배틀로얄 예습으로 리플레이 동영상을 보자고 했고, 히노도 맞장구를 쳤다.

"그럼, 명시합 플레이 레코드를 찾아볼게요."

"……앗, 그 시합은 제가 추천하는 거예요. 그리고 예비지식이 별로 없으신 윤 씨께는 이쪽 시합 리플레이를 먼저 보여드리면서 해설해드리는 게 나을지도 모르겠네요."

OSO의 대인 콘텐츠 중에는 당시 시합을 재생하는 리플레이 기능이 있다.

한 시합마다 플레이 레코드라는 것이 생기고, 그것을 입력하면 다른 플레이어도 볼 수 있는 것이다.

루카토는 바로 배틀로얄 명시합을 플레이 레코드 중에서 찾기 시작했고, 토우토비도 메뉴를 들여다보면서 의논하고 볼 동영상을 정해나갔다.

"내는 명시합보다는 애매한 시합을 보면서 웃는 것도 좋아하는디."

"후후훗, 애매한 시합의 실수나 문제, 해프닝 같은 게 웃기긴 하죠."

코하쿠와 리레이는 명시합이 아니라 애매한 시합을 보자고 제안했고, 루카토 일행도 그 의견을 받아들여서 동영상을 찾은 다음, 길드 홈 벽면에 대형 스크린을 띄웠다.

마치 영화를 보거나 스포츠를 관전하는 것 같은 상황이었기에 쓴웃음이 나왔다. 나는 뮤우 일행과 함께 배틀로얄 리플레이 동영상을 보면서 밤늦게까지 OSO에서 시간을 보냈다.

6장 배틀로얄과 생존 전략

"흐아암~, 졸려."

나는 하품을 참으며 뮤우와 함께 미궁거리의 스타 게이트 앞에 와 있었다.

"정말, 윤 언니! 정신 차리지 않으면 배틀로얄 상위에 입성할 수 없다고! 포인트를 못 번다니까!"

"원인이 뭔지나 알아? 정말……."

밤 늦게까지 뮤우 일행과 함께 배틀로얄 리플레이 동영상을 보고 있었기에 완전히 수면부족 상태다.

그럼에도 불구하고 뮤우는 아무 일도 없었다는 듯이 멀쩡한 걸 보니 한숨이 나온다.

"앗, 루카네도 왔네! 이봐~!"

그런 내 한숨을 눈치채지 못한 뮤우는 스타 게이트 앞에서 만나기로 했던 루카토 일행을 발견하고는 손을 흔들었다.

"모두 모였구나! 그럼, 렛츠 고~!"

나는 뮤우가 배틀로얄 에어리어로 들어갈 수 있는 심볼 코드를 스타 게이트에 끼우는 사이 물었다.

"나는 랜덤 매칭된 플레이어하고 팀을 짤 건데, 뮤우네는 팀을 나눈 거야?"

배틀로얄은 세 명이 한 팀으로 시합을 치르고, 나 같은 소수 참가자는 비슷한 다른 플레이어들과 팀을 짜게 된다.

하지만, 미리 등록해두면 그 플레이어들끼리 팀을 짤 수
도 있다.

그렇기 때문에 뮤우네 파티는 어떻게 팀을 나눈 건지 궁
금했다.

"A팀은 나, 토비, 코하쿠. B팀은 루카, 히노, 리레이라는
느낌으로 나눴어!"

"균형을 잘 잡아서 팀을 나눴구나."

"처음에는 균형을 잡아서 짜고, 나중에는 멤버를 바꿔서
이것저것 시험해볼 생각이야!"

"그렇구나."

뮤우의 대답을 듣고 납득하면서 스타 게이트를 통과해보
니 그 너머에는 넓은 공간이 있었다.

그 넓은 공간에는 동그란 모형정원의 틀이 있었고, 배틀
로얄 시합이 시작되면 모형정원 안쪽에서 배틀로얄 에어리
어의 모형이 솟구친다.

그렇게 생겨난 모형정원의 주위에는 시합을 중계하는 모
니터가 띄워져 있었고, 관전하는 플레이어들이 모여 있었다.

『가라! 거기야!』, 『아, 멍청이! 그곳은 지형이 안 좋아! 돌
아가! 돌아가!』, 『좋아, 돌진해, 돌진해. 그대로 어부지리를
노려!』

공중에 떠 있던 모니터에는 지금 진행 중인 시합이 중계
되고 있었다.

분할된 모니터 하나하나에는 각 플레이어의 시점이 나오

고 있었고, 한 명, 또 한 명, 플레이어가 탈락할 때마다 화면이 암전되고는 사라지자 남은 모니터가 커졌다.

"오~, 분위기가 달아올랐네."

"우리도 바로 시합 등록하자!"

뮤우가 재촉하자 우리도 배틀로얄 시합 단말기에 등록했다.

뮤우 일행은 팀을 등록하고 같은 시합에 매칭될 수 있게끔 신청했다.

"이제 등록 완료! 우리 시합이 매칭되기만 하면 시작하겠네!"

잠시 후, 메뉴에 배틀로얄 개시 메시지가 왔다.

『———시합 매칭이 완료되었습니다. 30초 뒤에 전용 에어리어로 전이가 개시됩니다.』

"그럼, 시합이 시작되면 적이 되겠지만, 열심히 하자!"

"네, 열심히 해요."

뮤우와 루카토 일행이 서로 건투를 빌어주는 모습을 보고 훈훈해하고 있자니 배틀로얄 에어리어로 전이가 시작되었다.

한순간 부유감이 든 것과 동시에 나를 감싸고 있던 어둠으로부터 빠져 나왔을 때는 이미 주위에 뮤우 일행이 보이지 않았다.

"음, 여기는……, 고대 유적 타입 에어리어인가?"

배틀로얄 에어리어의 미니맵을 확인하며 주위를 둘러보았다. 크고 작은 바위산과 그 바위산 사이에 나 있는 이끼가 낀 길, 고대 유적의 건물들, 계곡에 흐르는 강, 바위산과 융합된 것처럼 만들어진 요새와 터널 같은 것들이 보이는——,

고대 유적 에어리어가 있었다.

그 에어리어에 20팀, 60명의 플레이어들이 무작위로 전이되었고, 내가 전이하고 나서 몇 초 뒤에 매칭된 팀메이트들이 나타났다.

"배틀로얄, 잘 부탁드립니다!"

"임시 팀, 잘 부탁드립니다."

나와 매칭된 남녀 플레이어는 부드러운 태도로 인사를 해주었다.

"나야말로 잘 부탁해. 나는 원거리 궁수야."

"앗, 저는, 검사예요."

"저, 저는, 물 마법사예요!"

나와 마찬가지로 익숙하지 않은 듯한 팀메이트와 서로 무기에 대해 소개한 직후에 서로 이름을 말할 여유도 없이 시합 개시 버저가 울렸다.

"그럼 바로 아이템을 찾으러 갈까."

내가 팀메이트 두 사람에게 행동하자고 말하자 두 사람은 불안해하면서 나에게 말을 걸었다.

"저희는 배틀로얄이 처음이라 어떻게 움직여야 하는지 몰라서요."

"어떻게 하면 그렇게 망설임 없이 움직일 수 있나요?"

익숙하지 않은 것 같긴 했는데, 설마 나와 마찬가지로 배틀로얄 초보일 줄은 몰랐다.

"저기, 두 사람은 배틀로얄에 대해 얼마나 알고 있어?"

내가 조심조심 묻자, 그 두 사람은 미소를 지으면서 대답했다.

"오늘 처음 알게 되어서 기세대로 해볼까 하는 생각으로 참가했어요!"

"저는 얼마 전에 시합 리플레이를 좀 본 것뿐인데요, 지식은 거의 비슷한 수준이에요."

웃고 있던 두 사람을 보고 나는 마음속으로 이럴 수 있냐면서 머리를 감쌌다.

나도 뮤우 일행에게서 예비 지식을 배운 게 전부인 배틀로얄 초보인데 나보다 더 초보인 검사 소년하고 마법사 소녀가 팀메이트로 붙다니.

(부, 불안해······.)

이쪽을 반짝이는 눈으로 바라보는 두 사람의 기대를 저버릴 수가 없었기에 나는 두 사람에게 최대한 이것저것 알려주면서 어떻게든 살아남자고 생각했다.

"예비 지식은 있긴 한데, 나도 두 사람처럼 초보라서······."

그렇게 말을 꺼낸 다음, 초반 움직임에 대해 설명했다.

"우선, 시합 개시와 동시에 미니맵에 우리가 지금 있는 위치하고 원이 떠 있지?"

"네, 있네요."

"그 원은 시간이 지남에 따라 좁아지는 축소 범위를 나타내주고 있어."

우리가 지금 있는 곳은 미니맵 남서쪽이고, 일정 시간이

지나면 미니맵 가운데 근처 원을 향해 에어리어의 범위가
축소된다.

그 축소 범위 바깥으로 나가면 주황색 연기가 피어오르
고, 그 안에 있으면 서서히 지속 대미지를 입게 된다.

그러한 에어리어 축소를 단계적으로 반복하며 배틀로얄
이 진행된다.

"그러니까, 그 원 안쪽으로 가면서 중간에 아이템을 줍는
거야."

"그럼 미니맵을 보면서 길을 따라가면 유적이 잔뜩 있는
곳에 도착할 것 같네요."

"그곳에서는 아이템을 잔뜩 얻을 수 있을 것 같아요."

검사 소년이 축소 범위 중간에 있는 커다란 유적에 눈독을
들였고, 마법사 소녀도 그 장소를 수색하는 것을 찬성했다.

"그럼, 그곳을 향해 바로 이동하자."

설명하는 데 시간을 조금 잡아먹긴 했지만, 내가 선두에
서서 미니맵에 희미하게 보이는 큼직한 유적을 향해 갔다.

가던 도중에는 [간파] 센스로 경계하며 나아갔지만, 다른
팀과 마주치지 않고 목적지 가장자리에 도착했다.

"우선 안으로 들어가서 아이템을 찾자."

유적 건물 안으로 뛰어들자 책장과 바닥, 테이블 위에 아
이템이 몇 개 있었다.

"이 푸른색 구슬은 뭔가요?"

"그건 장비를 강화해주는 보주야. 장비 메뉴에서 달아줄

수 있어."

이러한 보주 아이템은 무기용과 방어구용이 있고, 달면 효과가 발휘된다.

그리고 보주의 색마다 레벨이 있고, 초기 장비인 흰색부터 차례대로 푸른색, 보라색, 붉은색, 금색 순서로 성능이 높아지며, 보주에는 무작위로 추가 효과가 붙는다.

예를 들어 마법사 소녀가 들고 있는 방어구용 푸른색 보주에는 기반이 되는 스테이터스 상승효과 말고도 무작위 추가 효과로 [참격 대미지 내성(소)]가 있다.

이렇게 무작위 추가 효과에는 다양한 종류가 있는 모양이었고, 전황이나 플레이 스타일에 맞는 추가 효과를 발견하면 교환하면서 나아가는 게 배틀로얄의 정석인 모양이었다.

"장비는 무기하고 방어구 보주. 그리고 액세서리 칸이 두 개. 소모품 아이템은 초기에는 여덟 칸. 중간에 파우치를 주우면 두 칸씩 확장되어서 최대 열여섯 칸까지 아이템을 들 수 있어."

첫 번째 유적을 뒤져보니 겨우 한 사람 분량 아이템밖에 없었고, 아이템은 더 모아야 할 것 같았다.

"그럼 다음 건물도 보러———《플레임 서클》!———윽?!"

첫 번째 유적을 전부 뒤진 다음, 검사 소년이 건물 밖으로 나간 직후에 나오는 걸 기다리고 있었다는 듯이 마법이 날아들었다.

"젠장! 어디서 공격한 거지!"

마법을 맞은 검사 소년은 HP를 7할 정도 잃으면서도 유적 밖에 있던 석비 그늘로 뛰어가서 다음 공격을 피했다.

"괜찮아?! 지금 포션을!"

"잠깐! 지금 나가면 당할 거야!"

나는 건물 밖으로 뛰어가려던 마법사 소녀를 말리고는 건물 안에 숨어서 바깥을 살펴보았다.

"마법을 날릴 수 있는 범위라면……, 저기 있다! 건너편 건물 안에 숨어 있었어."

나는 활에 화살을 메기고 건너편 건물에서 고개를 내민 플레이어를 노려서 쏘았다.

"배틀로얄 중에는 소모품인 화살이 무한인 게 다행이네."

나는 남은 화살을 신경 쓰지 않고 건너편 건물로 화살을 연사하며 견제하고는 주위를 둘러보았다.

"여기서 보이는 범위 안에는 마법사가 한 명이구나. 다른 동료는 어디 있지?"

건물과 오브젝트로 인해 사각이 생겨서 전체적인 상황을 파악할 수가 없었다.

"미안. 여기서 건너편에 있는 마법사를 대신 견제해줄래? 나는 다른 곳으로 가서 주위를 경계할게."

"네, 네! 알겠어요!"

견제 역할을 마법사 소녀와 교대한 다음, 나는 건물 밖에 있던 돌계단을 통해 지붕으로 올라가 주위를 확인했다.

"어디야, 어디 있는 거지?"

활에 화살을 메긴 채 주위를 둘러보다가 움직이는 사람 모습을 발견했다.

"저기 있다! 오른쪽 건물 뒤에 전위 검사가 두 명 있어!"

건물에 숨은 동료 마법사가 우리를 묶어두는 사이, 다른 근접 멤버가 건물 뒤로 돌아서 접근하고 있었던 모양이다.

나는 그들이 기습할 수 있는 거리까지 다가오기 전에 먼저 눈치채고 화살을 날렸다. 그러자 그들이 단숨에 거리를 좁혀왔다.

"———《마궁기·환영의 화살》!"

"끄아아아아아아아악!"

분열하는 마법 화살을 달고 펼쳐진 화살 탄막이 단검을 쓰는 플레이어에게 차례차례 꽂혔고, 땅바닥에 쓰러졌다.

하지만 나머지 한 명, 창병은 동료가 쓰러졌는데도 동요하지 않고 석비 그늘에 숨어 있던 소년에게 덤벼들었다.

"이미 빈사 상태지! 이대로 밀어붙여 주마!"

"그렇게 간단히 당할 순 없지!"

창병이 찌르기 공격을 날리자, 검사 소년은 호들갑스럽게 뒤쪽으로 크게 물러났다.

"그늘에서 나왔구나! 《플레임———'그렇게 둘 순 없죠!———《아쿠아 불릿》!"

크게 뒤로 물러났을 때 석비 그늘에서 나온 검사 소년을 건물에 있던 마법사가 노렸지만, 팀메이트인 마법사 소녀가 그 공격을 막았다.

그렇게 번 시간 동안, 나는 뛰어든 창병 플레이어를 조준했다.

"함부로 나온 건 그쪽이지!"

건물 위에서 일방적으로 날린 화살이 몸에 박히자 대미지를 입은 창병 플레이어는 그런 상황이 싫었는지 후퇴하려했다.

"놓칠까 보냐! 하아아아앗———, 《델타 슬래시》!"

하지만, 지금이 기회라고 생각한 검사 소년이 뛰어들어서 삼연격 아츠를 날려 두 번째 플레이어를 쓰러뜨렸다.

"젠장! 후퇴다!"

유일하게 남아있던 불 마법사도 팀원 두 명이 당하자 수적 불리를 느끼고 도망쳤다.

"좋았어! 물리쳤다!"

"일단 HP를 회복시켜야지!"

방금 그 팀을 물리치자 검사 소년은 유적이 늘어서 있는 넓은 공간 한가운데에서 기뻐했고, 마법사 소녀는 마법으로 대미지를 입은 그를 회복시키기 위해 포션을 들고 뛰어갔다.

"이봐~, 아직 탐색하지 않은 건물 안을 찾아보자!"

"그럼 나눠서 찾아보자. 나는 저쪽에 있는 건물 안을 보고 올게."

그리고 우리는 각자 건물 안으로 들어가 아이템을 찾기 시작했다.

"아이템은······, 포션하고 MP 포션인가? 그리고 무기용 붉은 보주가 하나, 액세서리. 아이템 확장용 파우치도 있네."

나는 좀 전에 MP 포션을 마신 다음, 보주를 무기에 장착하고 소비 아이템을 인벤토리에 넣었다.

"앗싸! 이쪽 건물은 당첨이에요! 보라색 보주가 있네요!"

다른 건물을 탐색하던 마법사 소녀가 우리에게 보고하려는 듯이 소리쳤다.

이곳에는 꽤 괜찮은 아이템을 모을 수 있을 것 같다고 생각한 직후, 마법사 소녀가 있던 건물을 향해 마법이 쏟아져 내리는 것을 [간파] 센스로 느꼈다.

"그곳에서 도망쳐! 젠장!"

내가 급하게 건물 반대쪽으로 뛰쳐나가자 마법 공격을 시작으로 다른 팀이 돌입했다.

"이 녀석들을 해치우고 킬 수를 올리자!"

"보라색 보주는 우리가 가져가마!"

마법 공격을 당한 아군 두 명이 쓰러진 것이 보인 직후, 건물이 있던 이 근처에 플레이어들이 몰려들어 난전을 벌이기 시작했다.

내가 있는 건물 뒤에서 확인한 것만으로도 플레이어 숫자는 네 명———, 최소 두 팀이 우리에게 덤벼들었다.

"허억, 허억······, 젠장, 방심했네. 다른 팀에게 습격당했어!"

메뉴를 확인해보니 같은 팀이었던 검사 소년과 마법사 소녀의 HP가 0이 되어 회색으로 표시되었다.

나도 이곳에 느긋하게 머무르고 있다가는 좀 전에 본 여러 팀의 전투에 휘말릴 것이다.

"초반에 아군이 두 명이나 탈락한 상황에서 살아남으라는 건 말도 안 되잖아!"

온 힘을 다해 도망친 나는 적 팀의 감지 범위에서 멀리 떨어진 바위 그늘에 숨었고, 한동안 거기서 머물렀다.

그리고 거센 심장 소리가 가라앉게끔 심호흡을 한 다음, 주위 소리에 귀를 기울이며 뭘 잘못했던 건지 생각해 보았다.

"큰 유적이니까. 우리 말고도 아이템을 입수하러 온 팀과 마주칠 건 알고 있었어."

지나가기 쉬운 길에 이어져 있는 큰 유적이고, 아이템이 배치된 곳이 많다.

자연스럽게 아이템을 수집하려는 플레이어들이 모여들고, 난전을 벌이게 된다.

그런 상황을 염두에 두고 더 경계를 하거나 일찌감치 물러났어야 했다.

그렇게 혼자서 반성하며 주위에서 사람이 내는 소리가 들리지 않게 되자, 나는 조심조심 습격당했던 유적으로 돌아갔다.

"주위에는 아까 그 팀이 없구나."

아군 두 명의 몸은 이미 빛의 입자가 되어 사라졌고, 쓰러진 곳에는 보물 상자가 남아 있었다.

"보물 상자에는 쓰러진 플레이어가 가지고 있던 아이템이 들어 있지. 안에는……, 비었구나. 전부 가져가 버렸어."

다른 아이템이 남아있지 않을까 하는 생각으로 건물 안을 찾아보니 좀 전에 습격했던 팀이 전부 챙기지 못했던 아이템을 몇 개 발견했다.

"방어구용 푸른색 보주 한 개. 그리고 전투용 소비 아이템이 두 개구나."

적 팀이 전투를 벌이다 대미지를 입은 모양이고, 포션 같은 회복 아이템은 곧바로 썼거나 가지고 갔을 것이다.

남아있던 전투용 소비 아이템은 효과가 그렇게 좋은 물건은 아니겠지만, 없는 것보다는 나을 것 같다.

"우선 이걸 챙겨가고, 조금씩 아이템을 보충해야지."

아마 좀 전의 그 팀은 우리와 전투를 벌인 뒤에 에어리어 축소 범위 안쪽으로 가고 있을 것이다.

그 뒤를 따라가면 그들이 미처 챙기지 못한 아이템이나 그들에게 패배한 다른 팀의 소지품이 보물 상자로 남아있을 가능성이 크다.

"반대로 생각하자고. 한 명이 필요로 하는 아이템은 그렇게 많지 않아. 지금은 눈에 띄지 않게끔 아이템을 모으면서 살아남는 것만 생각해야 해."

나는 그렇게 나 자신을 타이르며 에어리어 축소 범위 안쪽을 향해 이동하기 시작했다.

그러면서 본 미니맵에는 남은 생존 팀과 플레이어의 숫자가 떠 있었다.

남은 생존 팀은―――, 14팀 37명.

시작하자마자 3분의 1 이상의 플레이어가 탈락한 배틀로
얄은 이제 초반이었다.

●

첫 번째 에어리어 축소가 끝났고, 아슬아슬하게 에어리어
안으로 뛰어든 나는 주황색 대미지 가스를 등진 채 숨을 내
쉬었다.

"지금부터 어떻게 싸울지가 문제인데."

아군 팀메이트 두 명이 탈락해서 혼자 남아버린 나는 그
렇게 중얼거리면서 아이템을 넣어둔 파우치 안을 확인했다.

"휴우, 전투용 소비 아이템은 역시 인기 있는 것들만 가져
가 버렸네."

여기로 오는 동안, 대미지 가스에 쫓기면서도 건물 몇 군
데에 들러서 아이템을 회수했다.

다른 플레이어들이 지나간 뒤라 그런지 아이템은 별로 남
아 있지 않았지만, 그래도 최소한으로 필요한 아이템은 갖
출 수 있었다.

"남아있던 건 인기가 없는 연막 구슬 두 개에 방전 부적
다섯 개구나."

뮤우 일행과 함께 보았던 배틀로얄 리플레이 동영상에서

는 각 팀이 전투용 소비 아이템을 구사해서 싸웠다.

배틀로얄에 등장하는 전투용 소비 아이템은 여섯 종류가 있다.

일정 범위 이내를 불태우는―――― 화염병.

시야를 가로막는 안개 연막을 펼치는―――― 연막 구슬.

닿으면 [마비]되는 번개를 뿜어내는―――― 방전 부적.

충격을 가하면 강한 폭발을 일으키는―――― 폭봉석.

거센 빛을 뿜어내는―――― 섬광통.

착탄된 곳으로 플레이어를 순간이동시키는―――― 전이석.

각각 불, 물, 바람, 흙, 빛, 어둠, 이렇게 여섯 가지 속성에 해당되는 아이템인데, 그중에서도 인기가 있는 아이템이 있고 인기가 없는 아이템도 있다.

예를 들어 암속성인 전이석은 적 팀을 습격할 때나 전장에서 급하게 벗어날 때 효과적이다.

아이템의 성질상 던진 플레이어 본인만 순간이동할 수 있지만, 팀 모두가 최소한 하나쯤은 가지고 있었으면 하는 아이템이다.

그 밖에도 타올라서 지속적인 열기 대미지를 입힐 수 있는 화속성 화염병이나, 폭발을 통해 큰 대미지를 입힐 수 있는 폭봉석도 대미지 아이템으로서 인기가 많다.

그 대신, 인기가 많은 소비 아이템은 파우치 한 칸에 넣을 수 있는 갯수가 적게 설정되어 있다.

화염병과 폭봉석은 파우치 하나당 최대 한 개, 전이석은 최대 두 개까지.

반대로 플레이어들로부터 인기가 없고 대미지로 직결되지 않는 연막 구슬은 여덟 개, 방전 부적은 여섯 개로 파우치 한 칸에 넣을 수 있는 최대 갯수가 많게끔 조정되어 있다.

"우선, 아이템을 모아야 맞서 싸울 수도 있을 테니……, 다른 플레이어를 쓰러뜨리고 빼앗을 수밖에 없으려나."

하지만 나 혼자서 세 명 팀에게 덤벼도 오히려 당할 게 뻔하다.

그렇다면, 할 일은 한 가지뿐.

"들키지 않게끔 한 명씩 확실하게 쓰러뜨려 나가는 거지."

나는 미니맵을 확인하고 다음 에어리어 축소를 예측하며 이동하기 시작했다.

"리플레이 동영상에서는 이런 느낌인 곳에서 잠복했었지."

에어리어 안에는 크고 작은 바위산과 그 사이에 뚫린 길이 나 있다.

에어리어의 축소로 인해 쫓기는 플레이어들은 최대한 뛰어가기 편한 길을 따라 이동한다.

반대로 그런 길에서 잠복하는 적 팀도 있었다.

솔로인 내가 그렇게 탁 트인 곳을 지나가려 하면 금방 들켜서 집중포화를 당해버릴 것이다.

그래서 나는 반대로 잽싸게 움직일 수 있는 솔로의 장점을 살려서 길에서 벗어나 있는 풀숲 그늘을 따라 숨어서 잠복하고 있는 플레이어들을 찾아보았다.

"빙고! 언덕 위 바위 근처에 진을 치고 있네!"

기복이 있는 언덕길 위에서 오브젝트인 바위를 방패 삼아 잠복한 팀이 있었다.

"……인원은 한 팀, 세 명이구나."

이대로 나 혼자만 움직인다면 숨은 채로 두 번째 에어리어 축소 범위 안으로 들어갈 수도 있을 것 같다.

하지만, 소극적인 방식으로는 막바지를 대비해서 필요한 아이템을 모으지 못하고 저항하지 못하게 될지도 모른다.

"……반대로 지금 다른 플레이어에게서 아이템을 손에 넣을 수 있다면 좀 편해지겠지."

풀이 우거진 곳에서 몸을 낮추며 숨은 나는 최대한 준비를 했다.

파우치에서 인기가 별로 없는 아이템인 방전 부적을 꺼낸 다음, 배틀로얄에서 궁수의 특권인 무한 화살을 하나 꺼낸 다음, 감았다.

"[방전 부적]은 왠지 본 적이 있는 것 같은 느낌인데."

황록색 잉크로 기하학적인 글자 같은 게 그려진 길쭉한 종이를 관찰하던 나는 그렇게 중얼거리며 화살의 축 부분에 [방전 부적]을 빙글빙글 감기 시작했다.

"오옷, 딱 달라붙네. 판타지야."

[방전 부적]은 던지면 일정한 속도로 공중에 뜬 채 앞쪽에 있는 플레이어에게 달라붙으려고 추적하는 성질이 있다.

하지만, [방전 부적]의 유도 성능은 약하고, 던진 뒤에 이 동하는 속도도 느리다.

추적 범위도 넓지 않기에 공격 수단이라기보다는 접근해 온 상대를 [마비]시켜서 묶어두는 공중 기뢰 같은 견제 아이템이다.

그렇기 때문에 어설픈 성능으로 인해 인기가 없긴 하지만, [마비] 상태이상의 성공 확률은 높으며, 번개의 대미지도 그럭저럭 강하다.

그리고 방금 한 것처럼 도구에 붙이는 꼼수도 있다.

그걸 이용해서———.

"우선, [방전 부적]을 전부 화살에 감을까."

풀숲에 숨어서 화살 축에 부적을 빙글빙글 감으며 기다리던 나는 내가 기대하던 상황이 전개되는 걸 보았다.

『우오오오오옷! 이 언덕을 넘어서 에어리어로 뛰어들어!』, 『그러게 둘 것 같냐! 지리적으로는 우리가 더 유리하다고!』

언덕 그늘에서 잠복하던 팀과 두 번째 에어리어 축소로 인해 대미지 가스에게 쫓기면서도 언덕을 넘으려던 팀이 맞부딪히려 하고 있었다.

잠복 팀은 이번에 적 팀을 쓰러뜨리고 아이템을 빼앗을 생각인지, 마법사와 함께 다른 근접 멤버들도 지금까지 손에 넣은 공격 아이템인 화염병이나 폭봉석을 던져서 해치우러 나섰다.

그에 맞서 언덕을 돌파하려 하는 팀은 몸을 숙이고 언덕

길의 미묘한 구덩이나 기복 등을 이용해서 사선에서 벗어나며 조금씩 거리를 좁히고 있었다.

『젠장! 이렇게 된 이상, 마법으로 맞서 싸운다!』

언덕 아래에서 마법으로 맞서 싸우면서 근접 전투를 벌이려 하고 있다.

"상황은 언덕에서 잠복하던 팀이 다 살아남을 것 같을 정도로 유리하네. 하지만 이상적인 건 살아남은 팀도 지치는 거지."

가능하면 양쪽 팀이 매우 지쳐서 살아남은 팀도 한두 명이 탈락한 상태가 되었으면 좋겠다.

인원이 줄어들면 챙길 수 있는 아이템에도 한계가 생기고, 챙기지 못한 아이템을 두고 갈지도 모른다.

"남기고 가는 물건이 최대한 많게끔, 나를 위해 탈락해줘."

정말 지독한 말을 한 나는 하늘을 향해 화살을 날린 다음, 쏜 지점이 들키지 않도록 바로 다른 곳에 숨었다.

포물선을 그린 [방전 부적]을 감은 화살은 언덕 위의 바위 그늘에서 마법을 날리던 마법사를 표적으로 삼고는 약간씩 유도 성능을 발휘하며 떨어졌다.

그리고───.

『하하하핫, 이제 다가오지 못하겠지!───《윈드 커터───아아아앗?!』, 『뭐지?! 어딘가에서 화살로 저격당했어!』, 『이봐! 정신 차려! 왜 화살에 [방전 부적]이 감겨 있는 건데?!』

언덕 위에서 바위를 방패 삼아 잠복하고 있던 팀은 원거리의 메인 화력인 마법사가 화살에 감긴 [방전 부적]으로 인해 [마비]되자 움직임이 멈췄다.

『마법이 멈췄는데?!』,『설마, MP가 바닥난 건가!』,『지금이다! 쳐들어가! 우오오오오옷!』

그 혼란을 틈타 언덕 아래에 있던 팀이 단숨에 거리를 좁혔다.

잠복 팀은 내가 날린 정체불명의 저격을 맞고 언덕 아래뿐만이 아니라 주위도 경계해야만 했기에 움직임이 눈에 띄게 둔해졌다.

그 결과 공격이 약해졌고, 언덕 아래에서 뛰어 올라오던 팀이 거리를 좁히는 데 성공하고 접근전에 나섰다.

『지금까지 잘도 해줬겠다! 먹어라!』,『당할까 보냐! 너희야말로 우리 점수가 되어라!』,『아이템 내놓으라고! 으랴아앗!』,『너희에게 쓴 공격 아이템은 너희 목숨으로 갚아라!』

그렇게 서로 체력과 자원을 소모하는 모습을 [하늘의 눈]으로 확인하며 때때로 양쪽의 균형을 맞추기 위해 공격을 가했다.

"왠지 정말 나쁜 짓을 하고 있는 것 같은 느낌이네. ──《존 봄》."

두 팀의 전투를 진흙탕 싸움으로 만드는 죄책감을 느끼면서도 [하늘의 눈]과 흙 마법 스킬을 조합한 좌표 폭파로 유리한 쪽에 대미지를 입혀나갔다.

좌표 폭파라면 마법의 궤도를 통해 사격 지점을 예상하지 못하게 하면서도 전장을 컨트롤할 수 있다.

"슬슬 끝나가려나?"

두 팀의 싸움은 원래 유리했던 잠복 팀이 전멸하고 남은 팀도 한 명이 탈락해서 전위 두 명이 남았다.

그리고 살아남은 두 사람은 언덕 위에 남은 보물 상자 네 개에서 필요한 아이템을 찾고 있었다.

"킬 수는 늘어나지 않았지만, 간접적으로 플레이어 네 명을 쓰러뜨렸네."

나는 살아남은 팀이 떠난 뒤에 남겨진 보물 상자의 안을 확인하고는 아이템을 모았다.

"우선, 제일 우선적으로 파우치를 확장하고, 나머지는 느긋하게 골라야⋯⋯, '캬오오오오오오옹────', 이 울음소리는, 설마?!"

내가 플레이어들이 남긴 보물 상자에서 아이템을 고르려 하자 하늘 위에서 괴수 같은 울음소리가 울렸다.

지상을 지나친 검은 그림자를 반사적으로 올려다보니 하늘에서 타오르는 듯한 새빨간 비늘이 돋아난 드래곤이 선회하고 있었다.

"잠깐만! 이런 타이밍에 드래곤?!"

나는 급하게 확장한 파우치에 아이템을 있는 대로 집어넣고는 뛰어가기 시작했다.

그 직후, 상공을 선회하던 드래곤이 포효하고는 하늘을

향해 입을 크게 벌린 다음, 브레스를 날렸다.

하늘을 향해 날아간 불꽃 브레스는 곳곳으로 흩어진 다음, 붉은 불덩이가 되어 배틀로얄 에어리어의 일부 구역에 쏟아지기 시작했다.

"아직 아이템을 고르지도 못했는데!《인챈트》———, 스피드!"

나는 시야 구석에 보이는 미니맵에 의존하며, 드래곤의 폭격이 떨어질 위험지대라는 표시인 붉은 동그라미 범위에서 도망쳤다.

그리고 차례차례 뒤쪽이나 주위에 쏟아진 불덩이가 터지는 소리를 들으며 큰 바위에 뚫린 터널을 발견하고는 그곳으로 뛰어들었다.

"허억, 허억, 허억……, 겨우 도망쳤네."

배틀로얄에서는 가끔 에어리어 축소로 인해 다가오는 데미지 가스와는 별개로 무작위로 드래곤이 폭격하고 그 범위 안이 위험지대가 된다.

그 드래곤의 부조리한 습격으로부터 도망치고, 운이 안 좋을 경우에는 폭격에 휘말려서 쓰러지는 것도 배틀로얄의 묘미이긴 하다.

뮤우 일행과 함께 본 배틀로얄의 리플레이 동영상에서는 애매한 시합으로 분류된 데다 나도 우왕좌왕하는 모습을 보며 웃기도 했지만, 막상 그 입장이 되어보니 웃을 수가 없었다.

나는 바위산에 뚫린 터널 벽에 등을 기댄 채 숨을 내쉬었다.

"젠장! 아이템을 전혀 고르지 못했어. 게다가 두 번째 에어리어 축소 때문에 드래곤의 폭격이 끝나더라도 아까 그곳에는 챙기러 돌아갈 수 없고……."

모처럼 네 사람 몫의 아이템이 남아있었는데 드래곤의 폭격이 방해해서 전혀 고를 수가 없었다.

"일단 챙겨온 아이템은 무기랑 방어구용 보라색 보주네. 그리고 액세서리하고 소비 아이템도 꽤 보충했어."

무기와 방어구는 보라색 보주로 교환하고, 액세서리도 더 좋은 것을 골라서 교환했다.

양쪽 팀 모두 맞서 싸우기 이해 마법과 투척물을 사용했기에 HP 회복 포션과 주력인 대미지 아이템은 많지 않았지만, 그래도 한 사람 몫의 아이템 정도는 되었다.

"터널 바깥은 드래곤이 계속 폭격하고 있으니까 돌아갈 수가 없고, 이 터널을 나아갈 수밖에 없나?"

큰 바위에 뚫린 터널에는 내가 들어온 남서쪽 입구 말고도 중앙부와 남동쪽 출입구가 미니맵에 보였다.

하지만 너무 꾸물대다가는 다음 에어리어 축소 때 이 터널이 있는 곳도 대미지 가스에 삼켜질지도 모른다.

"아무튼 중앙부 쪽으로 가야지……."

남서쪽에서 터널을 지나 중앙부 출입구를 향해 뛰어가니 잠시 후에 터널 출구가 보였다.

"아, 에어리어의 유적이네."

내가 나온 터널 출입구보다 약간 낮은 그 분지에는 유적의 거리가 펼쳐져 있었다.

지금까지 지나온 곳보다 훨씬 많은 입체 건물로 이루어진 거리. 배틀로얄 에어리어 전역의 약 8분의 1 정도를 차지할 만큼 넓었다.

그만큼 유적 안에는 많은 아이템이 남아 있겠지만, 건물의 사각도 많은 곳이다.

이 유적 안을 탐색하는 건 싫은데. 그런 생각이 들었지만, 망설이고 있을 여유는 없었기에 유적 마을 안으로 조심조심 들어갔다.

●

"오, 아이템이 꽤 많이 남아있는데."

배틀로얄의 중반전에 접어들자 시야에 들어온 나머지 생존 팀은————, 10팀 19명.

드넓은 유적에 발을 내디딘 나는 주위에 다른 플레이어가 있는지 확인하며 건물 안에 있던 아이템을 뒤졌다.

필요한 것들을 챙기고 불필요한 것들은 그대로 둔 뒤에 정리를 마치고 다른 건물로 들어가보니————.

"……흐엑?! 보, 보물 상자!"

창가에 보물 상자가 있어서, 나도 모르게 깜짝 놀랐다.

척 보기에도 부자연스러운 그 보물 상자는 이곳에서 다른 플레이어가 쓰러졌다는 증거다.

근처에 이 플레이어를 쓰러뜨린 적 팀이 숨어있을지도 모른다.

나는 몸을 숙이고 창밖에서 보이지 않는 사각을 지나 조심조심 보물 상자로 다가갔다.

그리고 살며시 보물 상자의 안을 확인해보니…….

"……아이템이 거의 다 갖춰져 있네."

다른 플레이어와 교전했을 때 사용하는 소비 아이템 같은 것들은 거의 무사했다.

아이템을 쓸 틈도 없이 쓰러졌고, 쓰러뜨린 적 팀도 아이템을 회수하러 오지 않았다는 걸 예상할 수 있었다.

그리고 그 보물 상자에서 아이템을 챙기고 있자니 벽 너머에서 목소리가 들렸다.

"여러분, 다음 장소로 이동할까요?"

(루카토의 목소리?)

창가에서 몰래 들여다보니 루카토와 히노, 리레이가 있었다.

"그러자! 아이템도 충분히 모았으니까, 이제 막바지까지 싸울 수 있겠어!"

"후후훗, 그래도 이곳에 남는 아이템을 남겨두고 가는 건 아깝네요."

주위에 있던 적 팀을 루카토 일행이 쓰러뜨린 모양이었다.

세 사람이 모두 챙기지 못한 아이템이 꽤 남아 있다면 떠난 뒤에 회수할까 생각하고 있다가 리레이가 한 말을 듣고 귀를 의심했다.

　"후후훗, 남은 아이템을 다른 사람이 이용하는 건 마음에 들지 않으니까, 혹시나 숨어 있을 적 팀을 끌어낼 겸 화려하게 써볼까요? ───《프로미넌스 드래군》!"

　리레이가 내가 있던 곳 반대쪽 건물을 향해 마법을 날렸다.

　"그러게. 나도 소비 아이템을 다 써버려야지. 야압~!"

　히노도 맥빠지는 목소리를 내며 화염병과 폭봉석을 건물 입구와 창문으로 던졌다.

　파괴 불가 오브젝트인 건물은 타오르거나 폭파하는 충격에 무너지진 않지만, 불꽃은 그 자리에 남는다. 또한 약해지긴 하지만 충격 대미지도 벽 너머로 전달된다.

　(앗, 아이템이 아깝네.)

　"히, 히노 양, 리레이 양. 그렇게까지 할 필요는……."

　(맞아, 맞아. 루카토 말이 맞다고.)

　내가 마음속으로 루카토를 응원하고 있자니 남은 아이템을 써서 유적을 공격하고 있던 히노와 리레이가 이유를 설명해주었다.

　"루카. 쓸데없는 짓인 것 같아도, 확실하게 이유가 있다고!"

　"후후훗, 예를 들어 건물에 숨어 있을 때 갑자기 공격당한다면 어떻게 생각할까요?"

　"음……, 자기를 노린다고 생각하고 방어 태세를 갖추고

경계하려나요?"

"그렇다면 그 공격이 간헐적인 공격이나 불길을 만들어서 지속 대미지를 입힌다면요?"

그렇게 말하며 씨익 웃은 리레이는 불 마법을 건물에 날려댔다.

그 공격은 서서히 내가 있던 건물로 다가왔고———.

"우오오오오오오옷!"

"후후훗, 보시는 대로 견디지 못하고 소굴에서 뛰쳐나오겠죠."

내 옆 건물에 숨어 있던 플레이어가 몸에 불꽃을 두른 채 뛰쳐나왔다.

나와 마찬가지로 팀 멤버가 탈락해서, 숨어서 살아남으려 했을 것이다.

(아니, 그 건물에 있는 걸 전혀 눈치 못 챘었는데.)

불 마법의 지속 대미지를 입고 냉정함을 잃은 플레이어가 루카토 일행에게 막무가내로 돌격했다.

하지만 곧바로 루카토와 히노에게 쓰러지고는 보물 상자로 바뀌었다.

그리고 주위 일대에 있던 건물에서 적을 끌어내려 했던 히노와 리레이는 기어코 내가 숨어 있던 건물에도 공격을 가했고———.

"보아하니 다른 플레이어들은 없는 것 같네요."

연달아 실내로 날아든 폭봉석의 충격이 휘몰아치는 와중

에 루카토의 중얼거림이 울렸다. 내가 있던 건물에도 강력한 불 마법이 날아와 내부가 활활 타올랐다.

"남은 아이템도 썼고, 플레이어도 한 명 끌어냈고, 괜찮은 결과야."

"후후훗, 시끄러운 소리를 듣고 다른 팀이 모여들지도 몰라요. 바로 여기를 떠나죠."

그렇게 루카토 일행의 발소리가 멀어지는 것을 들으며, 실내를 비추던 불꽃이 진화되는 것을 기다리다가 그림자 안에서 방 안으로 나타났다.

"위험했어……, 《섀도우 다이브》 덕분에 간신히 살았네."

구석의 그림자에 《섀도우 다이브》로 숨은 다음 루카토 일행의 공격을 피한 것이다.

하지만, 아직 위기가 사라진 것은 아니다.

"루카토 일행이 시끄러운 소리를 내서 다른 팀도 여기로 모이겠지. 휘말리지 않게끔 떠나야 해……."

나도 이미 막바지까지 싸우는 데 필요한 아이템은 다 모았다.

일단 난전에 휘말리지 않게끔, 나도 그곳을 떠났다.

그리고 도망칠 곳으로 좀 전까지 있던 곳을 살펴볼 수 있으면서도 거리가 멀리 떨어진 유적 2층을 선택했다.

마법 등 원거리 공격의 사정 범위 바깥에서 나와, [하늘의 눈]의 원거리 시야 능력으로 새로 모여든 다른 팀들이 교전하는 모습을 살펴보았다.

그렇게 모여든 팀 중에서 낯익은 팀이 보였다.

"저건, 뮤우 일행인가?"

뮤우 일행이 유적 사이를 빠져나가며 뛰어가고 있었다.

"토비, 코하쿠, 이쪽으로 틀자!"

"거기 서! 놓칠까 보냐!"

루카토 일행이 일으킨 폭음을 듣고 모여든 다른 팀 중에는 뮤우 일행도 있었고, 다른 팀에게 쫓기고 있었다.

건물 그늘로 들어간 뮤우 일행은 쫓아온 적 팀의 시야에서 일단 벗어났다.

쫓아오던 적 팀도 뮤우 일행에게 함부로 다가가다가 건물 그늘에서 기습당하는 것을 경계하며 일정한 거리를 유지하면서 마법을 날릴 준비를 하고 있었다.

"토비, 코하쿠를 옮기자!"

"……코하쿠 양, 이쪽으로 오세요. ──《섀도우 다이브》!"

토우토비는 [잠복] 스킬의 《섀도우 다이브》를 사용해서 손을 잡고 있던 코하쿠와 함께 뮤우의 그림자로 들어갔다.

"그럼, 간다!"

그리고 뮤우는 곧바로 건물 그늘에서 뛰쳐나간 다음, 적 팀을 향해 뛰어갔다.

『나왔다! 노려! 노려!』, 『한 명뿐이야. 다른 두 사람은 건물 그늘에서 올 거라고! 그쪽도 경계해!』

적들이 마법으로 노리고 있지만, [입체 제한 해제] 센스를 지니고 있는 뮤우는 적의 마법을 피해 유적의 벽을 발판으로 가속하며 다가섰다.

"오옷, 벽 점프라니, 대단하네!"

뮤우는 적들이 마법으로 노리는 상황에서도 도약으로 피하며 벽을 발판 삼아 가속했다.

"공중에서는 도망칠 곳이 없지! ———《아쿠아 불릿》!"

"아직 멀었어! ———《에어 스텝》!"

상대방도 발동이 빠른 마법으로 공중에 뛰어오른 뮤우를 노렸지만, 공중을 박찬 뮤우가 마법을 피하며 다가섰다.

"지금이야! 토비! 하아아아앗———《피프스 브레이커》!"

"……해제합니다! 하아아앗———, 《넥 헌트》!"

뮤우가 맞서고 있던 마법사에게 오연격 아츠를 날렸고, 건물 반대쪽에서 돌아올 거라 예상하며 기다리고 있던 다른 팀 멤버를 그림자에서 튀어나온 토우토비가 기습했다.

"큭?! 설마, 그런 방법으로!"

"늦다고! ———《에어로 캐논》!"

뮤우의 그림자 안에서 마법 준비를 마치고 있었던 코하쿠도 상대방이 반격하기 전에 먼저 공기포를 날려서 한 팀을 격파했다.

"좋았어~! 아이템을 모은 다음에 다음 팀도 쓰러뜨리러 가자!"

다시 그림자 안으로 들어간 토우토비와 코하쿠를 뮤우가 옮겨주었고, 몇 팀에게 돌격, 기습을 가했다.

마법을 잘 피하는 전위가 혼자 돌격해 오나 싶더니, 갑자기 눈앞에 다른 팀원 두 명이 나타나서 혼란스럽게 만들고는 회복할 틈도 없이 거센 공격을 쏟아낸다.

마주친 적 팀에게는 악몽일 것이다.

그러다 보니 배틀로얄의 알림창에 메시지 하나가 갱신되었다.

──새로운 킬 리더, [뮤우]가 탄생하였습니다.──

시야 구석에 보이는 이번 시합에서 플레이어들을 가장 많이 쓰러뜨린 사람의 이름이 뮤우로 갱신되었다.

"무섭네, 들키지 않게끔 기도해야지."

세 번째 에어리어 축소가 시작되자 이 유적 거리로 범위가 좁혀졌고, 기어코 도망칠 곳이 사라졌다.

주황색 대미지 가스 벽도 근처까지 다가오며 주위에 있던 적 팀이 단숨에 이 유적 거리 안으로 몰려들었다.

이렇게 되었으니 살아남은 적 팀과 마주칠 확률도 올라갔을 것이다.

드디어 종반전으로 넘어가려 하고 있다.

나는 남은 범위를 미니맵으로 다시 확인하면서 지금 잠복하고 있는 유적 안에서 살아남을 전략을 짜려 했지만······.

"왠지 이제 충분한 것 같기도 한데. 나도 정말 잘 해냈고."

탈락한 팀을 세어보니 이미 10위 이내에 드는 것은 확정이었다.

이제 슬슬 탈락해서 시합을 관전하는 쪽이 되어도 상관없겠는데. 그렇게 생각하며 먼 산을 보다가, 약해지려는 마음을 떨쳐내며 고개를 저었다.

　"아니, 아니, 마지막까지 제대로 살아남아야지!"

　마음을 다잡은 나는 에어리어 범위가 좁아진 미니맵을 확인했다.

　복잡하면서도 차폐물이 많은 유적 안에서는 행동하기에 따라 솔로라도 충분히 맞설 수 있을 것이다.

　어떤 곳이 싸우기에 적합한지 미니맵을 살펴보고 있다가 문득 인기척을 느끼고 고개를 들었다.

　""앗⋯⋯.""

　내가 있던 건물로 기척을 죽이고 들어온 플레이어와 딱 마주쳤다.

　"아하하하하하⋯⋯, 안녕!"

　"앗?! 도망쳤다!"

　나는 건물 창문 밖으로 뛰어내린 다음, 곧바로 도망쳤다.

　도망친 직후, 뒤쪽 건물에서 큰 목소리가 들렸고, 다른 건물에서 그 사람의 동료들이 나와서 쫓아왔다.

　아마 주위에 있던 건물이 안전한지 확인하고 있었던 것 같지만, 그래도 느긋하게 머무르고 있을 수는 없다.

　"큰일이야, 큰일이야, 들켰다고! 우선, 《인챈트》───, 어택, 스피드!"

　공격과 속도 인챈트를 이중으로 걸고 더 빠르게 도망칠

수 있게 하면서 뒤쪽을 힐끔 보았다.

"전위 두 명에 후위 한 명, 균형 잡힌 팀이네, 위험해!"

[간파] 센스의 반응에 따라 뒤쪽에서 날아온 마법을 피했다.

상대방도 뛰면서는 힘을 모을 필요가 있는 상급 마법 스킬을 쓰지 못하기 때문인지 하급 마법을 날렸지만, 나는 그걸 피하면서 유적 건물 사이를 빠져나갔다.

"이럴 때는———, 선두를 한 명씩!"

뛰어가면서 뒤쪽을 돌아본 나는 화살을 한 방 날린 다음, 다시 정면으로 돌아서서 계속 뛰어갔다.

날린 화살이 맞았는지는 확인하지 않는다.

뒤쪽에서 화살을 맞고 괴로워하는 목소리가 들렸지만, 멈추지 않고 계속 달렸다.

예전에 마기 씨 같은 생산직이 주최한 이벤트에서 진행된, 여러 명이 동시에 참가하는 배틀로얄 PVP를 관전했을 때 타쿠가 써먹었던 전법이다.

여러 플레이어들이 노리자 타쿠는 포위당하는 걸 피하기 위해 일단 도망치면서 쫓아오는 선두 플레이어와 1대1 상태를 계속 유지했다.

다수를 한꺼번에 상대하면 일제 공격을 당해버리겠지만, 계속 도망치면서 선두에 있는 한 사람과만 싸우는 거라면 대처할 수 있다.

"내가 만들 건 1대3 상황이 아니야. 1대1을 세 번 연속 하는 거라고. 《존 커스드》———, 어택, 디펜스, 스피드!"

뛰어가면서 돌아본 나는 쫓아오던 세 사람에게 삼중 커스드를 걸었다.

상대는 스테이터스가 떨어져서 거리감을 유지하지 못하게 되었고, 나는 뒤에서 날아오던 마법을 건물 모퉁이를 돌아서 피했다.

그렇게 술래잡기를 계속하면서 가끔씩 돌아보며 화살을 선두 플레이어에게 맞히고 조금씩 대미지를 축적시키던 와중에———.

"그렇게 몇 번이나 당할까 보냐! 이거라도 먹어!"

"이런?! ———《스톤 월》!"

돌아보며 사격하는 틈을 노리고 선두에 있던 플레이어가 [폭봉석]을 꺼내 던졌다.

[폭봉석]을 제대로 맞으면 버틸 수가 없기에 반사적으로 돌벽을 만들어냈지만, 돌벽으로 막아내지 못한 충격이 날아들었다.

"큭……, HP는 6할이 남았네. 아직 버틸 수 있어."

폭파의 충격으로 인해 땅바닥에 구르며 뒤에서 쫓아오던 적 팀의 상황을 보았다.

"이걸로 마무리다! ———《플레임 필러———."

연기 틈새로 보이는 적 팀의 마법사가 나를 쓰러뜨리기 위해 강력한 마법을 날리려 했다.

하지만 건물 위에서 뛰어내린 사람이 마법사에게 체중을

전부 실어 한손검을 찔러넣고 HP를 0으로 만들었다.

갑자기 새로운 적이 등장하자 내가 화살을 날렸고, 뛰어 내린 사람은 찔렀던 한손검을 뽑아내며 화살을 튕기고는 나를 알아보았다.

"앗! 윤 언니, 살아남았구나!"

건물 위에서 뛰어내린 뮤우는 대단하다며 감탄한 듯이 소리쳤다.

하지만 그 눈에는 방심이 없었고, 기습으로 쓰러뜨린 마법 사가 빛의 입자가 되어 사라지는 와중에 검을 고쳐 잡았다.

"젠장, 잘도 우리 동료를! 나는 이 녀석을 상대할게! 너는 도망 다니던 궁수를 노려!"

뮤우가 갑작스럽게 난입하자 남은 적 팀 전위 두 명은 각자 나와 뮤우를 상대하기 위해 다가왔다.

"나 혼자일 줄 알았어? 토비!"

"……네! 갑니다!"

뮤우를 상대하기 위해 혼자 맞선 플레이어를 보고 뮤우가 지시를 내리자, 근처에 잠복하고 있었던 토우토비가 나타나서 2대1 상황이 되었다.

"큭, 다른 동료가 있었나! 나도 그쪽으로 갈게!"

나를 쫓아오려던 적 팀 한 명은 아군이 뮤우와 토우토비에게 협공당하고 있다는 사실을 눈치채고는 나를 쫓아갈지 동료를 구하러 갈지 망설이다가 동료와 함께 뮤우 일행과 싸우는 것을 선택했다.

"이거……, 혹시, 기회인가?"

나를 쫓아오던 적 팀은 뮤우와 토우토비가 난입하자 나를 신경 쓸 여유가 없어졌다.

지금이 바로 뮤우 일행과 다른 팀을 묶어두고 일망타진할 기회일지 모르겠다.

"혼자서는 공격 횟수가 부족하지. ──《존 서먼 리틀 골렘》!"

[공간] 계열 스킬과 흙 마법의 소환 스킬을 조합하자 눈에 보이는 범위 안에 날씬한 골렘이 세 마리 소환되었다.

사실은 좀 더 많이 불러내려 했지만, 소환 스킬로 불러낼 수 있는 MOB 숫자는 최대 세 마리까지인 모양이다.

뭐, 한없이 불러낼 수 있다면 배틀로얄도 다른 게임이 되어버릴 테니까.

"《존 인챈트》──, 어택, 디펜스, 스피드! 《존 커스드》──, 어택, 디펜스, 스피드! 가라, 골렘들아!"

골렘들에게 삼중 인챈트를 건 다음, 뮤우 일행에게는 커스드로 약체화를 걸고 골렘들을 돌격시켰다.

"오옷?! 커스드로 약체화시켜서 우리까지 쓰러뜨릴 셈이야? 지진 않을 거라고!"

뮤우는 다가오는 골렘 중 한 마리의 공격을 한손검으로 흘리며 포위당하지 않게끔 움직였다.

"……그래도 인챈트로 강화된 골렘은 튼튼해요."

토우토비도 골렘을 쓰러뜨리려고 단검을 휘둘렀지만, 적

팀의 전위 두 명도 상대해야 했기에 고전하고 있었다.

"이걸로 움직임을 둔하게 만들겠어!"

나는 골렘에게 포위당하지 않게끔 움직이던 뮤우 일행에게 산발적으로 화살을 날렸다.

날아간 화살이 뮤우 일행에게 자잘한 대미지를 입혔지만, 화살만으로는 쓰러지지 않을 거라고 무의식적으로 생각한 나는 [방전 부적]을 감은 화살을 들었다.

[방전 부적]에는 자동 추적 효과가 있기에 피하기가 힘들고, 좀 전처럼 한손검으로 화살을 튕겨내면 닿은 순간에 부적의 효과로 방전 대미지와 [마비]가 걸려서 치명적인 빈틈을 만들어낼 수 있다.

"──지금!"

나는 타이밍을 재다가 뮤우에게 방전 부적을 감은 화살을 날렸다.

"──《해머 스로》!"

그와 동시에 내 사각에 있던 건물 그늘에서 대형 망치가 날아들었다.

"토비, 피해?! ──《에어 스텝》!"

"……윽?! ──《새도우 다이브》!"

뮤우가 경계하며 소리친 것과 동시에 공중을 박찼고, 토우토비도 그림자 속으로 파고들면서 세로로 회전하며 날아든 대형 망치의 범위에서 벗어났다.

하지만, 미처 피하지 못한 적 팀과 내가 소환한 골렘들이 마치 볼링핀처럼 날아온 대형 망치에 휩쓸려 날아갔다.

그리고 뮤우를 노리고 날린 부적을 감은 화살도 대형 망치에 마치 나뭇가지처럼 뚜욱, 부러져서 사라졌다.

"아아아아앗! 모처럼 불러낸 골렘과 부적을 감은 화살이?!"

갑자기 일격에 쓰러진 골렘을 보고 소리친 나는 대형 망치를 바라보았다.

대형 망치는 반대쪽으로 날아갔지만, 갑자기 공중에 멈추고는 포물선을 그리며 주인에게 돌아갔다.

일정 거리에서 벗어나면 주인 곁으로 돌아가는 원거리 계열 아츠인 모양이다.

"아깝네! 뮤우나 토비 중에 한 명을 쓰러뜨렸다면 나중에 편했을 텐데!"

"히노!"

날아든 대형 망치의 주인은 역시 히노였다.

공중을 도약해 건물 지붕에 착지한 뮤우가 히노의 이름을 불렀지만, 사선이 노출된 지붕 위에 있던 뮤우를 향해 차례차례 불덩이가 날아들었다.

"이 마법! 리레이의 공격이구나! 《매직 소드》―――, 솔레이!"

뮤우는 한손검에 빛 마법을 담아 날아오는 불덩이를 차례차례 베었지만―――.

"후후훗, 그렇다면 탄막을 더 늘리도록 하죠!"

리레이의 목소리가 울린 것과 동시에 뮤우에게 날아드는

탄막의 밀도가 높아졌다.

"으아앗! 이건 다 막을 수가 없어! 코하쿠! 헬프!"

"방금 우리 뒤를 잡으려던 적 팀을 섬멸한 참이여! 내가 상쇄해 줄랑께!"

뮤우가 도움을 요청하자 코하쿠도 다른 건물 지붕으로 올라와 마법 탄막으로 맞섰다.

"잠깐만! 나까지 휘말리게 만들지 말라고!"

하지만, 코하쿠와 리레이가 날린 마법의 일부는 맞부딪히지 않고 빗나가서 얼마 남지 않은 배틀로얄 에어리어에 쏟아졌다.

나는 쏟아져 내리는 마법을 피하고, 코하쿠에게 리레이를 상대하라고 맡긴 뮤우는 토우토비와 함께 히노에게 덤벼들었다.

"나하고 토비가 둘이서 히노를 쓰러뜨린 다음, 리레이를 노릴 거야! ――《솔 레이》!"

"그러게 두진 않겠어요! ――《쇼크 임팩트》!"

뮤우가 건물에서 뛰어내리며 날린 수렴 광선이 히노와 뮤우 사이로 끼어든 루카토의 대검에 튕겨 나갔고, 그게 내 쪽으로 날아오는 바람에 아슬아슬하게 피했다.

"잠깐, 으앗?! 왜 마법의 여파가 내 쪽으로 오는 건데!"

급하게 피한 내가 주위 상황을 둘러보니 뮤우와 루카토, 양 팀이 모두 모여 있었다.

"히노 양! 리레이 양! 잠복하고 있던 다른 팀을 처리했어요! 이제 3팀, 7명 남았네요!"

　　루카토가 그렇게 소리치자 뮤우와 히노, 토우토비 등이 내 쪽을 힐끔 보았다.

　　3팀 7명이 남았다는 건 나를 제외하고 뮤우와 루카토, 두 팀이 살아남았다는 뜻이다.

　　"그럼, 온 힘을 다해 상대해야겠지! ───릴리즈!"

　　"저도 질 순 없죠! ───《그랜드 소드》!"

　　뮤우는 한손검에 담았던 마법을 해방시켜서 검 끝에서 뻗은 수렴 광선으로 휩쓸려 했다.

　　그에 맞서 루카토가 아츠로 그 광선을 정면으로 상쇄시켰다.

　　"잠깐, 뮤우! 무슨 그런 걸 휘두르는 거야!"

　　그 공격의 여파가 나에게도 닿을 뻔했고, 그 공격이 신호가 되어 뮤우와 루카토네 팀이 서로를 공격하기 시작했다.

　　토우토비와 히노는 배틀로얄용 공격 아이템을 써가며 전투를 벌였고, 하늘 위에서는 코하쿠와 리레이의 마법 탄막전이 계속 벌어지고 있어서 함부로 손댈 수가 없었다.

　　"어라? 이거, 1위로 살아남는 건 힘들겠지?"

　　문득 머릿속에 스쳐 간 생각을 말하던 나는 냉정하게 지금 상황을 정리했다.

뮤우네 팀과 루카토네 팀이 모두 살아남았고, 팽팽하게 싸우고 있는 상황에서 내가 어느 한 쪽 팀의 편을 들어서 누군가를 탈락시킨다고 가정하자.

어느 한 팀의 전위를 한 명 탈락시킬 경우, 인원 차이가 3대2가 되고, 인원이 많은 쪽으로 형세가 기울게 된다.

그렇게 되면 인원이 많은 팀이 상대를 한 명씩 쓰러뜨릴 테고, 마지막으로 나를 노릴 것이다.

그리고 마법사인 코하쿠와 리레이는 둘 다 위력이 강한 범위 마법을 날리는 걸 자제하고 있다.

만약 코하쿠와 리레이, 둘 중 한 명이 다른 한 명을 탈락시킬 경우, 살아남은 쪽이 나를 포함한 적 팀을 한꺼번에 쓰러뜨리기 위해 상급 범위 마법을 날릴 것으로 예상된다.

만약 내가 볼 수 있는 범위에 뮤우 일행이 모두 있다면《존 익스플로전》을 사용해서 여러 대상을 동시에 좌표 폭파해 대미지를 입힐 수 있겠지만, 내 수법을 알고 있는 코하쿠와 리레이는 목소리만 들리고 모습을 드러내지 않았다.

그렇다면 내가 두 팀이 모두 지치게끔 공격을 가하거나, 도망치거나 숨는 모습을 보이면 어떻게 될까.

난입당할 위험 부담을 제거하기 위해 뮤우와 루카토, 양쪽 팀이 노리게 될 것이다.

지금 내가 살아남은 이유는 두 가지.

운이 좋으면 내가 뮤우나 루카토, 어느 한쪽 팀에게 유리하게 움직여 줄 테니까.

그리고 나를 쓰러뜨리기 위해 함부로 움직였다가는 상대방이 그 빈틈에 공격할 테니까.

그렇기 때문에 나에 대한 공격은 견제나 여파 정도에 그치고 있는 상황이다.

"아, 진짜로 끝장이네."

지금 내가 1위가 되기 위해서는 여섯 명을 혼자서 모조리 쓰러뜨린다는 비현실적인 행동을 해야 하는 상황이라, 먼 산을 보았다.

물론 그러는 동안에도 뮤우 일행의 공격이 이쪽까지 날아왔기에 계속 피해야만 했다.

"정말, 윤 언니! 잽싸게 피하지 말라고! ———《솔 레이》!"

"역시, 너희들! 나를 노리고 있구나!"

기어코 나를 노리고 있다는 걸 숨기지 않게 된 뮤우를 보고 살짝 울상을 지으면서도 공격을 계속 피했다.

네 번째 에어리어 축소가 시작되자 이제 도망칠 곳도 없게 된 나는 각오를 다졌다.

"젠장! 절대로 일방적으로 져주진 않을 거라고! ———《존 서먼 리틀 골렘》!"

나는 본격적으로 공격당하기 전에 선수를 쳐서 상황을 뒤집어놓기 위해, 쓰러진 골렘 세 마리를 다시 소환했다.

"MP가 부족하네. 푸핫……, 《존 인챈트》———, 어택, 디펜스, 스피드! 《존 커스드》———, 어택, 디펜스, 스피드!"

MP 포션을 마신 다음 곧바로 소환한 골렘들에게 삼중 인챈트를 걸고, 마지막으로 뮤우 일행에게 삼중 커스드를 걸었다.

"준비 완료! 가라, 골렘들아!"

ㅠ────고오오오오오오!ᵐ

내 지시를 받은 강화 골렘들이 힘차게 걸어가며 뮤우 일행을 향해 돌격했다.

"큭, 윤 언니가 강화한 골렘, 강해!"

"윤 씨의 커스드로 인해 디버프가 걸린 것도 그 이유죠!"

"……윽?! 이 골렘, 저와 상성이 안 좋네요."

내 지시를 받은 골렘들은 각각 뮤우, 루카토, 토우토비에게 다가가서 맞섰다.

부웅, 바람을 가르는 소리를 낸 골렘의 주먹은 그 소리만으로도 파괴력을 느끼게 했다.

뮤우 일행도 반격했지만, 인챈트와 커스드로 인해 스테이터스 차이가 줄어든 골렘에게서는 손맛이 거의 느껴지지 않았다.

"루카! 골렘 쓰러뜨리는 거 도와줄까?"

유일하게 골렘에게 발목이 잡히지 않았던 히노가 루카토에게 도움을 제안했지만, 그동안에 나는 하늘 위 화염탄을 날리는 곳을 향해 뛰어가기 시작했다.

"히노 양은 윤 씨를 쫓아가 주세요! 윤 씨는 리레이를 노리고 있어요!"

"알겠어! 윤 씨는 내가 막을게!"

루카토가 제일 먼저 내 목적을 예상하고는 싸울 상대가 없던 히노에게 나를 추적하게 했다.

"좋아, 한 명만 잘 끌어냈어!"

골렘을 이용해 다른 사람들을 붙잡아둔 내가 리레이 쪽으로 가자 뒤에서 히노가 쫓아왔다.

내가 리레이를 노리는 모습을 보여주면 같은 팀의 루카토와 히노 중 한 명이 쫓아올 거라 예상하고 있었다.

"윤 씨! 설마, 2위를 노리는 걸로 목표를 바꾼 거야?!"

조금씩 나와의 거리를 좁히던 히노가 내 뒤에서 그렇게 말했다.

루카토나 히노의 시점에서 생각하면 리레이가 쓰러질 경우, 루카토네 팀이 수적으로 불리해지는 것뿐만이 아니라 뮤우 팀의 마법사인 코하쿠가 마음껏 강력한 마법을 쓸 수 있게 된다.

그렇게 되면 전력적으로 여유가 생기는 뮤우 일행이 나와 루카토네 팀, 어느 한쪽을 먼저 노리느냐에 달리게 된다.

히노 일행은 내가 2위를 노리며 행동하는 거라 예상했지만———.

"———나는 1위를 포기하지 않았어!"

유적 사이를 빠져나가다가 좁은 골목으로 들어간 다음, 손을 뒤로 돌려 아이템을 히노 쪽으로 던졌다.

"연기?! 하지만, 이런 방해로는 멈추지 않아!"

뛰어가면서 손을 뒤로 돌려 지면에 떨어뜨린 [연막 구슬]

이 유적 사이의 좁은 골목에 연막을 펼쳤다.

원거리 공격 수단이 풍부하지 않은 히노는 연막 너머로 나를 노릴 수단이 없다.

그렇기에 연막 너머가 어떻게 되어 있는지 살펴보지 못한 채, 돌진하여 나와의 거리를 단숨에 좁혔다.

"이걸 맞고 멈춰라아아아아!"

연막 구슬의 연막을 뚫고 나에게 다가온 히노가 대형 망치를 높게 들어 올리고는 내리치려 했다.

하지만, 연막 출구에서 기다리고 있던 나는 무언가를 전개해두고 있었다.

"함부로 접근하는 건 조심해야지!"

[방전 부적]이다. [방전 부적]을 연막에 감춰서 좁은 골목에 띄워두고 있던 것이다.

떠 있던 [방전 부적]은 접근한 히노에게 빨려들어 가듯이 여러 장 달라붙었고, 번개를 뿜어냈다.

"앗?! 아야야야야앗?!"

나는 번개를 맞고 [마비]로 인해 움직임이 둔해진 히노를 향해 지근거리에서 활을 겨누었다.

"─────《강궁기·산 무너뜨리기》!"

번개를 맞고 울상을 지은 히노를 향해 지근거리에서 강력한 아츠를 날렸다.

강력한 넉백으로 인해 연막 안으로 다시 밀려난 히노는 아직 남아 있는 [마비] 때문에 일어설 수 없었다.

물론 HP가 많은 히노는 아츠를 맞고도 탈락되지 않았지만———.

"이걸로 마지막이다!"

"어? 잠깐, 뭐가……."

내가 연막 안에 있던 히노를 향해 폭봉석을 던지자 커다란 폭발이 연막을 날려버렸다.

"역시, 함정을 파두면 쓰러뜨릴 수 있구나."

배틀로얄의 스테이터스 보정으로 인해 부스트가 걸린 상태라면 뮤우 일행과도 꽤 싸워볼 만한 것 같았다.

그리고 히노의 탈락으로 전황이 움직이기 전에 내가 먼저 나섰다.

"자, 뮤우 일행이 나를 쓰러뜨리러 오기 전에 한 명 더 쓰러뜨려야겠어!"

나는 마지막으로 남은 MP 포션을 단숨에 마신 다음, 지금까지 아껴두고 있었던 [전이석]을 하늘 위로 힘껏 던졌다.

배틀로얄용 아이템인 [전이석]은 던진 플레이어를 전이시켜주는 아이템이다.

그리고 전이 위치는 전이석이 멈추는 곳이 아니다. 전이석이 던져진 뒤에 처음 부딪히는 좌표로 전이하는 것이다.

그런 사실을 알게 된 것은 어젯밤에 뮤우 일행과 함께 보았던 배틀로얄의 애매한 시합 리플레이 동영상 덕분이었다.

폐쇄적인 터널 같은 곳에서 급하게 피하기 위해 [전이석]을 던졌는데, 실수로 터널 천장에 부딪혀 전이하자마자 천장에 머리를 부딪힌 다음, 별로 이동하지도 못하고 공격을 당하는 사례―――.

혹은 실수로 전이석을 던져버렸는데 상대 플레이어가 투척물을 튕겨내려고 반사적으로 무기를 휘둘렀더니 던진 플레이어가 코앞으로 이동해서 둘 다 놀라는 사례 등―――, 그런 신기한 플레이를 보면서 폭소했다.

하지만 나는 그런 전이석의 사양을 이용할 것이다.

"공중으로 던진 전이석을 화살로 꿰뚫으면, 플레이어는 높게 날 수 있지."

[전이석]을 쫓아간 화살이 하늘 높은 곳에서 그것을 꿰뚫었다.

나는 순식간에 가벼운 부유감과 함께 하늘 위로 내던져졌다.

"―――《키네시스》!"

불안정한 자세를 [염동] 스킬로 유지하며 하늘 위에서 [하늘의 눈]으로 아래쪽을 내려다보니 사람들의 움직임을 포착할 수 있었다.

발목을 잡고 있던 골렘들을 쓰러뜨리고 나를 쫓아오는 루카토와 그 뒤를 쫓아오는 뮤우, 토우토비.

그리고 지상에 있던 내 시야에서 벗어나기 위해 건물 지붕에 서 있던 코하쿠와 리레이를 발견했다.

"히노를 쓰러뜨렸으니까! 전력이 팽팽해지게끔 한 명 더 쓰러뜨려주지! ―――《마궁기·환영의 화살》!"

내가 하늘 위로 전이한 다음 그곳에서 화살로 노리고 있다는 걸 눈치챈 코하쿠는 놀라서 눈을 크게 뜨고 있었다.

그리고 본체 화살과 그것을 쫓아가는 마법 화살 다섯 발이 코하쿠에게 쏟아져 내렸다.

"이런! ───《윈드 실……, 크윽?!"

"좋아, 마비가 통했어!"

코하쿠는 곧바로 방어 마법을 사용하려 했지만, 즉석에서 [방전 부적]을 감은 본체의 화살이 박히자 번개와 함께 [마비]에 걸려서 마법이 중단되었다.

그리고 차례차례 날아든 마법 화살이 코하쿠의 HP를 깎아냈고, 마법 대결을 벌이던 리레이가 날린 마법에 삼켜진 코하쿠는 탈락했다.

"───《키네시스》! 이제 네 명!"

나는 [염동] 센스로 낙하의 충격을 줄이며 유적 지붕에 착지한 다음, 뮤우 일행을 보았다.

이제 뮤우와 루카토, 토우토비, 리레이, 네 명만 쓰러뜨리면 1위가 될 수 있다.

하지만 마법을 막고 있던 코하쿠가 쓰러지자 리레이는 자유로워졌다.

"리레이 양! 범위 마법! 저까지 같이 부탁해요!"

"후후훗, 보고 있었어요! 잠깐만 기다리시길!"

나를 쫓아오던 루카토는 히노에 이어 코하쿠가 쓰러진 것을 보고 리레이에게 범위 공격을 가하라는 지시를 내렸다.

자신과 함께 나나 뮤우 일행을 광범위 상급 마법으로 휩쓸어서 리레이만 생존시키고 승리할 생각인 것 같았다.

"합리적인 판단이야! 토비! 리레이를 막아!"

"……알겠어요!"

뮤우와 토우토비도 나를 신경 쓸 여유가 없었기에 리레이를 방해하기 위해 가장 이동 속도가 빠른 토우토비를 먼저 보냈다.

"가게 두진 않겠어요!"

루카토는 토우토비를 방해하려 했지만, 그러기 전에 뮤우가 막아섰다.

"루카는 나하고 어울려줘야겠어!"

"어쩔 수 없네요. 하지만, 리레이 양의 마법 범위 안에 뮤우 양을 잡아두는 것도 제 역할이에요!"

나는 맞붙어 싸우기 시작한 두 사람을 힐끔 보며 유적 지붕 위에서 마법을 준비하던 리레이에게 활을 겨누었다.

"리레이가 범위 마법을 쓰게 놔두면 내 승산도 사라지거든."

리레이를 향해 차례차례 화살을 날리자 맹렬한 기세로 리레이에게 달려들던 토우토비의 머리 위를 내 화살이 추월했다.

"후후훗, 윤 씨와 토우토비 양, 두 미소녀가 동시에 저를 노리다니, 꽤 즐겁네요."

씨익 웃은 리레이는 범위 마법을 준비하느라 다른 마법을 쓰지 못하기에 플레이어 스킬만으로 내가 연달아 날린 화살

을 피했다.

물론 모든 화살을 피할 수는 없었기에 몇 발 정도 맞았지만, 그럼에도 불구하고 마법은 중단되지 않았다.

"……제때 맞췄네요. ──《넥 헌트》!"

리레이가 범위 마법을 발동시키기 전에 도착한 토우토비는 리레이의 남은 HP를 없애기 위해 단검을 휘둘렀다.

낮은 자세로 휘두른 토우토비의 일격이 리레이의 목에 날아들었지만──.

"……어떻게, 버티신 거죠?"

"후후훗, 제 승리네요. ──《헬즈 게이트》!"

리레이가 마법을 발동시키자 지면에 붉은 궤적이 깔렸고, 거기서 거센 불꽃이 뿜어져 나와 토우토비를 집어삼켰다.

지면에서 솟구친 불꽃은 붉은 궤적을 따라가며 맹렬한 기세로 내 쪽으로도 다가왔다.

"리레이도, 길동무야!"

"후후훗, 미소녀와 함께 지옥에 떨어지는 것도 좋죠!"

내가 마지막으로 날린 화살은 마법의 발동 경직 때문에 피하지 못한 리레이의 가슴을 꿰뚫어서 탈락시켰다.

하지만 리레이가 쓰러진 뒤에도 그녀가 날린 마법은 중단되지 않았다. 불꽃이 나를 삼키자 HP가 사라지며 세계가 어둡게 암전되었다.

나는 배틀로얄을 접수했던 그 넓은 공간으로 전이해 있었다. 먼저 탈락한 히노와 코하쿠 같은 사람들이 나를 기다리고 있었다.

종장 결투와 새로운 발명

"아~, 졌어~. 꽤 괜찮게 싸웠는데~."

배틀로얄에서 탈락한 나는 먼저 탈락한 히노, 토우토비 같은 사람들과 함께 관전 모니터를 올려다보고 있었다.

이번 시합에 참가했다가 먼저 탈락한 플레이어들 중 절반 이상은 시합 결과를 지켜보지 않고 바로 다음 시합에 도전해서 여기에는 없다.

나머지 절반 정도는 우리와 마찬가지로 모니터에 뜨는 시합 결과를 지켜보기 위해 관전하고 있다.

"아~, 연막 너머에 함정을 파둘 줄은 몰랐어. 완전히 함정에 빠져버렸네."

"내는 설마 그런 공중에서 갑자기 저격당할 줄은 몰랐제."

내가 파둔 함정에 빠져서 패배한 히노와 기습적으로 원거리에서 저격당한 코하쿠는 어깨를 늘어뜨리고 있었다.

토우토비와 리레이는 쓴웃음을 지으며 그런 두 사람을 위로해주었다.

"……윤 씨께서 마음껏 상황을 헤집어놓으셨죠."

"후후훗, 열세에 처한 상황에서 히노 양과 코하쿠, 두 사람을 쓰러뜨렸잖아요. 마지막으로 제가 토비 양, 윤 씨와 대결했던 건 뜨거운 전개였어요."

"맞다. 마지막에 리레이가 토우토비의 공격을 버틸 수 있었던 건 우연이야?"

토우토비의 아츠를 맞고도 아슬아슬한 HP로 버틴 리레이의 이상한 내구력을 본 나는 그때 들었던 의문에 대해 직접 물었다.

"후후홋, 배틀로얄용 장비 중에 HP가 바닥나도 1만 남은 상황에서 버틸 수 있는 액세서리가 있었어요. 운 좋게 그걸 보험으로 장비하고 있었을 뿐이죠."

리레이는 그렇게 말하며 비결에 대해 말해주었다.

OSO에는 HP가 줄어들어도 1만 남은 상황에서 버틸 수 있는 [견고]라는 추가 효과가 있는 [불굴의 돌]이라는 유니크 액세서리가 있다. 리레이에게 비슷한 것이 있었다는 사실을 알게 되자 나도 토우토비도 감탄하며 목소리를 냈다.

"앗! 뮤우하고 루카가 움직여!"

우리가 그렇게 이야기를 나누던 동안, 리레이가 날린 불꽃이 사라졌고, 그 안에 남아있던 뮤우와 루카토가 모습을 드러냈다.

양쪽 다 리레이의 불꽃에 탔지만 버티고 나서 포션으로 HP를 완전히 회복시켰다.

그런데, HP와 MP를 완전히 회복한 두 사람은 양쪽 다 배틀로얄 중에 모았던 아이템을 주위에 버리기 시작했다.

『오, 설마, 그걸 하는 건가?!』, 『그걸로 결판을 낼 셈인가!』, 『결투가 시작된다!』

뮤우와 루카토의 시합을 관전하던 플레이어들 사이에서

웅성대는 목소리가 들렸고, 근처에 있던 히노는 흥분하며 눈을 반짝이고는 이제 곧 시작될 상황을 기다렸다.

그런 한편, 나는 주위에서 들린 단어가 신경 쓰여서 토우토비 일행에게 몰래 물어보았다.

"저기, 결투라는 게 뭐야?"

"……결투라는 건, 두 팀만 남았을 때, 마지막으로 보여주는 멋진 플레이 같은 거라고 해야 할까요?"

"그라제. 시합 중에 손에 넣은 아이템을 전부 버리고, 자기 플레이어 스킬만으로 맞대결을 벌이는 거여."

"후후훗, 시합 막바지에는 수적 차이 때문에 일방적으로 끝날 때도 있으니까요. 보고 있는 사람들을 즐겁게 해주기 위해서 생겨난 문화 같은 거라고 해야 할까요?"

인원이 많은 쪽은 승자의 여유와 즐기는 마음을.

단독으로 살아남아버린 쪽은 자신의 플레이어 스킬을 뽐내기 위해서.

뭐, 받아들이든 거절하든 자유지만요, 라고 토우토비 일행은 설명해주었다.

"호오~."

나는 소리 내어 감탄하면서 관전 모니터에 뜬 뮤우와 루카토의 맞대결을 지켜보았다.

『하아아아아아아아앗!』

『타아아아아아아아앗!』

두 사람은 실력을 한번 보겠다는 듯 정면으로 맞붙었다.

그 싸움은 저번에 생산 길드에서 주최했던 이벤트에서 진행했던 PVP 대회에서 뮤우와 루카토가 맞대결을 벌이던 모습을 방불케 했다.

서서히 속도와 치열함이 더해졌지만, 마법 검사 타입인 뮤우는 순수한 검사인 루카토보다 힘이 부족했기에 서서히 밀리기 시작했다.

『역시 루카하고 정면으로 맞붙는 건 불리하니까, 나는 내 방식으로 싸우겠어!』

그렇게 말하고 땅바닥을 박찬 뮤우는 루카토를 속도로 휘두르기 시작했다.

다양한 각도에서 재빠른 참격을 날리는 뮤우. 루카토도 그 공격에 맞서 검을 휘둘렀다.

『뮤우 양! 저번하고 마찬가지예요!』

『그럼, 기어를 좀 더 올린다!』

도약한 뮤우는 PVP 에어리어인 유적의 벽을 박차고 [입체 제한 해제] 센스를 이용한 3차원적인 움직임으로 루카토를 더욱 농락했다.

『――――《라이트 슛》! 타아아아앗!』

뮤우는 이리저리 뛰어다니면서도 미묘한 시간 차를 두고 빛 마법을 날렸다.

서로 다른 각도에서 날아드는 뮤우의 참격과 빛 마법의 동시 공격에 루카토는 조금씩 대미지가 축적되었다.

뮤우의 참격을 막으면 마법을 맞고, 마법을 막으면 뮤우에게 베인다.

유일하게 다행인 점은 긴 경직 때문에 움직임이 둔해지는 걸 우려한 뮤우가 위력이 약한 빛 마법만 골라서 공격하고 있다는 것이었고―――.

『저도 당하기만 하진 않을 거예요! 거기입니다!』

『큭, 꺄악―――!』

서서히 뮤우의 공격에 익숙해진 루카토는 뮤우의 움직임을 예측하고 검을 휘둘러 뮤우에게 대미지를 입혔다.

『아직 멀었어!』

『익숙해진 뒤에는 몇 번을 해봤자 마찬가지죠! 하아아앗!』

루카토는 벽을 박차고 자신의 머리 위를 뛰어넘은 뮤우가 뒤쪽에 착지할 것을 예상하고 뒤를 돌며 바스타드 소드를 휘둘렀지만, 이번에는 뮤우가 그 예측을 뛰어넘었다.

『―――《에어 스텝》!』

『앗?!』

공중을 박차고 착지 타이밍을 엇나가게 만든 뮤우는 루카토의 참격을 피했다.

『빈틈! ―――《델타 슬래시》! 《라이트 숏》!』

관성을 무시한 듯한 느낌으로 공격을 피한 뮤우는 발동이 빠른 아츠를 날렸고, 경직이 해제된 다음에 다시 도약해서 거리를 벌리며 가장 빠르게 날릴 수 있는 하급 빛 마법으로 견제했다.

루카토는 아츠 삼연격을 맞았지만, 견제하기 위해 날린

빛 마법을 쳐내고는 뮤우를 향해 돌아섰다.

『역시 루카는 이 정도로는 쓰러뜨릴 수가 없구나. 《매직 소드》———, 솔 레이!』

『이번에는 제 차례예요! ———《소닉 엣지》!』

뮤우는 자신의 한손검에 빛 마법을 담았고, 루카토는 바스타드 소드를 연속으로 휘둘러 참격을 날렸다.

좁은 유적의 골목은 뮤우에게 유리한 환경이지만, 반대로 범위 공격을 당하면 피할 곳이 별로 없는 장소다.

뮤우는 통로를 메울 듯이 날아오는 참격을 루카토 쪽으로 뛰어가면서 피하기 시작했다.

날린 참격의 간격은 짧았지만, 슬라이딩으로 아래쪽으로 피하고, 다음에는 도약해서 공중으로 피하고, 마지막에는 《에어 스텝》으로 공중을 박차며 옆으로 피하고는 유적의 벽을 발판 삼아 루카토에게 달려들었다.

『용케도 피하셨네요! 하지만! 빈틈이 없는 충격파라면 어떨까요! ———《그랜드 소드》!』

루카토가 땅바닥에 내려친 바스타드 소드로부터 전 방향으로 뿜어져 나간 충격파에는 피할 틈새가 없었다.

이미 공중 점프인 《에어 스텝》을 사용한 뮤우는 스스로 충격파 안으로 뛰어들 수밖에 없었다.

그런 루카토의 의도를 보고 뮤우는 신이 난다는 듯이 웃으며 말했다———.

『———《디멘션 무브》!』

뮤우의 모습이 한순간 사라지더니, 루카토가 뿜어낸 충격 파를 빠져나온 다음 루카토의 앞에 나타났다.

『———윽?! 이것도 피한다고요?』

『응! 즐거웠지! 하지만, 내 승리야. ———[릴리즈], 《피프 스 브레이커》!』

루카토는 아츠를 날린 경직 때문에 뮤우의 공격을 막지 못했다.

그런 뮤우는 한손검에 담아둔 마법을 해방시키면서 오연 격 아츠를 날렸다.

수렴 광선이 깃든 참격이 루카토의 HP를 크게 깎아냈고, 다섯 번째 공격으로 인해 루카토의 HP가 바닥나자 배틀로 얄의 승자가 결정되었다.

〃———오오오오오오오오오오옷!〃

뮤우가 승리하자 환호성이 일어났고, 우리 근처로 뮤우와 루카토가 전이해서 돌아왔다.

"앗싸! 루카에게 복수했어!"

"뮤우 양에게 져버렸네요. 다음에는 안 질 거예요."

두 사람은 부드러운 분위기로 서로 칭찬해 주었고, 우리 는 그런 두 사람을 맞이해 주었다.

"뮤우, 루카토, 고생했어."

"고생했어~."

히노와 다른 사람들도 그렇게 뮤우와 루카토를 맞이해 주 었고, 시합이 끝나자 결과가 발표되었다.

―――배틀로얄 시합 결과―――
순위 : 20위 중 3위 (180pt)
킬 수 : 3명 (30pt)
합계 ―――― 210pt

"[익스팬션 키트]를 교환하려면 500포인트가 필요하니까 좀 더 모아야겠네."

"윤 언니, 결과 보여줘, 보여줘!"

나는 뮤우 일행에게 내 간단한 결과 화면을 보여주었지만, 딱히 할 말은 없었다.

그런데 화면 구석에 실적표 아이콘이 있었고, 그것을 건드려보니 해금할 수 있는 배틀로얄의 실적 일람이 나타났다.

하지만 배틀로얄에는 이번에 처음 참가했기에 해방된 실적은―――, 시합에 한 번 참가하면 해방되는 [배틀로얄 초보]라는 실적뿐이다.

그 밖에는 거의 대부분 회색 글씨로 실적 조건이 적혀 있었고, 실적의 이름은 '???'로 가려져 있었다.

그런 우리에게 임시로 같은 팀이 되었던 검사 소년과 마법사 소녀가 말을 걸었다.

"저기! 시합, 금방 탈락해서 죄송해요!"

"그리고, 마지막까지 열심히 살아남아 주셔서 감사합니다! 저희도 포인트를 잔뜩 받았어요!"

두 사람이 그렇게 말하자 나는 어리둥절했지만, 뮤우는 그 두 사람이 무슨 말을 하고 싶은 건지 이해했는지 신이 난 듯이 미소를 짓고 있었다.

그런데 내가 무슨 뜻인지 이해하기도 전에 상대방이 쑥스러웠는지 고개를 살짝 숙이고는 재빨리 멀어져 갔다.

"윤 언니? 방금 그 사람들, 같은 팀이었던 사람들이야?"

"맞아, 금방 탈락해 버리긴 했는데……, 앗, 그렇구나, 같은 팀이라서 순위 보수를 받은 건가?"

킬 수 부분은 개인의 시합 내용에 따라 달라지지만, 순위 보수 포인트는 일찌감치 탈락해 버린 두 사람도 똑같이 받은 모양이다.

임시 팀으로 우연히 함께하게 된 두 사람이 기뻐하며 손에 넣은 포인트를 무슨 아이템으로 교환할지에 대해 이야기를 나누는 모습을 보니 마지막까지 열심히 하길 잘했다는 생각이 들었다.

그런 한편, 루카토와 맞대결을 벌였던 뮤우 주위를 코하쿠와 히노, 리레이가 둘러싸고 있었다. 승부할 때 사용했던 스킬에 대해 캐묻기 위해서였다.

"자, 뮤우? 마지막에 쓴 《디멘션 무브》라는 스킬에 대해 가르쳐주면 좋겠는디? 우리는 뮤우가 그런 스킬을 가지고 있다는 걸 처음 알았으니께."

"맞아! 그렇게 재미있을 것 같은 스킬을 우리에게도 비밀로 하다니!"

"후후훗, 놓치지 않겠어요."

"으아앗! 그렇게 다그치지 않아도 제대로 설명할 거야."

뮤우가 사용한 스킬———, 《디멘션 무브》는 한순간 자취를 감추고 스텝 이동하는 스킬이며, [입체 제한 해제] 센스로 익힐 수 있는 모양이었다.

자취를 감춘 동안에는 공격을 빠져나가는 무적 상태이기 때문에 급하게 피할 때 써먹을 수 있는 스킬이다.

하지만, 무적 시간이 짧아서 타이밍을 놓치거나 오랫동안 머무르는 공격일 경우에는 맞아버린다고 한다.

그리고 스킬을 다시 발동시킬 수 있을 때까지 걸리는 대기 시간이 길기 때문에 연속으로 발동시킬 수 없기에 정말 중요한 상황에서만 써야 하는 상급자용 스킬이라고 뮤우가 설명해 주었다.

"다음 시합 때는 팀을 바꿀까? 윤 언니까지 껴서."

"괜찮네요. 그럼 제가 한 번 쉬고 그 자리에 윤 씨를 넣어 드릴까요?"

"어~? 나도 좀 쉬고 싶은데……."

나는 시합이 끝난 직후인데도 곧바로 다음 시합에 도전하려 하는 뮤우를 보고 따졌다.

"[익스팬션 키트]를 교환하기에는 포인트가 부족하잖아? 그러니까 조금만 더 힘내자!"

"……알았어. 하지만 다음에는 내가 한 번 쉴 거야."

곧바로 팀을 바꿔서 새로운 배틀로얄 시합에 도전했다.

그 뒤로 멤버를 교대해가며 배틀로얄에 도전했고, 최종적으로는 네 시합을 해서 목표였던 500포인트를 모을 수 있었다.

마지막으로 우리는 모은 500포인트로 [익스팬션 키트 I]을 교환한 다음, 어제 늦게까지 리플레이 동영상을 관전했던 피로도 있었기에 로그아웃하고 낮잠을 잤다.

●

뮤우 일행과 배틀로얄을 했던 다음날———, [아트리엘]공방부에 있던 나는 겨울 이벤트를 대비해서 포션 등 소비 아이템을 생산하며 혼자서 중얼거리고 있었다.

"[익스팬션 키트]를 손에 넣은 건 좋은데, 정작 중요한 추가 효과를 정하지 못했단 말이지."

배틀 로얄의 경품으로 [익스팬션 키트]를 손에 넣었지만, 자작한 액세서리에 부여할 괜찮은 추가 효과를 찾아내지 못했다.

그래서 억지로 추가 효과를 적당히 넣는 것보다는 [익스팬션 키트]를 아껴두고 괜찮은 것 같은 강화 소재를 손에 넣으면 효과를 부여하기로 결심했다.

"겨울 이벤트 중에도 레티아 일행하고 퀘스트를 받을 테니 그 보수나 드롭 아이템으로 강화 소재를 얻을 수 있을지도 모르지……, 좋았어, 이제 가게에 둘 재고용 포션도 보

충했다."

이벤트 준비를 대충 마친 나는 뒤쪽에서 시선을 느끼고 돌아보았다.

"······뤼이, 뭐 하고 있어?"

뤼이와 다른 사역 MOB들이 열린 공방의 문 너머로 얼굴만 내밀고 이쪽을 살펴보고 있었다.

뤼이 머리 위에 자쿠로가 머리를 얹었고, 그 위에 플랜도 머리를 얹은 상태. 세로로 뤼이 일행의 머리가 나란히 있는 것을 보고 살짝 웃음을 터뜨렸다.

뤼이 일행은 무언가를 호소하려는 듯이 나를 바라보더니, 플랜이 대표로 나에게 말을 걸었다.

"······화 안 났어?"

"화가 나다니, 왜?"

"우리가 슬라임에게서 도망친 거······."

플랜이 조심조심 묻자, 나는 뤼이 일행이 뭘 신경 쓰고 있는지 이해했다.

뤼이 일행은 슬라임 점액으로부터 도망친 것에 대해 신경 쓰고 있었던 것이다.

그런 뤼이 일행의 반응이 귀여웠지만, 거리를 두면 내가 쓸쓸했기에 입을 열었다.

"딱히 화는 안 났어."

내가 웃음을 억누르며 말하자, 뤼이 일행이 그제야 다가와 주었다.

"뀨우우~."

"……그때는 도망쳐서 미안해."

내 앞으로 다가온 뤼이 일행은 나란히 서서 나에게 고개를 숙였다.

애초에 뤼이 일행에게는 화가 나지 않았기에 웃으며 용서해 주었다.

"이제 신경 안 써."

내가 그렇게 말하며 뤼이 일행에게 손을 뻗자, 오히려 뤼이 일행이 머리를 들이댔다.

그런 모습도 귀엽구나. 뤼이의 이마에 난 뿔이 닿아서 은근히 아팠지만, 그래도 웃음이 나와버렸다.

"나도 겨울 이벤트 준비를 대충 마쳤으니까, 화해도 할 겸, 노점이라도 보러 갈까?"

"뀨우뀨우!"

"갈래! 맛있는 간식을 먹으러 가자~!"

좀 전까지 정말로 미안한 듯한 표정을 짓고 있었는데, 벌써 평소 표정으로 돌아온 뤼이 일행. 나도 훈훈한 표정을 지었다.

그 후 뤼이 일행을 데리고 노점으로 가보니 저번에 플레이어들의 자발적 이벤트 때 반응이 좋았던 포장마차가 자리를 잡았고, 뤼이 일행과 함께 군것질을 즐기다 보니 어떤 노점을 발견했다.

"앗, 저 사람들……."

그곳에서는 낯익은 플레이어들이 타투 씰과 길쭉한 종이 같은 물건을 팔고 있었다.

"앗, 당신, 톱 생산직인 윤 씨!"

"안녕하세요. 타투 씰 강좌를 했던 길드 분이시죠?"

"맞아, 맞아! 그때, 톱 생산직 분들하고 같이 이것저것 아이디어를 내줬지? 그걸 토대로 시행착오를 겪다 보니 타투 씰의 종류도 늘어났고, 새로운 아이템도 만들 수 있었어."

그렇게 말하며 타투 씰 강좌를 개최해 주었던 생산직 청년은 노점의 상품을 나에게 보여주었다.

"앗, 정말이네. 저번에 없었던 종류가 늘어났어."

"당신이 개발한 속성 잉크로 만든 타투 씰이야. 지금까지 실패했던 디자인이나 OSO 안에 있는 오브젝트의 문양을 속성 잉크로 그려서 성공한 걸 팔고 있지!"

새롭게 개발된 타투 씰은 내가 즉흥으로 만든 것과는 달리 사용된 소재나 문양을 엄선해서 효과도 매우 좋아졌다.

"호오, 쓸만한 게 꽤 늘었네요."

타투 씰은 예전에 장비 중량이 적은 대신 효과도 약한 장비였지만, 개량한 결과 한정적인 상황에서 마음 편히 쓸 수 있는 대책 장비가 되었다.

예를 들어 열기 내성이나 냉기 내성 같은 환경 대미지로부터 몸을 지켜주는 타투 씰 같은 게 있다.

그리고 타투 씰과 함께 늘어놓은 것들 중에 길쭉한 종이에 문양이 그려진 두 종류의 상품이 눈에 들어왔다.

그중 하나는 부드러운 종이로 만들었고, 다른 하나는 트럼프처럼 두꺼운 카드에 각각 문양이 그려져 있었다. 내 시선을 눈치챈 생산직 청년이 설명해 주었다.

"이 아이템이 신경 쓰여? 이건 종이 계열 아이템에 마법 잉크로 문양을 그려서 만든 부적이라는 아이템이야."

"저기……, 최근에 비슷한 아이템을 봐서요. 배틀로얄의 [방전 부적]이라는 아이템인데요……."

내가 그렇게 설명하자 생산직 청년은 쓴웃음을 지으면서도 맞다고 고개를 끄덕였다.

"그걸 참고해서 만든 거야. [방전 부적]에 그려진 문양이 지금까지 조사했던 문양의 의미와도 들어맞아서. 그리고 문양의 배치 패턴도 파악했으니까 거기에 맞게끔 다른 문양을 끼워 맞춰서 종류를 늘렸지."

부적 중에는 [방전 부적]을 참고한 기존 부적 타입과 생산직 청년들이 오리지널로 만든 카드 타입이 있었다.

기존 부적과 카드 타입 부적은 매직 젬 같은 공격용과 각각 맞는 속성의 버프를 얻을 수 있는 보조용까지 두 종류. 그걸 여섯 속성마다 팔고 있었다.

물론 아직은 타투 씔만큼 세련된 솜씨는 아닌지 부적에 사용한 종이의 종류나 만드는 방식, 문양의 조합 등에 따라 성능이 바뀌는, 개발 도중인 아이템인 모양이었다.

"대단하시네요."

"아니, 아직 멀었어. 그래도 길드 사람들도 새로운 문양을 찾으러 적극적으로 오브젝트나 아이템을 찾으러 모험을 떠나곤 하니까 예전보다 길드의 분위기가 좋거든."

내가 솔직하게 칭찬하자 생산직 청년은 겸손한 태도를 보이면서도 즐거운 듯이 자신들에 대해 말해주었다.

"당신들 덕분에 타투 씰의 새로운 가능성을 볼 수 있었어. 이건 그 보답이야!"

청년이 그렇게 말하고는 노점에 진열되어 있던 범용 타투 씰 몇 장과 부적 한 세트를 나에게 주었다.

"저기……, 받아도 되나요?"

"물론이지. 꼭 좀 써봐."

타투 씰과 부적 한 세트를 받은 나는 노점 주인의 배웅을 받으며 떠났다.

"받아버렸네……, 그래도 인챈트나 마법약, 속성 연고 같은 거랑 효과가 겹칠지 검증할 필요는 있겠지."

나는 보조 계열 부적을 보며 그렇게 생각했다.

"그럼 바로 마을 밖으로 나가서 사냥할 거야?"

사 온 과자를 먹다가 삼킨 플랜이 그렇게 물어보았기에 나는 내 스테이터스를 보면서 생각했다.

"겨울 이벤트 준비는 이미 끝났고, 검증할 겸 가볍게 부적의 사용감을 확인해볼까……, 어라? 잠깐만 기다려."

나는 센스 스테이터스를 보면서 어떤 사실을 눈치챘다.

"……요즘, 레벨이 거의 안 올랐어."

최근 한 달 정도 겨울 이벤트 준비를 하면서 [익스팬션 키트]를 모았지만, 제대로 된 전투를 벌인 기억이 거의 없다.

마기 씨 일행하고 광산 던전에 갔을 때는 전투라 해도 적정 레벨보다 약한 적 MOB이 많았다.

최심부에 있던 미노타우로스도 나보다 강한 상대이긴 했지만, 금방 끝났기에 경험치도 별로 얻지 못했다.

뮤우 일행이 거대 슬라임과 싸우는 걸 관전하러 갔을 때는 수해 에어리어의 적 MOB을 조금 상대한 정도에 불과하다.

배틀로얄 쪽은 아예 경험치를 얻을 수 없는 곳이었다.

생산 계열 센스는 레벨이 올랐지만, 전투 계열 센스의 레벨을 올리는 걸 게을리했던 것 같은 느낌이 들었다.

"좋았어, 예정 변경! 지금부터 이벤트를 앞두고 열심히 한다는 의미로 레벨을 올리러 가자!"

"알겠어! 우리도 도울게!"

"뀨우뀨우!"

내가 그렇게 외치자 자쿠로와 플랜이 기운차게 대답했다.

뤼이만은 어쩔 수 없다는 듯한 느낌으로 고개를 저으면서도 함께 가줄 모양이었다.

나는 뤼이 일행과 함께 마을에 있는 포탈을 목적지로 삼고 내 레벨을 올리는 데 적합한 곳이 어디였는지 떠올리며 걸어갔다.

이제 곧 대망의 OSO 겨울 이벤트가 다가오는 와중에 라스트 스퍼트에 들어간 것이다.

―――스테이터스―――

NAME : 윤

무기 : 검은 소녀의 장궁, 볼프 사령관의 장궁

보조무기 : 마기 씨의 식칼, 고기 써는 식칼 중흑, 해체식칼 창
무

방어구 : CS No.6 오커 크리에이터 (하복, 동복, 수영복)

액세서리 장비 한계 용량 (6/11)

· 페어리 링 (1)

· 대신하는 보옥의 반지 (1)

· 사수의 골무 (1)

· 신조룡의 스타 뱅글 (3)

예비 액세서리 일람

· 몽환의 주민 (3)

· 원예지륜구 (1)

· 도어부의 철륜 (1)

· 워커 고글 (2)

소지 SP 65

[장궁 Lv53] [마궁 Lv50] [하늘의 눈 Lv51] [간파 Lv56] [강력

Lv30] [준족 Lv50] [마도 Lv48] [대지속성 재능 Lv36] [연성 Lv32] [잠복 Lv17] [부가술사 Lv31] [염동 Lv22]

대기

[활 Lv55] [조약사 Lv54] [장식사 Lv18] [조교사 Lv27] [요리인 Lv30] [수영 Lv26] [언어학 Lv29] [등산 Lv21] [생산직의 소양 Lv43] [신체내성 Lv5] [정신내성 Lv15] [급소의 소양 Lv20] [선제의 소양 Lv21] [낚시 Lv10] [재배 Lv27] [열기 내성 Lv12] [한기 내성 Lv4]

· 생산직의 자발적 이벤트에서 고민하던 생산직을 이끌어주고, 생산직으로서의 지명도가 올랐다.

· 레티아 일행과 함께 겨울 퀘스트 칩 이벤트에 도전하기로 약속했다.

· 광산 던전 4계층에서 손에 넣은 [익스팬션 키트 I]로 방어구를 강화했다.

· 연금술사 퀘스트를 달성하고 [아트리엘]에 연금솥과 분해로를 도입했다.

· 뮤우 일행과 함께 배틀로얄 PVP에서 경쟁하고 획득한 포인트로 [익스팬션 키트 I]을 교환했다. (현재 사용 보류 중)

후기

처음 뵙는 분, 오랜만에 뵙는 분, 안녕하세요. 아로하자초입니다.

이 책을 구입해주신 분, 담당 편집자 O씨, 작품에 멋진 일러스트를 마련해주신 mmu님, 그리고 출판 이전부터 인터넷에서 제 작품을 봐주신 분들께 진심으로 감사드립니다.

OSO 시리즈는 현재 드래곤 에이지에서 하니쿠라운 선생님의 코미컬라이즈 버전이 연재되고 있습니다. 코미컬라이즈를 통해 큐트한 코믹 버전 윤 일행의 활약이나 귀여운 모습을 볼 수 있습니다.

OSO 22권은 윤이 고난이도 솔로 퀘스트를 마치고 12월에 진행될 겨울 이벤트를 앞둔 시기에 숨을 돌리는 내용이었는데, 재미있게 보셨나요?

작가 개인으로서는 예전부터 다루고 싶었던 PUBG나 APEX 같은 배틀로얄 계열 PVP를 OSO 세계에서 다룰 수 있어서 좋았습니다.

총화기로 원거리에서 전투를 벌이는 배틀로얄을 판타지 계열 액션 RPG에 넣느라 매우 고민했지만, 충분히 즐거워 보이는 내용을 그려내지 않았나 하는 생각이 듭니다.

하지만, 이건 어디까지나 OSO에서 진행되는 배틀로얄의 시안일 뿐입니다.

앞으로 새로운 규칙이나 필드, 아이템 등을 추가하여 몇 번이든 즐기고 싶어지는 배틀로얄을 만들 수도 있을 겁니다.

또한 배틀로얄 말고도 계속 다양한 게임의 즐거운 요소를 OSO 세계에 반영할 수 있게끔 노력하려 합니다.

앞으로도 저, 아로하자초를 잘 부탁드립니다.

마지막으로 이 책을 읽어주신 독자 여러분께 다시 감사의 말씀 드립니다.

2023년 3월 아로하자초

Only Sense Online Vol.22
©Aloha Zachou, mmu, Yukisan 2023
First published in Japan in 2023 by KADOKAWA CORPORATION, Tokyo.
Korean translation rights arranged with KADOKAWA CORPORATION, Tokyo.

온리 센스 온라인 22

2025년 2월 15일 1판 1쇄 발행

저　　　　자	아로하자초
일 러 스 트	mmu
옮 긴 이	천선필
발 행 인	유재옥
담 당 편 집	박치우
이　　　　사	조병권
출판본부장	박광운
편 집 1 팀	박광운
편 집 2 팀	정영길 박치우 조찬희
편 집 3 팀	오준영 권진영 이소의 정지원
디자인랩팀	김보라 이민서
디지털사업팀	김경태 김지연 윤희진
콘텐츠기획팀	박상섭 강선화
라이츠사업팀	김정미 이윤서
영업마케팅팀	최원석 이다은 윤아림
물 류 팀	허석용 백철기
경영지원팀	최정연
인쇄제작처	㈜코리아피엔피
발 행 처	㈜소미미디어
등　　　록	제2015-000008호
주　　　소	서울시 마포구 토정로222, 502호 (신수동, 한국출판콘텐츠센터)
판매 및 마케팅	(070) 8822-2301

ISBN 979-11-384-8571-5
ISBN 979-11-5710-083-5 (세트)